| 초등부터 시작하는 수능 국어 전략서 |

수능까지 이어지는

초등 고학년

비문학 독해

3학년

어떻게 학습할까요?

〈수능까지 이어지는 초등 고학년 비문학 독해〉는 초등학교 고학년이 반드시 알아야 할 비문학 독해를 체계적으로 훈련하기 위한 25개의 필수 지문과 실전 문제, 그리고 지문 익힘 어휘 문제로 구성되어 있습니다. 하루 15분씩 다양한 영역의 지문과 실전 문제를 푸는 사이에 부쩍 성장한 독해력을 확인할 수 있습니다.

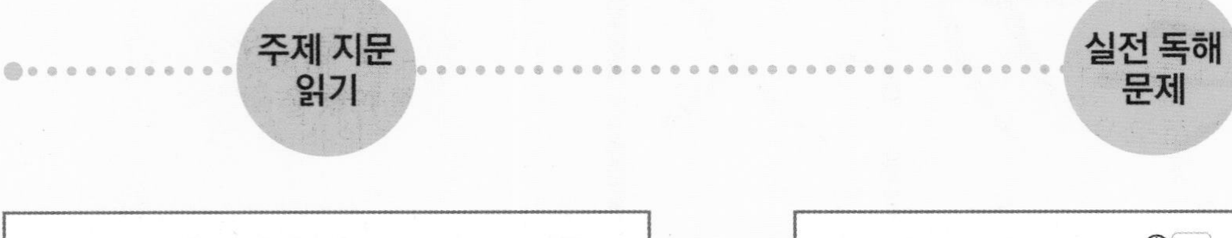

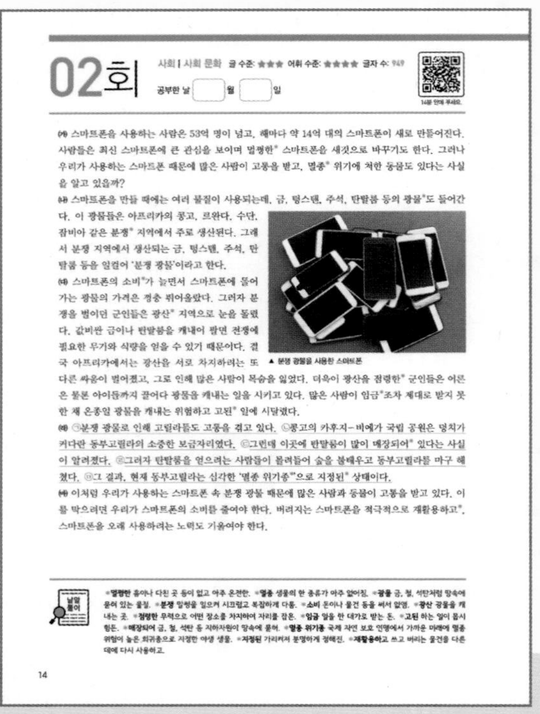

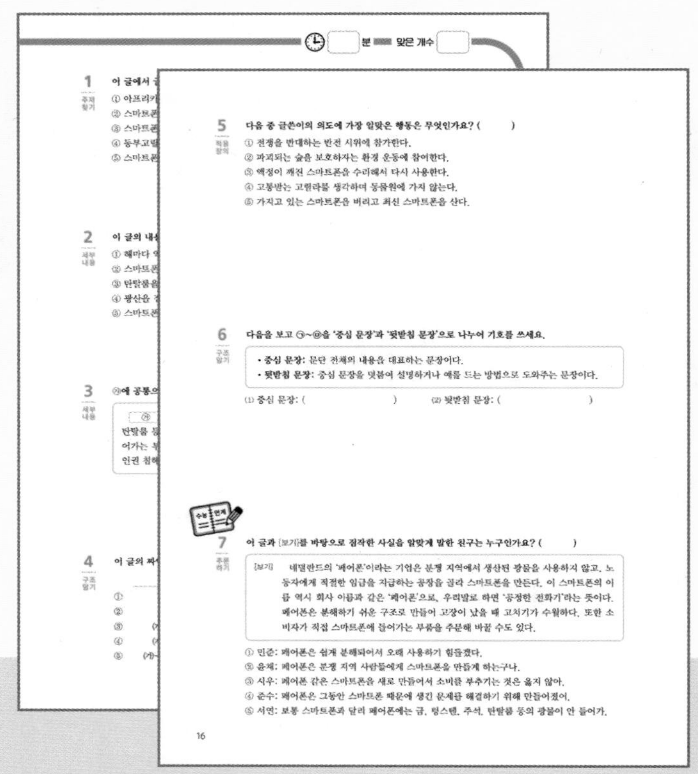

★다양한 영역의 지문 읽기

- 초등학생에게 배경지식이 될 만한 인문, 사회, 과학, 기술, 예술·체육 영역의 글을 지문으로 사용했습니다.
- 다양한 영역의 필수 화제가 담긴 글을 읽으면서 주제와 의견, 글의 구조와 전개 방식, 설명 방법을 파악하는 훈련을 합니다.

★수능형 독해 문제를 포함한 7문항 실전 문제

- 핵심어 및 전개, 서술 방식 파악 → 세부 정보 확인 → 고난이도 사고력 측정으로 이어지는 7문항을 사고의 흐름에 맞추어 구조적으로 배열해 해당 지문을 입체적으로 이해할 수 있습니다.
- 매 일자에 실제 수능 유형을 분석한 수능 연계 문항을 1문항씩 배치해 고난도 문항 유형의 문제 해결력을 키울 수 있습니다.

낱말 풀이
낱말 및 관용 표현의 사전적 의미 확인

별 개수 및 글자 수
글의 길이와 난이도 확인

큐아르(QR) 코드
지문 및 문제 풀이 시간 측정

〈수능까지 이어지는 초등 고학년 비문학 독해〉 매일 4쪽씩 15분간
꾸준히 수능 독해 문제를 연습해요!

어휘력 다지기

자세한 오답 해설

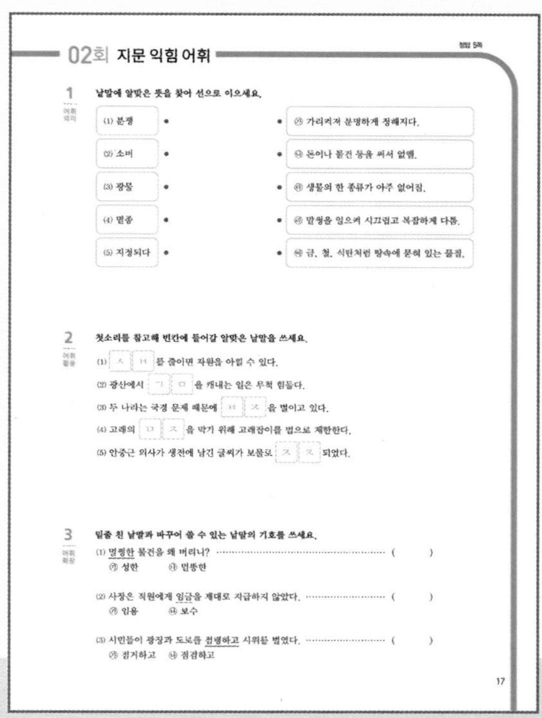

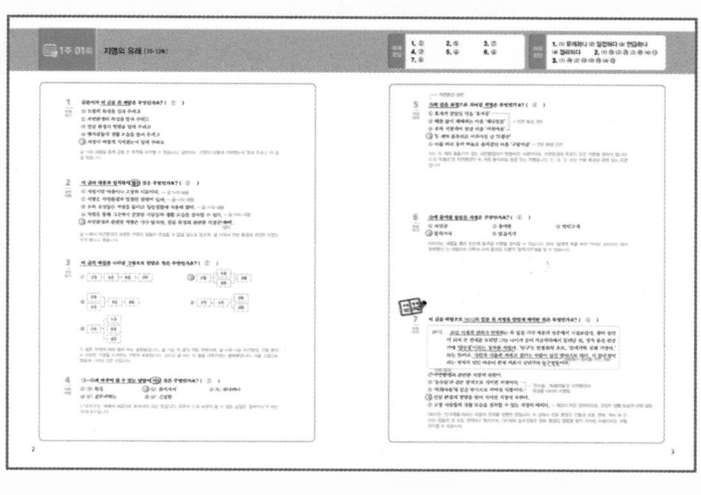

★3단계로 지문에 나온 어휘 정리

- 지문에 나온 낱말 중 핵심 낱말이나 꼭 알아 두어야 할 필수 어휘를 문제로 정리합니다.
- 지문 속 중요 어휘는 의미 확인→어휘 활용→어휘 확장의 3단계로 체계적으로 학습해 둡니다.

★틀린 문제는 반드시 정오답 풀이로 확인하기

- 문제를 풀고 나서 정답을 확인한 다음에는 내가 이해한 내용이 맞는지 또는 내가 잘못 이해한 부분이 무엇인지 반드시 풀이를 통해 확인해야 합니다.
- 틀린 문제는 따로 표시해 두고, 내가 고르지 않은 답까지 오답 풀이를 통해 완벽하게 학습해 둡니다.

어휘 의미
낱말의 사전적 의미 확인

어휘 활용
실제 예문에서 낱말 적용

어휘 확장
낱말 간의 의미 관계, 속담, 관용 표현, 한자 성어 연습 등

어떻게 활용할까요?

〈수능까지 이어지는 초등 고학년 독해〉는 문학과 비문학을 나누어 각 제재에 대한 독해를 집중적으로 훈련하는 독해서입니다. 이 책은 본책과 정답 책, 모의고사로 구성되어 매일 정해진 분량을 스스로 공부할 수 있을 뿐 아니라, 자신의 학습 수준과 상황을 되돌아볼 수 있는 자기 주도 학습서입니다.

비문학

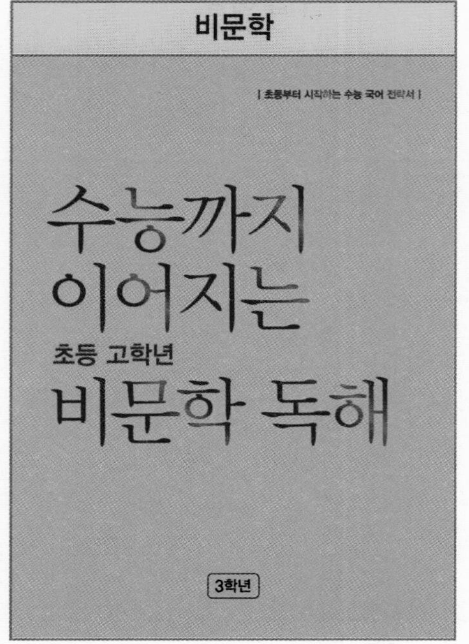

학년	대상	주요 영역
3학년	3학년~4학년	인문, 사회, 과학, 기술, 예술·체육
4학년	4학년~5학년	
5학년	5학년~6학년	
6학년	6학년~예비 중	

★**주요 주제**

- **3학년** 스마트폰과 고릴라(사회/사회 문화), 비눗방울의 과학적 비밀(과학/물리), 하얀 거짓말(인문/윤리)
- **4학년** 역사를 알려 주는 우리말 유래(인문/언어), 웨어러블 로봇(기술/첨단 기술), 공해가 되어 버린 빛(사회/사회 문화)
- **5학년** 혐오 표현(사회/사회 문화), 보온병의 물이 식지 않는 까닭(과학/물리), 조선판 하멜 표류기, 『표해시말』(인문/한국사)
- **6학년** 한·중·일의 젓가락(사회/사회 문화), 다수를 위한 소수의 희생(인문/철학), 유전자 편집 시대(기술/첨단 기술)

문학

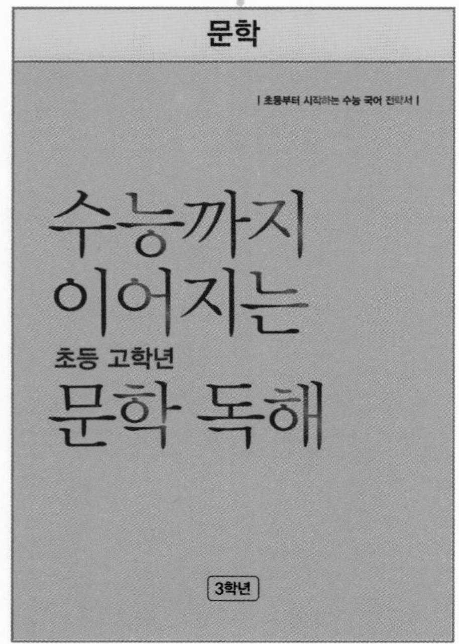

학년	대상	주요 영역
3학년	3학년~4학년	창작·전래·외국 동화, 신화·전설, 동시, 희곡
4학년	4학년~5학년	
5학년	5~6학년	현대·고전·외국 소설, 신화·전설, 현대시, 현대·고전 수필
6학년	6학년~예비 중	

★**주요 작품**

- **3학년** 바위나리와 아기별(마해송), 할머니 집에 가면(박두순), 대별왕과 소별왕, 크리스마스 캐럴(찰스 디킨스)
- **4학년** 산새알 물새알(박목월), 곰이와 오푼돌이 아저씨(권정생), 큰 바위 얼굴(나다니엘 호손), 저승 사자가 된 강림 도령
- **5학년** 꿈을 찍는 사진관(강소천), 자전거 도둑(박완서), 늙은 쥐의 꾀(고상안), 유성(오세영), 마녀의 빵(오 헨리)
- **6학년** 소음 공해(오정희), 양반전(박지원), 배추의 마음(나희덕), 사막을 같이 가는 벗(양귀자), 동물 농장(조지 오웰)

〈수능까지 이어지는 초등 고학년 독해〉로 꾸준히 공부하면
탄탄한 독해 실력을 키울 수 있어요. 모의고사로
달라진 내 실력을 확인해 보세요!

교재 활용법

"3단계 독해 집중 훈련 코스"

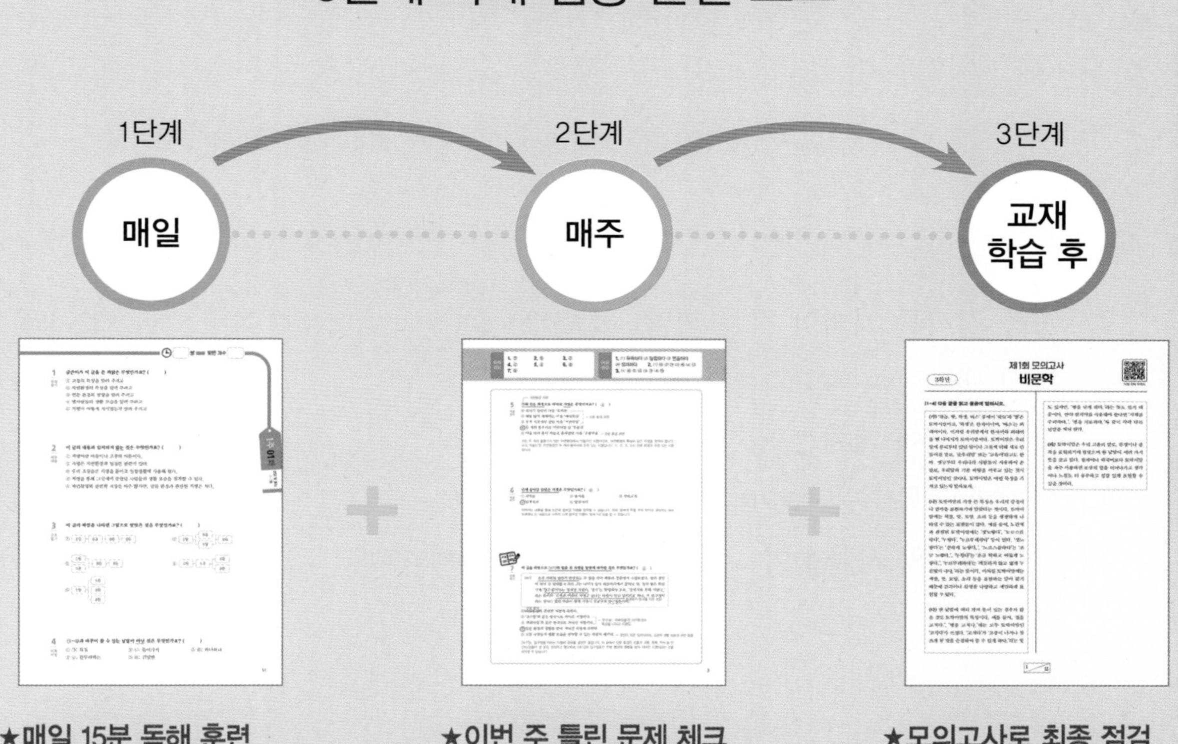

★매일 15분 독해 훈련

하루에 15분씩 필수 화제를 하나씩 읽고 실전 문제를 풀며 독해 훈련을 합니다.

★이번 주 틀린 문제 체크

매주 한 번씩 정답 책에 표시해 둔 이번 주에 틀린 문제만 한 번씩 다시 풀면서 복습합니다.

★모의고사로 최종 점검

교재 학습을 모두 마친 후에는 모의고사로 자신의 실력을 최종 점검합니다.

- ☑ 매일 15분씩 하나의 지문을 해결하면 25일만에 한 권을 완성할 수 있습니다.
- ☑ 매주 정답 책으로 틀린 문제를 복습해 자신이 취약한 문제 유형을 파악합니다.
- ☑ 5주 학습을 모두 마친 후에는 모의고사 문제로 자신의 최종 실력을 확인합니다.

CONTENTS

1주

● 교과 연계

2주

3주

4주

● 교과 연계

5주

학습 계획표

매일매일 꾸준히 공부하고 기록해 보세요.

	주제	쪽수	공부한 날	공부 시간	맞은 개수	
					독해	어휘
01	지명의 유래	10~13쪽	월 일	분	/ 7	/ 3
02	스마트폰과 고릴라	14~17쪽	월 일	분	/ 7	/ 3
03	밤의 제왕, 수리부엉이	18~21쪽	월 일	분	/ 7	/ 3
04	바코드의 발명과 원리	22~25쪽	월 일	분	/ 7	/ 3
05	발레의 탄생	26~29쪽	월 일	분	/ 7	/ 3
06	공공 질서를 지켜야 하는 까닭	32~35쪽	월 일	분	/ 7	/ 3
07	악성 댓글	36~39쪽	월 일	분	/ 7	/ 3
08	달이 지구에 미치는 영향	40~43쪽	월 일	분	/ 7	/ 3
09	미래의 교통수단	44~47쪽	월 일	분	/ 7	/ 3
10	풍물놀이와 사물놀이	48~51쪽	월 일	분	/ 7	/ 3
11	하얀 거짓말	54~57쪽	월 일	분	/ 7	/ 3
12	돈의 탄생	58~61쪽	월 일	분	/ 7	/ 3
13	비눗방울의 과학적 비밀	62~65쪽	월 일	분	/ 7	/ 3
14	전자레인지의 원리	66~69쪽	월 일	분	/ 7	/ 3
15	컬링의 유래와 경기 규칙	70~73쪽	월 일	분	/ 7	/ 3
16	토박이말의 특징	76~79쪽	월 일	분	/ 7	/ 3
17	한식의 세시 풍속	80~83쪽	월 일	분	/ 7	/ 3
18	고래의 특별한 능력	84~87쪽	월 일	분	/ 7	/ 3
19	계면 활성제	88~91쪽	월 일	분	/ 7	/ 3
20	신사임당	92~95쪽	월 일	분	/ 7	/ 3
21	조선 시대의 소방관, 멸화군	98~101쪽	월 일	분	/ 7	/ 3
22	꿀벌의 실종	102~105쪽	월 일	분	/ 7	/ 3
23	지구는 거대한 자석	106~109쪽	월 일	분	/ 7	/ 3
24	조상의 지혜, 온돌	110~113쪽	월 일	분	/ 7	/ 3
25	「모나리자」 도난 사건	114~117쪽	월 일	분	/ 7	/ 3

1주

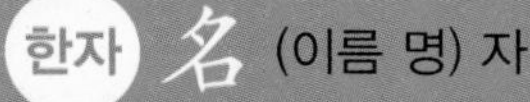

(이름 명) 자

01회

사회 | 지리　글 수준: ★★★　어휘 수준: ★★　글자 수: 943

공부한 날 [　] 월 [　] 일

13분 안에 푸세요.

(가) 지명이란 마을이나 산과 강, 지역 등의 이름이다. 우리 조상들은 이 땅에 살면서 곳곳에 알맞은 지명을 붙이고, 이를 일상생활에 사용해 왔다. 그렇다면 지명은 어떻게 지어졌을까? 지명을 짓는 방법은 무척 다양한데, 크게 자연환경*과 인문 환경의 영향으로 나누어 볼 수 있다.

(나) 먼저 자연환경의 ㉠특성이 담긴 지명부터 알아보자. ㉮'두물머리'는 두 개의 물줄기*가 합쳐지는 곳이라서 이런 이름이 붙었다. '마이산'은 산의 모양이 꼭 말의 귀처럼 생겨서 붙여진 이름으로, '마이'는 한자어*로 '말의 귀'라는 뜻이다. '온수동'은 옛날 이 지역에서 온수*가 ㉡나와서 붙여진 이름이며, '얼음골'은 한여름에도 얼음이 얼 정도로 기온이 낮은 골짜기라서 붙여진 지명이다. 그리고 '하회 마을'의 '하회'는 한자어로 '물이 휘돌아간다.'는 의미로, 마을 주위를 강이 휘감고 흘러가기 때문에 이런 이름이 붙여졌다. 이외에도 자연환경과 관련한 이름은 ㉢일일이 언급할* 수 없을 정도로 많다.

(다) 다음으로 인문 환경과 관련한 지명을 알아보자. 인문 환경이란 인간이 만들어 낸 모든 것을 말한다. 건물과 교통, 문화, 역사 등이 모두 인문 환경에 속하는데, 이와 관련한 지명도 무척 많다. '성남'은 남한산성이라는 성의 남쪽에 있는 고장이라서 붙여진 이름이다. '서빙고동'의 이름에서 '서'는 서쪽, '빙고'는 얼음을 ㉣저장하는 창고라는 뜻이다. 서빙고동은 서쪽 빙고가 있는 곳이라서 이런 이름이 붙었다. [　㉯　]은/는 말을 교통수단으로 이용했던 옛사람들이 말에게 죽을 쑤어 먹이던 곳이라는 데서 유래했다*. 잠실은 한자어로 누에를 치던* 곳을 이르는* 말이다. 조선 초기에 백성에게 양잠*을 장려하기* 위해 누에를 치는 곳을 두었던 고장이라서 붙여진 이름이다.

(라) 이처럼 지명은 그곳의 자연환경이나 인문 환경과 ㉤밀접한* 관계가 있다. 그래서 지명에 담긴 뜻을 살펴보면, 그곳의 자연환경이나 그곳에서 살았던 옛사람들의 생활 모습이나 역사 등을 짐작할 수 있다.

*자연환경 산, 강, 바다, 동물, 식물, 비 등 인간 생활을 둘러싸고 있는 자연의 조건이나 상태. *물줄기 물이 한데 모여 개천이나 강으로 흘러 나가는 줄기. *한자어 한자에 기초하여 만들어진 말. *온수 따뜻한 물. *언급할 어떤 문제에 대하여 말할. *유래했다 사물이나 일이 생겨났다. *치던 가축 등을 기르던. *이르는 어떤 것을 말하는. *양잠 누에를 기름. *장려하기 좋은 일에 힘쓰도록 권하여 북돋아 주기. *밀접한 아주 가깝게 맞닿아 있는.

1 주제 찾기

글쓴이가 이 글을 쓴 까닭은 무엇인가요? (　　　　)

① 고장의 특성을 알려 주려고
② 자연환경의 특성을 알려 주려고
③ 인문 환경의 영향을 알려 주려고
④ 옛사람들의 생활 모습을 알려 주려고
⑤ 지명이 어떻게 지어졌는지 알려 주려고

2 세부 내용

이 글의 내용과 일치하지 않는 것은 무엇인가요? (　　　　)

① 지명이란 마을이나 고장의 이름이다.
② 지명은 자연환경과 밀접한 관련이 있다.
③ 우리 조상들은 지명을 붙이고 일상생활에 사용해 왔다.
④ 지명을 통해 그곳에서 살았던 사람들의 생활 모습을 짐작할 수 있다.
⑤ 자연환경과 관련한 지명은 아주 많지만, 인문 환경과 관련한 지명은 적다.

3 구조 알기

이 글의 짜임을 나타낸 그림으로 알맞은 것은 무엇인가요? (　　　　)

① 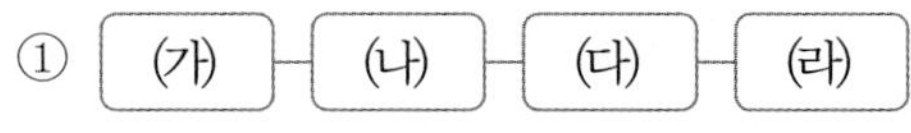

② 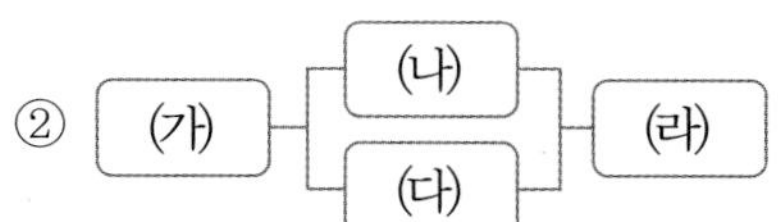

③ (가) (나) (다) (라)

④ 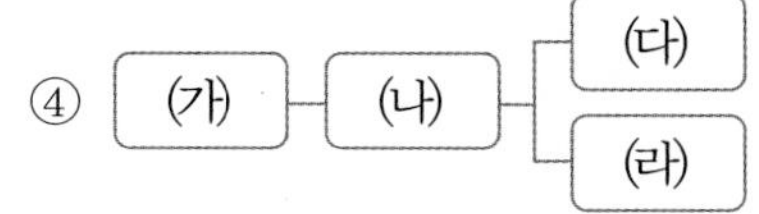

⑤ 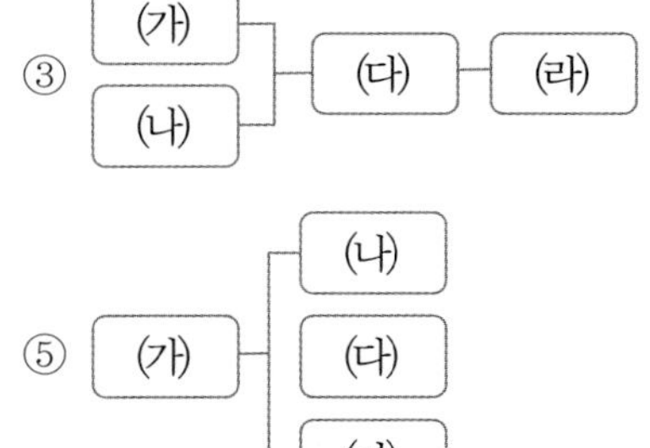

4 어휘 어법

㉠~㉤과 바꾸어 쓸 수 있는 낱말이 아닌 것은 무엇인가요? (　　　　)

① ㉠: 특징　② ㉡: 들어가서　③ ㉢: 하나하나
④ ㉣: 갈무리하는　⑤ ㉤: 긴밀한

5 적용 창의

㉮와 같은 과정으로 지어진 지명은 무엇인가요? (　　　)

① 효자가 살았던 마을 '효자동'
② 배를 많이 재배하는 마을 '배나뭇골'
③ 부자 서천석이 살던 마을 '서천마을'
④ 두 개의 봉우리로 이루어진 산 '두봉산'
⑤ 아홉 마리 용이 하늘로 올라갔던 마을 '구룡마을'

6 추론 하기

㉯에 들어갈 알맞은 지명은 무엇인가요? (　　　)

① 피맛골　② 용마봉　③ 말티고개
④ 말죽거리　⑤ 말굽거리

7 추론 하기

이 글을 바탕으로 [보기]의 밑줄 친 지명을 알맞게 파악한 것은 무엇인가요? (　　　)

> [보기] 조선 시대의 권력가 한명회는 두 딸을 각각 예종과 성종에서 시집보냈다. 왕의 장인이 되어 큰 권세를 누리던 그는 나이가 들어 벼슬자리에서 물러난 뒤, 경치 좋은 한강가에 '압구정'이라는 정자를 지었다. '압구'는 한명회의 호로, '갈매기와 친해 가깝다.'라는 뜻이다. 자연과 어울려 지내고 싶다는 바람이 담긴 말이기도 하다. 이 압구정이라는 정자가 있던 마을이 현재 서울시 강남구의 <u>압구정동</u>이다.

① 자연환경과 관련한 지명에 속한다.
② '온수동'과 같은 방식으로 지어진 지명이다.
③ '하회마을'과 같은 방식으로 지어진 지명이다.
④ 인문 환경의 영향을 받아 지어진 지명에 속한다.
⑤ 고장 사람들의 생활 모습을 짐작할 수 있는 지명의 예이다.

01회 지문 익힘 어휘

1
어휘 의미

뜻에 알맞은 낱말을 [보기]에서 찾아 쓰세요.

[보기] 밀접하다 유래하다 장려하다 언급하다

(1) (   ): 사물이나 일이 생겨나다.

(2) (   ): 아주 가깝게 맞닿아 있다.

(3) (   ): 어떤 문제에 대하여 말하다.

(4) (   ): 좋은 일에 힘쓰도록 권하여 북돋아 주다.

2
어휘 활용

빈칸에 들어갈 알맞은 낱말을 찾아 선으로 이으세요.

(1) 학생들에게 독서를 [ ]했다. •	• ㉮ 밀접
(2) 농사는 날씨와 [ ]한 관련이 있다. •	• ㉯ 언급
(3) 곰바위라는 이름은 전설에서 [ ]했다. •	• ㉰ 장려
(4) 그는 오늘 일어난 사건에 대해 [ ]했다. •	• ㉱ 유래

3
어휘 확장

밑줄 친 낱말의 뜻을 [보기]에서 찾아 기호를 쓰세요.

[보기] • 치다: ㉮ 가축을 기르다.
㉯ 손이나 손에 든 물건으로 세게 부딪게 하다.
㉰ 바람이 세차게 불거나 눈, 비가 세차게 뿌리다.
㉱ 적은 분량의 액체를 따르거나 가루 등을 뿌려서 넣다.

(1) 싱거운 음식에 소금을 쳤다. (   )

(2) 방망이로 날아오는 공을 쳤다. (   )

(3) 양잠은 누에를 치는 것을 말한다. (   )

(4) 비바람이 치는 바람에 길을 나서지 못했다. (   )

02회

사회 | 사회 문화 글 수준: ★★★ 어휘 수준: ★★★★ 글자 수: 949

공부한 날 [ ]월 [ ]일

14분 안에 푸세요.

㈎ 스마트폰을 사용하는 사람은 53억 명이 넘고, 해마다 약 14억 대의 스마트폰이 새로 만들어진다. 사람들은 최신 스마트폰에 큰 관심을 보이며 멀쩡한* 스마트폰을 새것으로 바꾸기도 한다. 그러나 우리가 사용하는 스마트폰 때문에 많은 사람이 고통을 받고, 멸종* 위기에 처한 동물도 있다는 사실을 알고 있을까?

㈏ 스마트폰을 만들 때에는 여러 물질이 사용되는데, 금, 텅스텐, 주석, 탄탈룸 등의 광물*도 들어간다. 이 광물들은 아프리카의 콩고, 르완다, 수단, 잠비아 같은 분쟁* 지역에서 주로 생산된다. 그래서 분쟁 지역에서 생산되는 금, 텅스텐, 주석, 탄탈룸 등을 일컬어 '분쟁 광물'이라고 한다.

▲ 분쟁 광물을 사용한 스마트폰

㈐ 스마트폰의 소비*가 늘면서 스마트폰에 들어가는 광물의 가격은 껑충 뛰어올랐다. 그러자 분쟁을 벌이던 군인들은 광산* 지역으로 눈을 돌렸다. 값비싼 금이나 탄탈룸을 캐내어 팔면 전쟁에 필요한 무기와 식량을 얻을 수 있기 때문이다. 결국 아프리카에서는 광산을 서로 차지하려는 또 다른 싸움이 벌어졌고, 그로 인해 많은 사람이 목숨을 잃었다. 더욱이 광산을 점령한* 군인들은 어른은 물론 아이들까지 끌어다 광물을 캐내는 일을 시키고 있다. 많은 사람이 임금*조차 제대로 받지 못한 채 온종일 광물을 캐내는 위험하고 고된* 일에 시달렸다.

㈑ ㉠분쟁 광물로 인해 고릴라들도 고통을 겪고 있다. ㉡콩고의 카후지-비에가 국립 공원은 덩치가 커다란 동부고릴라의 소중한 보금자리였다. ㉢그런데 이곳에 탄탈룸이 많이 매장되어* 있다는 사실이 알려졌다. ㉣그러자 탄탈룸을 얻으려는 사람들이 몰려들어 숲을 불태우고 동부고릴라를 마구 해쳤다. ㉤그 결과, 현재 동부고릴라는 심각한 '멸종 위기종*'으로 지정된* 상태이다.

㈒ 이처럼 우리가 사용하는 스마트폰 속 분쟁 광물 때문에 많은 사람과 동물이 고통을 받고 있다. 이를 막으려면 우리가 스마트폰의 소비를 줄여야 한다. 버려지는 스마트폰을 적극적으로 재활용하고*, 스마트폰을 오래 사용하려는 노력도 기울여야 한다.

* **멀쩡한** 흠이나 다친 곳 등이 없고 아주 온전한. * **멸종** 생물의 한 종류가 아주 없어짐. * **광물** 금, 철, 석탄처럼 땅속에 묻혀 있는 물질. * **분쟁** 말썽을 일으켜 시끄럽고 복잡하게 다툼. * **소비** 돈이나 물건 등을 써서 없앰. * **광산** 광물을 캐내는 곳. * **점령한** 무력으로 어떤 장소를 차지하여 자리를 잡은. * **임금** 일을 한 대가로 받는 돈. * **고된** 하는 일이 몹시 힘든. * **매장되어** 금, 철, 석탄 등 지하자원이 땅속에 묻혀. * **멸종 위기종** 국제 자연 보호 연맹에서 가까운 미래에 멸종 위험이 높은 희귀종으로 지정한 야생 생물. * **지정된** 가리켜져 분명하게 정해진. * **재활용하고** 쓰고 버리는 물건을 다른 데에 다시 사용하고.

1 이 글에서 글쓴이가 알리려는 문제는 무엇인가요? (　　　)

주제 찾기

① 아프리카의 분쟁 문제
② 스마트폰 사용 인구 증가
③ 스마트폰의 복잡한 제조 방법
④ 동부고릴라의 주요 서식지 파괴
⑤ 스마트폰의 소비 증가로 인한 문제

2 이 글의 내용으로 알맞지 않은 것은 무엇인가요? (　　　)

세부 내용

① 해마다 약 14억 대의 스마트폰이 새로 만들어진다.
② 스마트폰에는 여러 물질이 사용되는데 광물은 들어가지 않는다.
③ 탄탈룸을 얻으려는 사람들이 숲을 불태우고 동부고릴라를 해쳤다.
④ 광산을 점령한 군인들이 사람들을 끌어다 광물 캐내는 일을 시키고 있다.
⑤ 스마트폰의 소비가 늘면서 스마트폰에 들어가는 광물의 가격이 껑충 뛰어올랐다.

3 ㉮에 공통으로 들어갈 낱말을 이 글에서 찾아 쓰세요.

세부 내용

[㉮]은/는 중앙아프리카의 분쟁 지역에서 생산되는 광물을 말한다. 금, 텅스텐, 주석, 탄탈룸 등이 대표적인 [㉮](으)로 꼽힌다. 이 광물들은 스마트폰과 컴퓨터, 자동차에 들어가는 부품의 주요 원료로 쓰인다. [㉮]을/를 광산에서 캐내는 과정에서 무력 충돌과 인권 침해, 환경 파괴 등 여러 문제가 발생하고 있다.

(　　　　　　　　)

4 이 글의 짜임으로 알맞은 것은 무엇인가요? (　　　)

구조 알기

	처음	가운데	끝
①	(가)	(나)—(다)	(라)—(마)
②	(가)	(나)—(다)—(라)	(마)
③	(가)—(나)	(다)	(라)—(마)
④	(가)—(나)	(다)—(라)	(마)
⑤	(가)—(나)—(다)	(라)	(마)

5 적용 창의

다음 중 글쓴이의 의도에 가장 알맞은 행동은 무엇인가요? (   )

① 전쟁을 반대하는 반전 시위에 참가한다.
② 파괴되는 숲을 보호하자는 환경 운동에 참여한다.
③ 액정이 깨진 스마트폰을 수리해서 다시 사용한다.
④ 고통받는 고릴라를 생각하며 동물원에 가지 않는다.
⑤ 가지고 있는 스마트폰을 버리고 최신 스마트폰을 산다.

6 구조 알기

다음을 보고 ㉠~㉤을 '중심 문장'과 '뒷받침 문장'으로 나누어 기호를 쓰세요.

- **중심 문장:** 문단 전체의 내용을 대표하는 문장이다.
- **뒷받침 문장:** 중심 문장을 덧붙여 설명하거나 예를 드는 방법으로 도와주는 문장이다.

(1) 중심 문장: (   )　　(2) 뒷받침 문장: (   )

7 추론 하기

이 글과 [보기]를 바탕으로 짐작한 사실을 알맞게 말한 친구는 누구인가요? (   )

[보기] 네덜란드의 '페어폰'이라는 기업은 분쟁 지역에서 생산된 광물을 사용하지 않고, 노동자에게 적절한 임금을 지급하는 공장을 골라 스마트폰을 만든다. 이 스마트폰의 이름 역시 회사 이름과 같은 '페어폰'으로, 우리말로 하면 '공정한 전화기'라는 뜻이다. 페어폰은 분해하기 쉬운 구조로 만들어 고장이 났을 때 고치기가 수월하다. 또한 소비자가 직접 스마트폰에 들어가는 부품을 주문해 바꿀 수도 있다.

① 민준: 페어폰은 쉽게 분해되어서 오래 사용하기 힘들겠다.
② 윤채: 페어폰은 분쟁 지역 사람들에게 스마트폰을 만들게 하는구나.
③ 시우: 페어폰 같은 스마트폰을 새로 만들어서 소비를 부추기는 것은 옳지 않아.
④ 준수: 페어폰은 그동안 스마트폰 때문에 생긴 문제를 해결하기 위해 만들어졌어.
⑤ 서연: 보통 스마트폰과 달리 페어폰에는 금, 텅스텐, 주석, 탄탈룸 등의 광물이 안 들어가.

02회 지문 익힘 어휘

1

어휘 의미

낱말에 알맞은 뜻을 찾아 선으로 이으세요.

(1) 분쟁	㉮ 가리켜져 분명하게 정해지다.
(2) 소비	㉯ 돈이나 물건 등을 써서 없앰.
(3) 광물	㉰ 생물의 한 종류가 아주 없어짐.
(4) 멸종	㉱ 말썽을 일으켜 시끄럽고 복잡하게 다툼.
(5) 지정되다	㉲ 금, 철, 석탄처럼 땅속에 묻혀 있는 물질.

2

어휘 활용

첫소리를 참고해 빈칸에 들어갈 알맞은 낱말을 쓰세요.

(1) [ㅅ][ㅂ]를 줄이면 자원을 아낄 수 있다.

(2) 광산에서 [ㄱ][ㅁ]을 캐내는 일은 무척 힘들다.

(3) 두 나라는 국경 문제 때문에 [ㅂ][ㅈ]을 벌이고 있다.

(4) 고래의 [ㅁ][ㅈ]을 막기 위해 고래잡이를 법으로 제한한다.

(5) 안중근 의사가 생전에 남긴 글씨가 보물로 [ㅈ][ㅈ]되었다.

3

어휘 확장

밑줄 친 낱말과 바꾸어 쓸 수 있는 낱말의 기호를 쓰세요.

(1) <u>멀쩡한</u> 물건을 왜 버리니? ·· (　　　)

㉮ 성한　㉯ 멀뚱한

(2) 사장은 직원에게 <u>임금</u>을 제대로 지급하지 않았다. ························ (　　　)

㉮ 임용　㉯ 보수

(3) 시민들이 광장과 도로를 <u>점령하고</u> 시위를 벌였다. ························ (　　　)

㉮ 점거하고　㉯ 점검하고

03회

과학 | 생명 과학 글 수준: ★★★ 어휘 수준: ★★ 글자 수: 873

공부한 날 [ ] 월 [ ] 일

13분 안에 푸세요.

㈎ 수리부엉이의 이름에 들어 있는 '수리'는 독수리를 뜻한다. 그러나 수리부엉이는 독수리가 아니라 부엉이의 한 종류이다. 수리부엉이가 독수리처럼 크고 무섭기 때문에 이런 이름이 붙은 것이다. 그러면 수리부엉이가 어떤 새인지 지금부터 자세히 알아보자.

㈏ 수리부엉이는 부엉이 종류 가운데 몸집이 가장 크다. 키는 70센티미터(cm) 정도이고, 양 날개를 활짝 펴면 너비*가 130~180센티미터나 된다. 몸빛*은 암컷과 수컷이 같은데, 전체적으로 황갈색이며, 배와 등에는 검은색 세로무늬가 있다. 수리부엉이의 날카로운 부리와 발톱은 검은색이며, 동그랗고 커다란 눈은 주황색이다. 머리에는 꼭 귀처럼 생긴 검은색 깃털이 나 있다.

㈐ 수리부엉이는 낮에 쉬고 밤에 활동하는 야행성* 동물이다. 수리부엉이는 시력이 아주 좋으며 희미한 빛만 있어도 앞을 볼 수 있다. 그래서 밤에도 사냥감을 잘 찾는다. 주로 꿩이나 메추라기, 토끼, 쥐, 다람쥐, 곤충 등 덩치가 작은 동물을 잡아먹지만, 새끼 사슴이나 여우 등을 사냥하기도 한다. 수리부엉이는 나는 속도가 빠른 편은 아니지만, ㉠<u>놀랄 만큼 조용하게 비행*을 한다.</u> 수리부엉이의 날개 깃털 끝에 나 있는 부드러운 솜털 덕분이다. 그래서 먹잇감이 되는 동물들은 수리부엉이가 코앞*까지 다가와도 알아챌 수 없다. 게다가 수리부엉이는 발톱이 크고 움켜쥐는 힘이 무척 세다. 한번 수리부엉이에게 잡히면 몸부림을 쳐도 빠져나가지 못한다.

㈑ 이처럼 수리부엉이는 밤에 활동하는 동물들 가운데 최강이라고* 할 수 있다. 그래서 수리부엉이에게는 '밤의 제왕'이라는 별명도 붙어 있다. 수리부엉이는 우리나라 곳곳에 사는 텃새*로, 옛날에는 어디서나 흔하게* 수리부엉이를 볼 수 있었다. 하지만 현재 수리부엉이는 천연기념물*이자, 멸종 위기 야생 동물로 지정되어 있다.

*__너비__ 넓은 물체의 가로를 잰 길이. *__몸빛__ 몸의 겉면에 나타나는 빛깔. *__야행성__ 낮에 쉬고 밤에 활동하는 동물의 습성. *__비행__ 공중으로 날아다님. *__코앞__ 아주 가까운 곳. *__최강이라고__ 가장 강한 것이라고. *__텃새__ 계절에 따라 사는 곳을 옮기지 않고 거의 한 지역에서만 사는 새. *__흔하게__ 아주 많아서 쉽게 볼 수 있게. *__천연기념물__ 자연 가운데 법으로 정해 특별히 보호하는 것.

1 이 글의 내용으로 알맞지 않은 것은 무엇인가요? (　　　)

세부 내용

① 수리부엉이는 밤에 활동한다.
② 수리부엉이는 암컷과 수컷의 몸빛이 다르다.
③ 수리부엉이는 우리나라 곳곳에 사는 텃새이다.
④ 수리부엉이는 멸종 위기 야생 동물로 지정되어 있다.
⑤ 수리부엉이는 부엉이 종류 가운데 몸집이 가장 크다.

2 이 글에 대한 설명으로 알맞은 것은 무엇인가요? (　　　)

구조 알기

① 대상과 다른 대상의 차이점을 밝혀서 설명하고 있다.
② 대상이 가진 특징을 하나씩 늘어놓으며 설명하고 있다.
③ 시간의 순서에 따라 대상이 변해 온 과정을 설명하고 있다.
④ 대상에 속하는 종류를 여러 가지로 나누어서 설명하고 있다.
⑤ 대상에 대해 다른 사람이 한 말을 그대로 가져와서 설명하고 있다.

3 글 ㈐의 중심 내용으로 알맞은 것을 두 가지 고르세요. (　　,　　)

주제 찾기

① 수리부엉이의 먹이　　② 수리부엉이의 생김새
③ 수리부엉이의 한살이　　④ 수리부엉이의 서식지
⑤ 수리부엉이의 사냥 활동

4 다음 두 낱말의 관계와 같은 것은 무엇인가요? (　　　)

어휘 어법

수리부엉이 – 새

① 쥐 – 토끼　　② 꿩 – 메추라기　　③ 곤충 – 사슴
④ 여우 – 동물　　⑤ 다람쥐 – 메추라기

5 추론하기

이 글에 추가할 사진 자료로 알맞은 것은 무엇인가요? (　　　)

① 

② 

③ 

④ 

⑤ 

6 추론하기

[보기]를 참고해 ㉠의 까닭을 알맞게 이해한 것은 무엇인가요? (　　　)

> [보기] 소리는 퍼져 나가면서 여러 가지 물체에 부딪치며 일부는 흡수되고 나머지는 반사된다. 이때 부딪치는 물체의 재질에 따라 흡수되는 소리의 양이 달라지는데, 물체가 부드러울수록 흡수되는 소리의 양이 많아진다.

① 수리부엉이는 날개가 크기 때문에 조용하게 비행할 수 있는 거야.
② 수리부엉이가 조용하게 비행하는 것은 날갯짓을 천천히 하기 때문이구나.
③ 수리부엉이가 조용하게 비행하는 것은 날갯짓을 거의 하지 않기 때문이야.
④ 수리부엉이는 날개의 솜털이 소리를 흡수해서 날갯짓을 해도 소리가 나지 않는구나.
⑤ 수리부엉이는 날개의 솜털이 소리를 반사하는 양이 많아서 조용하게 날 수 있는 거야.

7 비판하기

이 글을 읽고 난 독자의 반응으로 알맞지 않은 것은 무엇인가요? (　　　)

① 수리부엉이가 우리나라 말고 다른 곳에서도 사는지 궁금해.
② 수리부엉이는 밤에 주로 활동하니까 낮에는 보기 어렵겠구나.
③ 수리부엉이는 새끼를 얼마나 낳고 어떻게 키우는지 알고 싶어.
④ 수리부엉이는 나는 속도가 빠르지 않아서 사냥을 잘 못하겠네.
⑤ 수리부엉이가 멸종 위기 야생 동물로 지정된 까닭을 알고 싶어.

정답 7쪽

03회 지문 익힘 어휘

1 어휘 의미

낱말 뜻에 알맞은 낱말을 골라 ○표 하세요.

(1) 코앞: 아주 (먼 / 가까운) 곳.

(2) 비행: 공중으로 (뛰어오름 / 날아다님).

(3) 너비: 넓은 물체의 (가로 / 세로)를 잰 길이.

(4) 몸빛: 몸의 (겉면 / 안쪽 면)에 나타나는 빛깔.

(5) 흔하게: 아주 (적어서 / 많아서) 쉽게 볼 수 있게.

2 어휘 활용

빈칸에 들어갈 알맞은 낱말을 [보기]에서 찾아 쓰세요.

[보기]	너비	코앞	몸빛	비행	흔히

(1) 안개가 심해서 (   )도 볼 수 없었다.

(2) 흰올빼미는 이름처럼 (   )이/가 하얀색이다.

(3) 계절이 바뀌자 철새들은 긴 (   )을/를 시작했다.

(4) 아이들끼리 싸우다가 토라지는 것은 (   ) 있는 일이다.

(5) 강폭은 강을 가로질러 잰 길이, 즉 강의 (   )을/를 이르는 말이다.

3 어휘 확장

밑줄 친 낱말과 바꾸어 쓸 수 있는 낱말의 기호를 쓰세요.

(1) 수리부엉이의 키는 70센티미터 <u>정도</u>이다. ………………………………………… (   )

㉮ 남짓　　　㉯ 이상

(2) 수리부엉이는 부엉이들 가운데 <u>몸집</u>이 가장 크다. ……………………………… (   )

㉮ 키　　　㉯ 덩치

(3) 동물들은 수리부엉이가 코앞까지 다가와도 <u>알아채지</u> 못한다. ……………………… (   )

㉮ 눈치채지　　　㉯ 도망치지

(4) 수리부엉이는 우리나라 <u>곳곳</u>에 사는 텃새로, 예전에는 흔히 볼 수 있었다. ……… (   )

㉮ 자리　　　㉯ 여기저기

04회

기술 | 기술 이론 글 수준: ★★★★ 어휘 수준: ★★★ 글자 수: 991

공부한 날 월 일

14분 안에 푸세요.

(가) 상품의 포장지나 가격표에는 으레* 희고 검은 줄무늬인 '바코드'가 있다. 계산대에서 기계를 이용해 바코드를 삑 하고 찍으면, 상품의 이름과 가격 등이 금세 컴퓨터 화면에 뜬다. 우리에게 익숙하고 편리한 바코드는 누가 어떻게 만들었으며, 어떤 원리*로 작동하는 것일까?

▲바코드

(나) 1948년, 미국의 버나드 실버는 공과 대학*에서 열린 축제에서 한 야채 가게 주인이 "상품 정보를 자동으로 읽을 방법이 있으면 좋겠다."고 말하는 것을 들었다. 대학원생이었던 버나드 실버는 야채 가게 주인의 생각에 관심이 생겨 친구 우드랜드와 그 방법을 연구하기 시작했다. 하지만 쉽게 방법을 찾을 수 없었다. 그러던 어느 날, 바닷가에 간 우드랜드는 우연히 모래밭에 손가락으로 선을 긋다가 여러 개의 막대 기호*에 상품 정보를 담는 방식을 떠올렸다. 이렇게 해서 1952년에 바코드가 발명되었다.

(다) ㉠'바코드'는 상품을 관리할 수 있도록 상품에 표시해 놓은 막대 모양의 기호이다. 이 기호는 여러 개의 흰색과 검은색 막대로 이루어졌는데, 상품마다 막대의 넓이나 수가 다르다. 이 막대에 제조* 회사 이름, 상품 이름, 가격 등의 정보가 담겨 있다. 바코드에 있는 정보를 읽으려면 빛을 쬐고 받아들이는 스캐너*와 컴퓨터가 필요하다. 바코드에 있는 막대의 흰색은 빛을 반사하고* 검은색은 빛을 흡수하는* 성질이 있다. 그래서 스캐너로 강한 빛을 쬐면, 흰 막대는 많은 양의 빛을 반사하고 검은 막대는 적은 양의 빛을 반사한다. 스캐너는 이 반사된 빛을 받아서 컴퓨터로 보내고, 컴퓨터가 정보를 처리해 상품명과 가격 등을 알려 주는 것이다.

(라) 바코드는 상품을 관리하는 데 무척 편리한 기술이지만, 발명된 뒤에 곧바로 쓰이지는 못했다. 상품에 일일이 바코드를 붙이기 힘들었고, 바코드를 읽을 수 있는 기계의 가격도 비쌌다. 또 바코드와 관련한 규정*도 새롭게 정해야 했기 때문이다. 바코드는 1974년에야 미국의 한 슈퍼마켓에서 처음으로 사용되었다. 이후 1980년대부터 미국을 비롯해* 세계 여러 나라가 바코드를 사용하게 되었다.

*__으레__ 틀림없이 언제나. *__원리__ 사물이나 현상의 근본이 되는 이치. *__공과 대학__ 공업 생산에 필요한 과학 기술을 전문적으로 공부하는 단과 대학. *__기호__ 어떤 뜻을 나타내는 데 쓰이는 부호나 그림, 문자. *__제조__ 공장에서 큰 규모로 물건을 만듦. *__스캐너__ 인쇄된 사진이나 그림, 문자 등을 읽어서 파일로 바꾸어 저장하는 장치. *__반사하고__ 빛이나 소리 등이 다른 물체에 부딪혀서 방향을 바꾸어 나가고. *__흡수하는__ 안이나 속으로 빨아들이는. *__규정__ 규칙으로 정함. *__비롯해__ 어떤 것에서 생기거나 시작해.

 분 맞은 개수

1 주제 찾기

다음은 이 글을 쓴 까닭입니다. ㉮, ㉯에 들어갈 알맞은 낱말은 무엇인가요? (　　　)

글쓴이는 [㉮]의 발명 과정과 바코드의 [㉯]을/를 자세히 알려 주기 위해 이 글을 썼다.

	㉮	㉯
①	바코드	스캐너
②	바코드	작동 원리
③	스캐너	바코드
④	스캐너	관련 규정
⑤	작동 원리	관련 규정

2 세부 내용

이 글의 내용으로 알맞지 않은 것은 무엇인가요? (　　　)

① 바코드는 1952년에 발명되었다.
② 1980년대부터 세계 여러 나라가 바코드를 사용하기 시작했다.
③ 버나드 실버와 우드랜드는 상품 정보를 자동으로 읽을 방법을 금세 찾았다.
④ 버나드 실버는 상품 정보를 자동으로 읽을 방법이 있으면 좋겠다는 말을 들었다.
⑤ 우드랜드는 모래밭에 손가락으로 선을 긋다가 바코드와 관련한 아이디어를 떠올렸다.

3 세부 내용

'바코드'에 대한 설명으로 알맞지 않은 것은 무엇인가요? (　　　)

① 흰색 막대와 검은색 막대로 이루어졌다.
② 상품을 관리하기 위해 표시해 놓은 기호이다.
③ 상품에 붙은 바코드는 모든 막대의 넓이와 수가 같다.
④ 제조 회사 이름, 상품 이름, 가격 등의 정보가 담겨 있다.
⑤ 바코드에 담긴 정보를 읽으려면 스캐너와 컴퓨터가 필요하다.

4 구조 알기

바코드에 담긴 정보를 읽는 과정의 차례대로 기호를 쓰세요.

㉮ 스캐너로 바코드에 강한 빛을 쬔다.
㉯ 컴퓨터가 정보를 처리해 상품명과 가격 등을 알려 준다.
㉰ 바코드가 반사한 빛을 스캐너가 받아서 컴퓨터로 보낸다.
㉱ 바코드의 검은색과 흰색 막대가 빛을 흡수하거나 반사한다.

(　　　) → (　　　) → (　　　) → (　　　)

5 구조 알기

㉠에 쓰인 설명 방법은 무엇인가요? (　　　　)

① 일의 순서에 따라 설명하는 '과정'
② 구체적인 예를 들어 설명하는 '예시'
③ '무엇은 무엇이다.'라고 설명하는 '정의'
④ 눈에 보이듯이 자세하게 설명하는 '묘사'
⑤ 다른 사람의 말이나 글을 끌어와서 설명하는 '인용'

6 추론하기

글 ㈐에 들어갈 그림으로 알맞은 것은 무엇인가요? (　　　　)

①
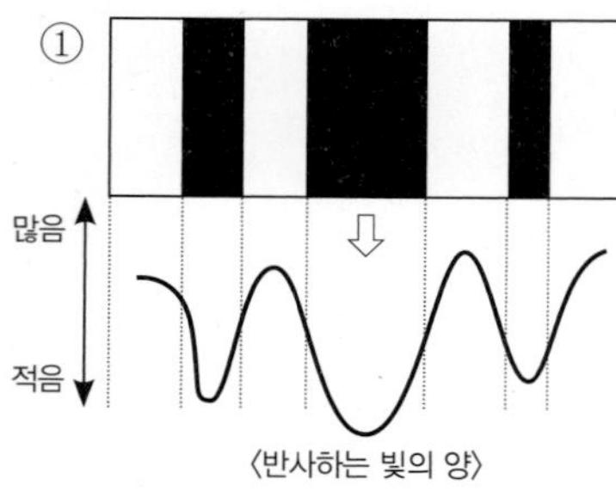

②
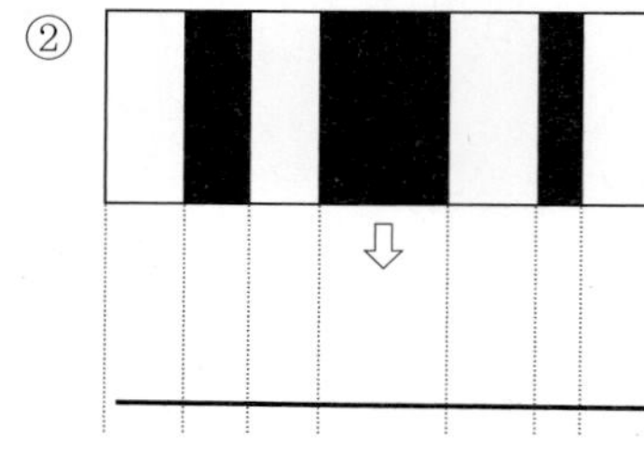

③
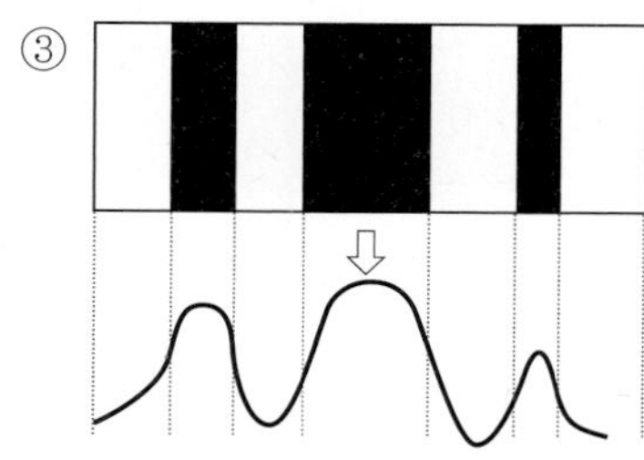

④
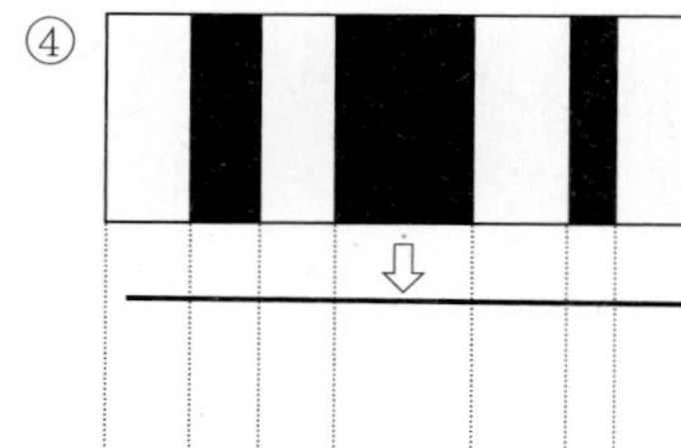

⑤
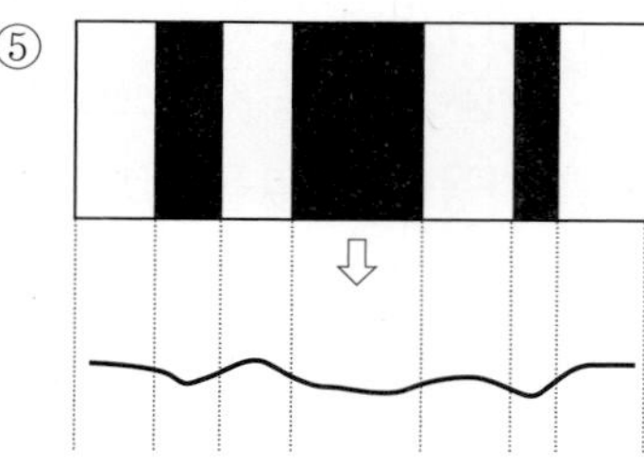

7 추론하기

[보기]를 참고해 바코드와 큐아르 코드를 알맞게 비교하지 <u>못한</u> 것은 무엇인가요? (　　　　)

[보기] '큐아르(QR) 코드'는 빠른 응답을 얻을 수 있는 기호라는 뜻인데, 바코드를 한 단계 발전시킨 것이다. 여러 개의 막대로 이루어진 바코드와 달리, 큐아르 코드는 사각형 안에 불규칙한 무늬가 있는 모양이다. 바코드는 몇 가지 상품 정보만 기록할 수 있지만, 큐아르 코드는 상품 정보 이외에도 누리집, 사진 정보, 동영상 정보 등과 연결이 가능하다. 또한 스마트폰으로 큐아르 코드를 찍으면 누구나 여러 가지 정보를 쉽게 볼 수 있다는 장점도 있다.

▲ 큐아르 코드

① 바코드와 큐아르 코드는 모양이 다르다.
② 바코드를 한 단계 발전시킨 것이 큐아르 코드이다.
③ 바코드와 큐아르 코드는 둘 다 정보를 담은 기호이다.
④ 큐아르 코드는 바코드보다 더 많은 정보를 담을 수 있다.
⑤ 바코드와 큐아르 코드는 모두 스캐너로만 정보를 확인한다.

04회 지문 익힘 어휘

1 어휘 의미

뜻에 알맞은 낱말을 찾아 선으로 이으세요.

(1) 규칙으로 정함.

(2) 틀림없이 언제나.

(3) 어떤 뜻을 나타내는 데 쓰이는 부호나 그림, 문자.

(4) 빛이나 소리 등이 다른 물체에 부딪혀서 방향을 바꾸어 나가다.

㉮ 으레

㉯ 기호

㉰ 규정

㉱ 반사하다

2 어휘 활용

빈칸에 들어갈 알맞은 낱말을 [보기]에서 찾아 쓰세요.

[보기] 으레 반사 기호 규정

산이나 골짜기에서 "야호!" 하고 외치면, (1) ☐☐ "야호!" 하는 소리가 되돌아온다. 이 되돌아오는 소리를 메아리, 또는 산울림이라고 한다. 메아리는 사람들이 외친 소리를 산이나 절벽이 (2) ☐☐하기 때문에 일어나는 현상이다.

3 어휘 확장

밑줄 친 낱말과 반대되는 뜻을 가진 낱말의 기호를 쓰세요.

(1) 그 일은 무척 <u>힘들다</u>. ························ (　　　)

㉮ 힘겹다　㉯ 수월하다

(2) 바코드는 우리에게 <u>익숙하다</u>. ························ (　　　)

㉮ 낯설다　㉯ 낯익다

(3) 상품 정보를 자동으로 읽으니 <u>편리하다</u>. ························ (　　　)

㉮ 용이하다　㉯ 불편하다

05회

예술·체육 | 무용 글 수준: ★★★★ 어휘 수준: ★★★ 글자 수: 934

공부한 날 월 일

14분 안에 푸세요.

(가) 발레는 춤으로 이야기를 표현하는 예술이다. 발레를 보면 놀랍고 아름답다는 느낌이 든다. 발레 무용수*들은 깃털처럼 가볍게 무대를 뛰어다니고, 발끝으로 서서 획획 돌기도 한다. 대체 어떻게 이런 춤을 추게 되었을까?

(나) 발레는 13세기*에 이탈리아에서 처음 생겼다. '발레'라는 말도 '춤을 춘다.'는 뜻의 이탈리아어 '발라레'에서 비롯된 것이다. 그러나 당시의 발레는 지금의 모습과는 전혀 달랐다. 발레는 이탈리아에서 왕과 귀족들이 궁전에서 연회*를 열 때 서로 가깝게 어울리기 위해 추는 사교춤*이었다.

(다) 그러다가 16세기에 이탈리아 메디치 가문*의 딸이 프랑스 왕비가 되면서 발레가 프랑스에 전해졌다. 발레라는 용어*도 이때 처음으로 생겨났다. 프랑스에 전해진 발레는 루이 14세가 다스리던 17세기 초반에 크게 발전했다. 루이 14세는 발레를 무척 좋아해 궁전에서 발레 공연을 자주 열었다. 발레에 대한 열정*으로 자신이 직접 무대에 올라 춤을 추기도 했다. 17세기 후반부터 발레는 궁전이 아닌 극장에서 공연되었고, 전문 무용수가 춤을 추는 예술로 자리 잡았다. 발레는 계속해서 발전해 나갔고, 19세기 전반*에는 유럽에서 유행한 낭만주의*의 영향으로 발레 작품에도 요정이나 악마가 자주 등장했다.

(라) 19세기 후반에 들어서는 러시아가 발레의 중심지*가 되었다. ㉠러시아 발레는 이전의 발레와 달리 무척 역동적*이었다. 다른 무용수를 들어 올리거나 한 발로 서서 도는 등 어려운 동작이 많았다. 그래서 몸을 자유롭게 움직일 수 있도록 발레리나*가 입는 치마의 길이도 짧아졌다. 러시아 발레는 차이콥스키의 음악에 맞춘* 「잠자는 숲속의 미녀」, 「호두까기 인형」, 「백조의 호수」가 차례로 성공을 거두며 세계적으로 유명해졌다.

(마) 오래전 이탈리아 귀족들의 사교춤에서 시작된 발레는 이렇게 프랑스와 러시아를 중심으로 발전했다. 그사이 공연 장소와 의상, 춤의 모습이 변화하며 오늘날에 이르렀다.

▲ 「백조의 호수」 중 한 장면

*무용수 춤을 추는 일을 전문으로 하는 사람. *세기 백 년을 단위로 하는 기간. *연회 축하나 환영 등 음식을 차리고 손님을 청하여 즐기는 일. *사교춤 여러 사람이 모여 서로 사귈 목적으로 남녀 한 쌍이 추는 춤. *가문 한 조상으로부터 이어져 내려오는 집안. *용어 일정한 분야에서 주로 사용하는 말. *열정 어떤 일에 뜨거운 애정을 가지고 열심히 하는 마음. *전반 전체를 반씩 둘로 나눈 것의 앞쪽 반. *낭만주의 꿈이나 공상의 세계를 동경하고 감상적인 정서를 중시하는 창작 태도. *중심지 어떤 일이나 활동의 중심이 되는 곳. *역동적 힘차고 활발하게 움직이는 것. *발레리나 발레를 하는 여자 무용수. *맞춘 서로 어긋남이 없이 조화를 이룬.

1 주제 찾기

이 글의 제목으로 가장 적절한 것은 무엇인가요? (　　　)

① 춤의 역사
② 놀라운 발레
③ 발레의 역사
④ 아름다운 춤, 발레
⑤ 프랑스와 러시아의 발레

2 세부 내용

이 글의 내용으로 알맞지 않은 것은 무엇인가요? (　　　)

① 발레는 이탈리아에서 처음 생겼다.
② 발레는 춤으로 이야기를 표현하는 예술이다.
③ 프랑스 발레는 무척 역동적이며 어려운 동작이 많았다.
④ 프랑스의 루이 14세가 다스리던 시절에 발레가 크게 발전했다.
⑤ 발레는 시간이 흐르면서 공연 장소와 의상, 춤의 모습 등이 변했다.

3 구조 알기

이 글의 짜임으로 알맞은 것은 무엇인가요? (　　　)

	처음	가운데	끝
①	(가)	(나)-(다)	(라)-(마)
②	(가)	(나)-(다)-(라)	(마)
③	(가)-(나)	(다)	(라)-(마)
④	(가)-(나)	(다)-(라)	(마)
⑤	(가)-(나)-(다)	(라)	(마)

4 세부 내용

㉠에 대한 설명으로 알맞지 않은 것은 무엇인가요? (　　　)

① 러시아를 중심지로 발전했다.
② 이전 발레와 달리 움직임이 적어 정적이었다.
③ 몸을 자유롭게 움직이기 위해 발레리나가 짧은 치마를 입었다.
④ 다른 무용수를 들어 올리거나 한 발로 서는 등 어려운 동작이 많았다.
⑤ 「잠자는 숲속의 미녀」, 「호두까기 인형」, 「백조의 호수」 등의 작품이 만들어졌다.

5 구조 알기

글쓴이가 글 ㈏~㈑를 쓴 방법으로 알맞은 것은 무엇인가요? (　　　)

① 시간이나 공간의 순서에 따라 설명했다.
② 두 대상의 공통점을 중심으로 설명했다.
③ 두 대상의 차이점을 중심으로 설명했다.
④ 하나의 주제에 대해 몇 가지 특성을 늘어놓았다.
⑤ 해결할 문제와 그에 대한 해결 방법을 제시했다.

6 추론 하기

이 글과 [보기]를 읽고 내용을 알맞게 이해하지 못한 것은 무엇인가요? (　　　)

[보기] 발레는 시기나 특징에 따라 다음처럼 구분하기도 한다.

- **궁정 발레:** 16세기 프랑스에 전해져서 17세기 초에 크게 발전한 시기의 발레. 궁정 발레는 궁전에서 열렸으며, 왕이나 왕족의 생일, 결혼식 등을 기념해 공연을 했다.
- **고전 발레:** 17세기 후반에 발레가 극장에서 공연될 때부터 19세기 말까지 행해진 발레. '클래식 발레'라고도 부른다.
- **낭만주의 발레:** 고전 발레 중에서도 19세기 초, 낭만주의가 유행하던 시대에 만들어진 발레이다.
- **모던 발레:** 20세기 이후의 현대 발레를 말한다.

① 13세기 이탈리아의 발레는 '궁정 발레'에 속한다.
② 19세기 후반의 러시아 발레는 '고전 발레'에 속한다.
③ 낭만주의 발레 작품에는 요정이나 악마가 자주 나온다.
④ 루이 14세가 다스리던 시기의 발레는 '궁정 발레'에 속한다.
⑤ 낭만주의가 유행하던 시대에 만들어진 발레도 '고전 발레'에 해당한다.

7 추론 하기

이 글을 읽고 더 알아볼 내용으로 알맞은 것은 무엇인가요? (　　　)

① 애니메이션 「잠자는 숲속의 미녀」를 감상해 봐야겠어.
② 옛날 왕과 귀족들이 열었던 연회에 대해 알아봐야겠어.
③ 루이 14세가 어떻게 프랑스를 다스렸는지 알아볼 거야.
④ 요정이나 악마가 등장하는 낭만주의 소설 작품을 찾아볼 거야.
⑤ 여자 무용수를 부르는 '발레리나' 같은 발레 용어에 대해 알아볼래.

05회 지문 익힘 어휘

1

어휘 의미

뜻에 알맞은 낱말을 [보기]에서 찾아 쓰세요.

[보기] 용어 열정 역동적 중심지

(1) ( ): 힘차고 활발하게 움직이는 것.

(2) ( ): 일정한 분야에서 주로 사용하는 말.

(3) ( ): 어떤 일이나 활동의 중심이 되는 곳.

(4) ( ): 어떤 일에 뜨거운 애정을 가지고 열심히 하는 마음.

2

어휘 활용

첫소리를 참고해 빈칸에 들어갈 알맞은 낱말을 쓰세요.

(1) 우리 선생님은 학생들을 [ㅇ][ㅈ]으로 가르치신다.

(2) 그는 힘차게 뛰어오르며 [ㅇ][ㄷ][ㅈ]으로 춤을 추었다.

(3) '발레리나'는 발레를 하는 여자 무용수를 일컫는 [ㅇ][ㅇ]이다.

(4) 서울은 우리나라의 정치, 경제, 사회, 문화의 [ㅈ][ㅅ][ㅈ]이다.

3

어휘 확장

밑줄 친 낱말의 뜻을 [보기]에서 찾아 기호를 쓰세요.

[보기] • 맞추다: ㉮ 줄이나 차례 등에 똑바르게 하다.
㉯ 서로 어긋남이 없이 조화를 이루다.
㉰ 둘 이상의 대상을 같이 놓고 비교하여 살피다.
㉱ 다른 사람의 의도나 기분 등에 맞게 행동하다.
㉲ 떨어져 있는 여러 부분을 알맞은 자리에 대어 붙이다.

(1) 나와 동생은 함께 퍼즐을 <u>맞추며</u> 놀았다. ( )

(2) 우리 반은 운동장에 줄을 <u>맞추어</u> 서 있었다. ( )

(3) 시험이 끝나고 친구들과 서로 답을 <u>맞추어</u> 보았다. ( )

(4) 누나는 까다로운 손님의 비위를 <u>맞추느라</u> 녹초가 되었다. ( )

(5) 러시아에서 차이콥스키의 음악에 <u>맞춘</u> 발레 작품이 성공을 거두었다. ( )

名

이름 명

'명(名)' 자는 저녁 석(夕) 자와 입 구(口) 자가 합쳐진 글자예요. 어두운 밤에는 멀리 있는 사람을 알아볼 수 없어 이름을 불러야 한다는 데서 '이름'을 뜻하게 되었어요.

• 다음 획순에 따라 한자를 따라 쓰세요.

名 ノ ク タ タ 名 名

名 名 名

성명 姓名 (성 성, 이름 명)

성과 이름.

예 이 서류에 성명과 연락처를 적으시면 됩니다.

비슷한말 이름

명작 名作 (이름 명, 지을 작)

훌륭하여 이름난 작품.

예 그 화가는 죽기 전에 마지막으로 명작을 남겼다.

비슷한말 걸작(傑作)

지명 地名 (땅 지, 이름 명)

마을이나 지방, 지역 등의 이름.

예 우리 동네의 지명은 거북이와 관련한 전설 때문에 생겨났다.

Q 밑줄 친 글자의 뜻으로 알맞은 것은 무엇인가요? (　　　)

성<u>명</u>　　지<u>명</u>　　<u>명</u>작

① 키　② 나이　③ 이름　④ 머리　⑤ 다리

2주

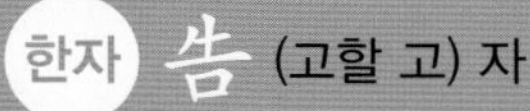

06회

인문 | 윤리　글 수준: ★★★　어휘 수준: ★★　글자 수: 974

공부한 날 [ ] 월 [ ] 일

13분 안에 푸세요.

무단 횡단하지 않기, 교통 신호 지키기, 아무 곳에나 쓰레기 버리지 않기, 새치기하지 않기, 공공시설 질서 있게 사용하기, [㉮] 등은 모두 기초 질서에 해당한다. 기초 질서는 사람들과 어울려 살면서 다른 사람에게 피해를 주지 않기 위해 지켜야 하는 질서이다. 기초 질서는 법으로 강제하는* 경우도 있지만 그 전에 사회 구성원* 모두가 스스로 지키기 위해 노력해야 한다.

기초 질서를 지켜야 하는 까닭은 두 가지가 있다. 첫째, 모든 사람이 어울려 사는 세상을 만들 수 있기 때문이다. 사회는 여러 사람들이 모인 곳으로, 사람들마다 생각과 행동 방식이 모두 ㉠틀리다. 그렇기 때문에 사람마다 자기의 생각대로 행동하면 다툼이 벌어지고 상대방에게 피해를 줄 수 있다. 그러므로 모든 사람이 안전하고 조화롭게* 살기 위해서는 ㉡반드시 기초 질서를 지켜야 한다.

둘째, 사회 질서를 유지해* 혼란과 범죄 피해를 막기 위해서이다. 한 사람이라도 사소한* 기초 질서를 지키지 않으면 다른 사람들도 지키지 않게 되어 결국 범죄로 이어질 수 있다. 이와 같은 현상을 설명하는 심리학* 용어로 '깨진 유리창 법칙'이라는 이론*이 있다. 한 건물 주인이 유리창이 깨진 건물을 ㉢그대로 방치했다*. 지나가던 사람들은 아무도 상관하지* 않을 것이라고 생각해 유리창을 깼다. 이 모습을 본 다른 사람들도 이들을 따라 돌을 던져 유리창이 모두 깨졌다. 그러자 건물은 순식간에 쓰레기와 낙서로 더럽혀졌고, 그 건물에서 크고 ㉣작은 범죄들이 일어났다. 우리 주변에도 이와 같은 일이 일어나는 경우가 있다. 한 사람이 무단 횡단을 하면 다른 사람들도 뒤따라 무단 횡단을 하거나 곳곳에 불법 주정차*가 늘어나는 것 등이 그 예이다. '깨진 유리창 법칙'처럼 한 사람이 벌인 사소한 무질서*가 또 다른 무질서와 더 큰 범죄로 이어진다.

기초 질서는 사회 구성원으로서 반드시 지켜야 하는 약속이다. '나 하나쯤이야'가 아닌 '나 하나라도'라는 생각으로 기초 질서를 지키려고 노력하면 더 ㉤나은 사회를 만들 수 있다.

*강제하는 권력이나 힘으로 남이 원하지 않는 일을 억지로 시키는. *구성원 어떤 조직이나 단체를 이루고 있는 사람. *조화롭게 서로 잘 어울리는 성질이 있게. *유지해 어떤 상태나 상황 등을 그대로 이어 나가. *사소한 중요하지 않은 정도로 아주 작거나 적은. *심리학 인간이나 동물의 의식과 행동을 연구하는 학문. *이론 원리나 이치를 밝히려고 논리에 따라서 짠 틀. *방치했다 무관심하게 그대로 내버려 두었다. *상관하지 남의 일에 간섭하지. *주정차 차를 세우거나 잠깐 멈추는 일. *무질서 질서가 없음.

1 주제 찾기

글쓴이의 의견으로 알맞은 것은 무엇인가요? (　　　)

① 기초 질서를 법으로 강제해야 한다.
② 기초 질서를 지키려고 노력해야 한다.
③ 모든 사람이 한데 어울려 살아야 한다.
④ 지금보다 더 나은 사회를 만들어야 한다.
⑤ 방치된 건물의 유리창을 깨지 말아야 한다.

2 세부 내용

'기초 질서'에 대한 내용으로 알맞지 않은 것은 무엇인가요? (　　　)

① 사회 구성원으로서 지켜야 하는 약속이다.
② 지키지 않아도 아무런 처벌을 받지 않는다.
③ 모든 사람이 어울려 사는 세상을 만들기 위해서 필요하다.
④ 기초 질서를 지키면 사회 질서를 유지해 혼란과 범죄 피해를 막을 수 있다.
⑤ 사람들과 어울려 살면서 다른 사람에게 피해를 주지 않기 위해 지켜야 하는 질서이다.

3 세부 내용

다음과 관계있는 이론은 무엇인지 이 글에서 찾아 쓰세요.

한 사람이라도 사소한 기초 질서를 지키지 않으면 다른 사람들도 지키지 않게 되어 결국 범죄로 이어진다.

(　　　　　　　　　　)

4 추론하기

㉮에 들어갈 내용으로 알맞지 않은 것은 무엇인가요? (　　　)

① 정지선 지키기
② 지하철 에티켓 지키기
③ 공공시설에 전단지 붙이기
④ 스마트폰 보면서 다니지 않기
⑤ 공공장소에서 조용히 전화하기

5 어휘 어법

㉠~㉤ 중 쓰임이 알맞지 않은 낱말은 무엇인가요? (　　　)

① ㉠　② ㉡　③ ㉢　④ ㉣　⑤ ㉤

6 적용 창의

'깨진 유리창 법칙'의 예로 알맞은 것은 무엇인가요? (　　　)

① 사람이 붐비는 식당에 사람들이 더 몰린다.
② 환자에게 가짜 약을 먹였는데 환자의 병이 나아졌다.
③ 새로 산 바지에 어울리는 신발이 없다고 생각해 신발도 함께 샀다.
④ 한 사람이 공원 의자에 종이컵을 버린 뒤 며칠이 지나자 주변에 쓰레기가 수북이 쌓였다.
⑤ 부모가 공부를 지나치게 강요하면 반항하는 마음이 생겨 오히려 공부를 더 하지 않게 된다.

7 추론 하기

이 글을 바탕으로 [보기]를 알맞게 이해하지 못한 친구는 누구인가요? (　　　)

> [보기] 1990년대 미국 뉴욕시는 범죄 발생률이 높았다. 당시 뉴욕시의 시장이었던 줄리아니는 범죄 발생률을 줄이기 위해 시시 티브이(CCTV)를 설치하고 순찰을 늘리는 등 여러 가지 정책을 내놓았지만 범죄는 줄어들지 않았다. 그러자 줄리아니는 지하철역 안에 있는 낙서를 지우게 했고 쓰레기 몰래 버리기와 같은 가벼운 범죄를 강력하게 단속했다. 그러자 낙서를 지우기 시작한 지 3년 만에 범죄 발생 건수가 약 75퍼센트나 줄었고, 강력 범죄도 크게 줄었다.

① 재준: 작은 변화로 큰 문제를 해결한 예야.
② 세영: 사소한 무질서라도 방치하지 말고 제때 단속해야 해.
③ 민우: 가벼운 범죄와 강력 범죄를 해결하는 방법은 달라야 해.
④ 수정: 줄리아니 시장은 깨진 유리창 법칙을 이용해 뉴욕을 변화시켰어.
⑤ 주환: 깨진 유리창 법칙이나 [보기]의 내용은 환경에 따라 사람들의 행동이 달라질 수 있다는 것을 보여 주고 있어.

06회 지문 익힘 어휘

1

어휘 의미

뜻에 알맞은 낱말을 찾아 선으로 이으세요.

(1) 서로 잘 어울리는 성질이 있다. ●	● ㉮ 강제하다
(2) 무관심하게 그대로 내버려 두다. ●	● ㉯ 방치하다
(3) 중요하지 않은 정도로 아주 작거나 적다. ●	● ㉰ 사소하다
(4) 어떤 상태나 상황 등을 그대로 이어 나가다. ●	● ㉱ 유지하다
(5) 권력이나 힘으로 남이 원하지 않는 일을 억지로 시키다. ●	● ㉲ 조화롭다

2

어휘 활용

빈칸에 들어갈 알맞은 낱말을 찾아 기호를 쓰세요.

(1) [　　] 싸움이 큰 싸움으로 번졌다. ……………………………………………… (　　　)

㉮ 사소한　　㉯ 강제한　　㉰ 조화로운

(2) 오랫동안 [　　] 자전거에 녹이 슬었다. ……………………………………… (　　　)

㉮ 강제한　　㉯ 방치한　　㉰ 상관한

(3) 합창단원들의 목소리가 [　　] 어울린다. ………………………………… (　　　)

㉮ 사소하게　　㉯ 유지하게　　㉰ 조화롭게

(4) 자동차는 일정한 속력을 [　　] 달리고 있다. ……………………………… (　　　)

㉮ 유지하며　　㉯ 강제하며　　㉰ 방치하며

3

어휘 확장

[보기]처럼 두 개의 낱말이 합쳐져 만들어진 낱말이 아닌 것은 무엇인가요? (　　　)

[보기] 유리 + 창 → 유리창

① 생각　　② 봄비　　③ 논밭　　④ 김밥　　⑤ 손발

07회

사회 | 사회 문화 글 수준: ★★★ 어휘 수준: ★★★ 글자 수: 978

공부한 날 [ ] 월 [ ] 일

13분 안에 푸세요.

(가) ㉠인터넷은 우리 생활을 편리하게 만들어 주지만 여러 가지 문제점도 있다. 이 문제점 중 하나가 바로 악성 댓글이다. 악성 댓글이란 인터넷 게시판 등에 올려진 내용에 대해 악의적*으로 비방하거나* 험담하는* 내용을 쓴 댓글을 말한다. 얼마 전 악성 댓글 때문에 힘들어 하던 연예인은 갑자기 방송을 그만두고 악성 댓글을 올린 사람들을 고소하였다*. 최근에는 연예인뿐 아니라 일반인 중에서도 악성 댓글 때문에 고통받는 사람들이 늘어나고 있어 심각한* 사회 문제가 되고 있다. ㉡우리나라에서는 악성 댓글이 범죄로 인정될 경우, 법으로 처벌하고* 있지만 악성 댓글은 사라지지 않고 있다.

(나) 사람들이 악성 댓글을 쓰는 까닭은 인터넷 공간에서 자신이 신분이 드러나지 않는 익명성이 있기 때문이다. 또한 댓글을 통해 남에게 관심과 인정을 받고 싶어 하기 때문이다. 그래서 사람들의 호응* 만 있다면 악성 댓글도 괜찮다고 생각해 악성 댓글을 쓰는 것이다. ㉮○○대 심리학과 박△△ 교수는 "악성 댓글을 쓰는 사람들은 댓글의 조회 수나 공감 수에만 몰두하는* 경향이 있어 상대방이 받을 피해는 생각하지 않고 악성 댓글을 달게 된다."고 말했다.

(다) 이러한 ㉢악성 댓글 문제를 해결하기 위해서는 개인과 기업, 정부 모두가 노력해야 한다. ㉣개인은 상대방의 입장에서 생각하는 태도를 가지고 악성 댓글을 달지 않기 위해 스스로 노력해야 한다. 관련 기업들도 책임감을 가져야 한다. 이미 일부 대형 포털 사이트에서는 연예나 스포츠 관련 뉴스 기사에 댓글을 달지 못하도록 댓글 창을 없앴고, 인공 지능*을 이용하여 악성 댓글을 찾아내 적극적으로 지우는 노력을 하고 있다. 정부도 악성 댓글을 막자는 운동을 벌이거나 관련 교육을 마련하는* 등의 노력을 기울여야 한다.

(라) 악성 댓글이 사라지려면 무엇보다 올바른 댓글 문화가 정착되어야* 한다. ㉤나의 댓글이 누군가에게는 언어 폭력*이 될 수 있다는 생각을 가지고 스스로를 돌아보는 자세가 필요하다. 악성 댓글을 줄이고 없애는 데 우리 모두가 머리를 맞대고* 지혜를 모을 때다.

＊**악의적** 남을 괴롭히려는 나쁜 마음이 있는 것. ＊**비방하거나** 남을 깎아내리거나 해치는 말을 하거나. ＊**험담하는** 남의 부족한 점이나 잘못 등을 들추어 헐뜯는. ＊**고소하였다** 경찰이나 검찰에 법을 어기고 해를 입힌 사람을 벌해 달라고 일렀다. ＊**심각한** 상태나 정도가 매우 심하거나 절박하거나 중대한. ＊**처벌하고** 죄나 잘못이 있어 벌을 주고. ＊**호응** 다른 사람의 말이나 주장에 응하거나 찬성하는 것. ＊**몰두하는** 어떤 일에 온 마음과 정신을 쏟는. ＊**인공 지능** 컴퓨터가 인간처럼 생각하고 학습하고 판단하여 스스로 행동하도록 만드는 기술. ＊**마련하는** 필요한 것을 미리 헤아려서 갖추는. ＊**정착되어야** 당연한 것으로 사회에 받아들여져야. ＊**언어폭력** 성적인 이야기나 욕설, 협박 등을 하는 일. ＊**머리를 맞대고** 어떤 일을 의논하거나 결정하기 위하여 서로 마주 대하고.

1 이 글의 중심 글감은 무엇인가요? (　　　)

주제 찾기

① 악성 댓글
② 사회 구성원
③ 포털 사이트
④ 인터넷의 장점
⑤ 인공 지능 기술

2 이 글에서 알 수 없는 내용은 무엇인가요? (　　　)

세부 내용

① 악성 댓글의 뜻
② 악성 댓글 처벌 사례
③ 사람들이 악성 댓글을 쓰는 까닭
④ 악성 댓글 문제를 해결하는 방법
⑤ 악성 댓글이 심각한 사회 문제가 되고 있는 상황

3 ㉠~㉤ 중 문단의 중심 문장에 해당하는 것은 무엇인가요? (　　　)

구조 알기

① ㉠　② ㉡　③ ㉢　④ ㉣　⑤ ㉤

4 악성 댓글 문제를 해결하기 위해 정부에서 해야 할 일을 두 가지 고르세요. (　　,　　)

세부 내용

① 댓글 창을 없앤다.
② 악성 댓글과 관련한 교육을 마련한다.
③ 상대방의 입장에서 생각하는 태도를 가진다.
④ 악성 댓글을 막자는 내용의 캠페인을 벌인다.
⑤ 인공 지능 기술을 이용하여 악성 댓글을 찾아내서 없앤다.

5 **이 글에 덧붙일 자료로 가장 알맞은 것은 무엇인가요? (　　　)**

추론하기

① 연령별 스마트폰 사용 시간을 나타낸 표
② 청소년 하루 평균 게임 시간을 나타낸 그래프
③ 각 나라별 인터넷 보급률 순위를 나타낸 그래프
④ 초등학생의 스마트폰 주요 이용 장소를 나타낸 표
⑤ 최근 5년간 사이버 명예 훼손 발생 건수를 나타낸 표

6 **㉮에 대해 평가한 내용으로 알맞은 것은 무엇인가요? (　　　)**

비판하기

① 오래된 자료여서 믿기 어렵다.
② 전문가의 말을 인용해서 믿을 만하다.
③ 조사 결과가 분명하지 않아 믿기 어렵다.
④ 글쓴이가 추측한 내용이어서 믿기 어렵다.
⑤ 악성 댓글을 쓴 경험이 있는 사람의 면담을 예로 들어서 믿을 만하다.

7 **이 글과 [보기]를 읽고 알게 된 사실로 알맞은 것은 무엇인가요? (　　　)**

추론하기

[보기]
• 이탈리아는 악성 댓글로 인한 벌금이 최대 67억 원 정도이다.
• 미국의 한 뉴스 전문 방송사에서는 댓글 기능을 사용하지 않고 있다.
• 일본의 한 포털 사이트에서는 인공 지능이 악성 댓글의 정도를 판단해 일정 수준을 넘으면 자동적으로 댓글 창에 표시하지 않는다.

① 인터넷으로 다양한 정보를 빠르게 얻을 수 있다.
② 각 나라마다 악성 댓글에 대응하는 방법이 다르다.
③ 세계적으로 인터넷 사용자의 수가 점점 줄어들고 있다.
④ 다른 나라는 악성 댓글을 심각한 사회 문제로 생각하지 않는다.
⑤ 온라인으로 다른 나라 사람들과 소통하는 사람들이 늘어나고 있다.

07회 지문 익힘 어휘

1 어휘 의미

밑줄 친 낱말의 뜻을 찾아 기호를 쓰세요.

(1) 남이 나를 비방할 때는 맞대응을 해서는 안 된다. ································· (　　　)
㉮ 상대의 공격을 맞받아 다시 공격하다.
㉯ 남을 깎아내리거나 해치는 말을 하다.

(2) 홍수가 나자 정부에서 수해 복구를 위해 대책을 마련했다. ························· (　　　)
㉮ 필요한 것을 미리 헤아려서 갖추다.
㉯ 흐트러지거나 어수선한 상태에 있는 것을 한데 모으거나 치우다.

(3) 우리나라에 주 5일제 수업이 정착된 것은 불과 육 년 전의 일이다. ················ (　　　)
㉮ 분명하지 못하고 흐릿하다.
㉯ 당연한 것으로 사회에 받아들여지다.

(4) 정욱이는 자신의 신발을 몰래 가져간 아이를 처벌하지 말아 달라고 했다. ········ (　　　)
㉮ 죄나 잘못이 있어 벌을 주다.
㉯ 어떤 것이 확실하다고 여기거나 받아들이다.

2 어휘 활용

빈칸에 들어갈 알맞은 낱말을 [보기]에서 찾아 쓰세요.

[보기] 마련　　비방　　정착　　처벌

(1) 법을 어긴 사람은 당연히 (　　　　　)해야 한다.

(2) 용돈을 아껴 엄마 생일 선물을 살 돈을 (　　　　　)했다.

(3) 우리나라에서는 앱을 이용한 배달 문화가 (　　　　　)되고 있다.

(4) 선거에 나온 후보자들은 상대방을 (　　　　　)하거나 거짓 사실을 퍼뜨리지 않기로 했다.

3 어휘 확장

[보기]의 내용과 관계있는 한자 성어는 무엇인가요? (　　　)

[보기] 인터넷은 우리 생활을 편리하게도 하지만 여러 가지 문제점도 있다.

① 유일무이(唯一無二): 둘도 없이 오직 하나뿐임.
② 일취월장(日就月將): 나날이 다달이 자라거나 발전함.
③ 천차만별(千差萬別): 여러 가지 사물이 모두 서로 같지 않고 다름.
④ 일장일단(一長一短): 어떤 한 면에서의 장점과 다른 면에서의 단점.
⑤ 일맥상통(一脈相通): 생각, 상태, 성질 등이 서로 통하거나 비슷해짐.

08회

과학 | 지구 과학 글 수준: ★★★★ 어휘 수준: ★★★ 글자 수: 957

공부한 날 [ ] 월 [ ] 일

14분 안에 푸세요.

(가) 달은 지구에서 가장 가까운 천체*로, 지구로부터 약 38만 4,400킬로미터(km) 되는 거리에 있다. ㉠달은 지구의 밤을 밝혀 주는 빛이며, 지구에 많은 영향을 주는 존재이다. 달은 지구에 어떤 영향을 미치고* 있을까?

(나) 첫째, 사계절의 변화를 만들어 준다. 지구는 하루에 한 바퀴씩 스스로 도는 자전*을 하고, 일 년에 한 바퀴씩 태양의 주위를 도는 공전*을 한다. 이 때문에 태양 빛을 받는 시간과 위치가 달라져 계절의 변화가 생겨난다. ㉡지구는 23.5도 정도 기울어진 채로 공전하는데, 달의 중력*은 지구의 기울기*가 일정하도록* 잡아 주는 역할을 한다. [㉮] 달이 없다면 지구가 태양 쪽으로 더 기울어져 지구에 사계절이 생기지 않고 날씨의 변화도 심해질 것이다. 또한 지구의 자전 주기*도 빨라져 하루가 24시간보다 짧아질 것이다.

▲ 지구와 달

(다) 둘째, 밀물과 썰물이 일어나게 한다. ㉢밀물은 바닷물이 육지 쪽으로 들어오는 현상을 말하고, 썰물은 바닷물이 빠져나가는 현상을 말한다. 바닷물이 육지 쪽으로 들어오거나 빠져나가는 정도는 달의 위치에 따라 달라지는데 달이 지구에 가까워지면 밀물이 되고, 달이 지구와 멀어지면 썰물이 된다. 그런데 달이 없으면 밀물과 썰물이 생기지 않게 된다.

(라) 셋째, 일식과 월식에 영향을 미친다. ㉣일식은 달이 태양의 일부나 전부를 가리는 현상이고, 월식은 지구의 그림자에 가려 달의 일부나 전부가 보이지 않는 현상이다. 일식은 태양, 달, 지구가 순서대로 완벽히 일직선*을 이룰 때 달의 그림자가 태양을 가리기 때문에 일어난다. 또 월식은 태양, 지구, 달이 순서대로 완벽히 일직선을 이룰 때 지구의 그림자가 달을 가려서 일어난다.

(마) 이처럼 달은 지구에 많은 도움을 주고 있는 소중한 천체이다. 하지만 ㉤달은 1년에 3.8센티미터씩 지구와 조금씩 멀어지고 있다. 이 속도라면 앞으로 약 15억 년 후에는 지구와 완전히 멀어지게 된다. 그러면 달도 지구에 더 이상 영향을 미치지 못하게 되어 지구의 환경도 많이 달라질 것이다.

＊**천체** 우주에 있는 모든 물체. ＊**미치고** 힘이나 어떤 영향을 끼치고. ＊**자전** 지구, 달 같은 것이 스스로 도는 것. ＊**공전** 어떤 별이 다른 별 둘레를 되풀이하여 도는 것. ＊**중력** 질량을 가지고 있는 모든 물체가 서로 잡아당기는 힘. ＊**기울기** 어떤 것이 기울어진 정도. ＊**일정하도록** 여럿의 양, 성질, 상태, 계획 등이 변하지 않고 한결같도록. ＊**주기** 어떤 것을 한 바퀴 도는 데 걸리는 시간. ＊**일직선** 한 방향으로 쭉 곧은 선.

1 구조 알기

이 글을 쓴 방법으로 알맞은 것은 무엇인가요? (　　　)

① 시간의 흐름에 따라 썼다.
② 장소의 변화에 따라 썼다.
③ 대상의 몇 가지 특성을 늘어놓았다.
④ 두 대상의 공통점과 차이점을 썼다.
⑤ 문제 상황을 쓴 뒤 해결 방안을 썼다.

2 세부 내용

달에 대한 설명으로 알맞은 것을 두 가지 고르세요. (　　,　　)

① 태양 주위를 돈다.
② 지구에서 가장 가까운 천체이다.
③ 지구에 사계절의 변화를 만든다.
④ 해마다 지구와 조금씩 가까워지고 있다.
⑤ 23.5도 정도 기울어진 채로 자전을 한다.

3 주제 찾기

㉠~㉤ 중 글의 중심 내용을 담고 있는 문장은 무엇인가요? (　　　)

① ㉠　② ㉡　③ ㉢　④ ㉣　⑤ ㉤

4 세부 내용

달 때문에 일어나는 현상이 아닌 것은 무엇인가요? (　　　)

① 밀물　② 썰물　③ 일식
④ 월식　⑤ 지진

5 추론하기

㉮에 들어갈 알맞은 낱말은 무엇인가요? (　　　　)

① 결코　② 마치　③ 비록
④ 만약　⑤ 왜냐하면

6 추론하기

글 ㈏를 읽고 짐작할 수 있는 사실은 무엇인가요? (　　　　)

① 달은 지구보다 작다.
② 달은 아주 오래 전에 생겨났다.
③ 달은 스스로 빛을 내지 못한다.
④ 달은 지구의 기후에 영향을 미친다.
⑤ 달은 한 달을 주기로 모습이 변한다.

7 적용창의

[보기]를 참고할 때, 달이 사라지면 일어날 일로 알맞지 않은 것은 무엇인가요? (　　　　)

[보기] 밀물과 썰물이 활발하게 일어나는 지역에서는 갯벌이 발달한다. 갯벌은 오염된 바다를 깨끗하게 해 줄 뿐 아니라 다양한 종류의 생물들이 살아갈 수 있는 터전이 된다. 또한 밀물과 썰물의 차이를 이용하여 전기를 생산하는 조력 발전소를 세울 수도 있다. 조력 발전소는 바닷물의 힘을 이용하기 때문에 환경에 해를 끼치지 않는다.

① 조력 발전이 불가능할 것이다.
② 전기를 생산할 수 없을 것이다.
③ 갯벌이 마르거나 사라질 것이다.
④ 바다 생태계에 큰 변화가 생길 것이다.
⑤ 오염된 바다를 깨끗하게 할 수 없을 것이다.

정답 17쪽

08회 지문 익힘 어휘

1

어휘 의미

낱말과 그 뜻이 알맞게 짝 지어진 것은 무엇인가요? (　　　)

① 주기: 어떤 것이 기울어진 정도.
② 일직선: 한 방향으로 쭉 곧은 선.
③ 천체: 지구, 달 같은 것이 스스로 도는 것.
④ 미치다: 어떤 별이 다른 별 둘레를 되풀이하여 돌다.
⑤ 일정하다: 여럿의 양, 성질, 상태, 계획 등이 계속 변하다.

2

어휘 활용

빈칸에 들어갈 알맞은 낱말을 [보기]에서 찾아 쓰세요.

[보기]	주기	천체	일정	일직선	미친다

(1) 달은 지구 주변에 있는 (　　　　　　　　)이다.
(2) 타자가 친 공이 (　　　　　　　　)(으)로 날아갔다.
(3) 지구는 삼백육십오 일을 (　　　　　　　　)(으)로 태양을 돈다.
(4) 날씨가 사람의 기분에도 많은 영향을 (　　　　　　　　)는 연구 결과가 있다.
(5) 아침저녁으로 기온 차가 심할 때는 실내 온도를 (　　　　　　　　)하게 해 주는 것이 좋다.

3

어휘 확장

다음 낱말과 뜻이 반대되는 낱말을 찾아 선으로 이으세요.

(1) 짧다 ●	● ㉮ 멀다
(2) 일부 ●	● ㉯ 길다
(3) 가깝다 ●	● ㉰ 전체
(4) 빠르다 ●	● ㉱ 나가다
(5) 들어오다 ●	● ㉲ 느리다

09회

기술 | 첨단 기술 글 수준: ★★★ 어휘 수준: ★★★★ 글자 수: 984

공부한 날 월 일

14분 안에 푸세요.

▲ 드론 택시

(가) 사람들은 다른 지역으로 가거나 물건을 옮길 때 자동차, 비행기, 배 등의 교통수단을 이용한다. 최근 과학 기술의 발달로 새로운 교통수단이 개발되면서 미래 생활에 대한 기대가 커지고 있다. 미래에 우리가 이용하게 될 교통수단에는 무엇이 있는지 함께 알아보자.

(나) 첫째, 하늘을 나는 자동차라는 드론 택시가 있다. 드론은 사람이 직접 조종하지 않고 먼 거리에서 전파*로 조종하여* 움직이는 비행 물체*로, 하늘을 날아다니기 때문에 지금보다 이동 시간이 짧아진다. 또한 활주로* 없이 이륙할* 수 있으며, 수소 연료를 이용하기 때문에 온실가스*를 거의 배출하지* 않는다. 하지만 바람의 영향을 많이 받아 조종이 까다롭다. 우리나라는 가까운 미래에 드론 택시를 일상생활에서 사용하는 것을 목표로 하고 있는데, 처음에는 사람이 조종하는 방식으로 운행하다가 점차 원격*으로 조종하거나 드론이 스스로 움직이는 비행 방식으로 바꿀 예정이다.

(다) 둘째, 초고속* 열차인 하이퍼루프가 있다. 하이퍼루프는 자석의 원리를 이용해 공기 저항*이 없는 튜브 터널을 빠른 속도로 달리는 열차이다. 최고 속도는 비행기보다 빠른 시속* 1,200킬로미터(km)로, 서울에서 부산까지 가는 데 20분도 걸리지 않는다. 하이퍼루프는 소음이 없고, 에너지 소비도 적으며, 날씨의 영향을 받지 않는다. 또한 태양열 전기를 사용하기 때문에 친환경적*이다.

(라) 셋째, 자율 주행 자동차가 있다. 자율 주행 자동차는 운전자가 운전하지 않아도 스스로 움직이는 자동차이다. 자율 주행 자동차는 노인이나 장애인 등 몸을 움직이기 불편한 사람도 자유롭게 이용할 수 있고, 차량과 관련한 범죄를 줄일 수 있으며, 운전자는 운전 대신 다른 일을 할 수 있는 등 여러 가지 장점이 있다.

(마) 예로부터 교통수단의 발달은 우리 생활에 많은 변화를 가져왔다. 미래의 교통수단인 드론 택시, 하이퍼루프, 자율 주행 자동차를 이용하면 먼 곳까지 더 빠르고 안전하게 이동하는 것은 물론, 교통 혼잡*이나 환경 오염과 같은 여러 가지 사회 문제들도 해결할 수 있을 것이다.

*__전파__ 라디오 같은 무선 통신이나 전기 통신에 쓰는 전자파. ***조종하여** 비행기나 배 같은 기계를 다루어 움직이게 하여. ***비행 물체** 공중을 날아다니는 물체. ***활주로** 비행장에서 비행기가 뜨거나 내릴 때에 달리는 길. ***이륙할** 비행기 등이 날기 위해 땅에서 떠오를. ***온실가스** 지구 대기를 오염시켜 온실 효과를 일으키는 이산화 탄소, 메탄 등의 가스. ***배출하지** 안에서 만들어진 것을 밖으로 밀어 내보내지. ***원격** 멀리 떨어져 있음. ***초고속** 더할 수 없을 정도로 매우 빠른 속도. ***공기 저항** 공기 속을 운동하는 물체의 운동 방향과 반대 방향으로 작용하는 힘. ***시속** 한 시간을 단위로 하여 잰 속도. ***친환경적** 자연환경을 오염하지 않고 자연 그대로의 환경과 잘 어울리는 것. ***교통 혼잡** 교통 이용이 늘어나 통행 속도가 느려지고 통행 시간이 오래 걸리는 도로망의 상태.

1 주제 찾기

이 글의 제목으로 알맞은 것은 무엇인가요? (　　　)

① 교통 문제를 해결할 방법
② 미래 교통수단의 장점과 단점
③ 친환경 에너지 개발의 필요성
④ 미래에 이용할 교통수단의 종류
⑤ 통신수단의 발달이 우리 생활에 가져올 변화

2 세부 내용

이 글의 내용과 일치하지 않는 것은 무엇인가요? (　　　)

① 하이퍼루프는 비행기보다 빠르다.
② 드론 택시는 활주로가 없어도 이륙할 수 있다.
③ 하이퍼루프를 움직이려면 많은 에너지가 필요하다.
④ 새로운 교통수단의 개발로 여러 가지 사회 문제들이 해결될 것이다.
⑤ 드론은 사람이 직접 조종하지 않고 먼 거리에서 전파로 조종하여 움직일 수 있다.

3 구조 알기

이 글의 짜임으로 알맞은 것은 무엇인가요? (　　　)

	처음	가운데	끝
①	(가)	(나)–(다)–(라)	(마)
②	(가)	(나)–(다)	(라)–(마)
③	(가)–(나)	(다)–(라)	(마)
④	(가)–(나)	(다)	(라)–(마)
⑤	(가)–(나)–(다)	(라)	(마)

4 세부 내용

드론 택시의 장점으로 알맞은 것은 무엇인가요? (　　　)

① 소음이 없다.
② 운전자가 다른 일을 할 수 있다.
③ 지금보다 이동 시간이 짧아진다.
④ 태양열을 사용하여 친환경적이다.
⑤ 몸이 불편한 사람도 자유롭게 이동할 수 있다.

5 구조 알기

글 ㈎~㈑ 중 다음 문장을 덧붙이기에 알맞은 문단은 무엇인가요? (　　　　)

> 하지만 사고가 났을 때 사람이 운전하지 않은 경우 사고의 책임이 누구에게 있는지가 분명하지 않고, 운전과 관계된 다양한 직업이 사라질 수 있다는 단점도 있다.

① 글 ㈎　② 글 ㈏　③ 글 ㈐　④ 글 ㈑　⑤ 글 ㈒

6 비판하기

이 글을 읽고 난 반응으로 알맞지 <u>않은</u> 것은 무엇인가요? (　　　　)

① 드론 택시는 자석의 원리를 이용해 친환경적이야.
② 하이퍼루프를 이용하면 환경 오염을 줄일 수 있겠구나.
③ 바람이 많이 부는 날에는 드론 택시를 이용하기 힘들 수도 있겠어.
④ 하이퍼루프는 워낙 속도가 빠르기 때문에 무엇보다 안전성이 보장되어야 해.
⑤ 자율 주행 자동차를 이용하면 운전 미숙이나 졸음운전으로 인한 사고를 막을 수 있어.

7 추론하기

이 글에 나온 미래의 교통수단과 [보기]에 나온 교통수단의 공통점은 무엇인가요? (　　　　)

> [보기] 전 세계적으로 환경 문제에 대한 관심이 높아지면서 태양열을 연료로 하는 태양광 자동차가 개발되었다. 태양광 자동차는 태양 에너지를 사용해 달리는 자동차로, 연료비가 들지 않으며 이산화 탄소를 배출하지 않아 환경에도 좋고 소음이 없다. 하지만 가격이 비싸고 밤이나 비가 오는 날에는 충전하기 어려울 수 있다.

① 연료가 같다.　② 친환경적이다.
③ 속도가 빠르다.　④ 운전하기가 까다롭다.
⑤ 날씨에 영향을 받지 않는다.

정답 19쪽

09회 지문 익힘 어휘

1
어휘 의미

뜻에 알맞은 낱말을 [보기]에서 찾아 쓰세요.

[보기]	원격	초고속	배출하다	이륙하다	조종하다

(1) (   ): 멀리 떨어져 있음.

(2) (   ): 더할 수 없을 정도로 매우 빠른 속도.

(3) (   ): 비행기 등이 날기 위해 땅에서 떠오르다.

(4) (   ): 안에서 만들어진 것을 밖으로 밀어 내보내다.

(5) (   ): 비행기나 배 같은 기계를 다루어 움직이게 하다.

2
어휘 활용

빈칸에 들어갈 알맞은 낱말을 찾아 선으로 이으세요.

(1) 잠시 후 비행기가 ☐할 예정이다. •	• ㉮ 원격
(2) 가정에서도 많은 생활 하수를 ☐하고 있다. •	• ㉯ 조종
(3) 동생은 모형 비행기를 자유자재로 ☐하고 있었다. •	• ㉰ 배출
(4) 의사는 환자를 직접 보지 않고 ☐(으)로 진료하였다. •	• ㉱ 이륙
(5) 세계에서 제일 빠른 ☐ 엘리베이터를 타고 전망대에 갔다. •	• ㉲ 초고속

3
어휘 확장

[보기]의 빈칸에 공통으로 들어갈 낱말은 무엇인가요? (   )

[보기]	교통☐	항공☐	활주☐

① –가　② –개　③ –로　④ –소　⑤ –적

10회

예술·체육 | 음악 글 수준: ★★★ 어휘 수준: ★★★★ 글자 수: 972

공부한 날 월 일

14분 안에 푸세요.

(가) 우리 조상들은 농사일을 함께할 때나 마을에 큰 행사가 있을 때 풍물놀이를 하면서 풍년을 기원하고* 공동체 의식*을 다졌다*. 풍물놀이는 옛날부터 농촌에서 농부들이 행해 온 우리나라 고유*의 음악으로, '농악'이라고도 불린다. 그런데 시대가 바뀌면서 실내에서 연주하기 적합하도록* 풍물놀이의 형태를 바꾼 음악이 큰 인기를 끌게 되었는데, 그것이 바로 사물놀이이다. 사물놀이는 풍물놀이에서 나온 음악이지만 풍물놀이와 여러 가지로 다르다.

(나) 먼저 (㉠)이/가 다르다. 풍물놀이는 꽹과리, 소고, 북, 장구, 징, 태평소 등 다양한 악기를 사용하고 악기의 종류를 더하거나 뺄 수도 있다. 하지만 사물놀이는 꽹과리, 징, 장구, 북의 네 가지 타악기만을 사용한다.

(다) 두 번째로 연주 인원*이 다르다. 풍물놀이의 경우, 각 악기마다 두세 명 이상이 있어 전체 연주자 수가 많으며 때에 따라 얼마든지 달라질 수 있다. 사물놀이는 보통 네 명이 연주를 한다. 사물놀이는 정교하고* 빠른 가락을 정확하게 쳐야 하기 때문에 각 악기마다 두 명 이상이 연주할 경우 가락이 맞지 않는 경우가 있기 때문이다.

(라) 세 번째로 연주 장소와 형태가 다르다. 풍물놀이는 마당과 같은 넓은 야외에서 대형*을 이루어 연주를 하고 노래, 춤 등이 함께 어우러져* 관객들이 적극적으로 참여하며 함께 즐길 수 있다. 하지만 사물놀이는 실내인 무대에 앉거나 서서 연주를 하며 춤이나 노래가 없어 관객들의 참여가 적은 편이다.

(마) 마지막으로 연주 시간도 다르다. 풍물놀이의 경우 시간 제한* 없이 길게 연주하여 가락*의 반복이 많다. 반면 사물놀이는 한 곡이 대략 십 분에서 이십 분 사이일 정도로 짧으며 가락을 반복하는 일이 적다.

(바) 이처럼 사물놀이는 풍물놀이에서 나온 음악으로 풍물놀이와 차이점이 있다. 하지만 우리의 전통 악기가 잘 어우러진 신나는 가락이며 전 세계 사람들의 많은 사랑을 받고 있는 자랑스러운 우리의 음악이라는 점은 같다. 그리고 지금도 다른 국악기나 서양 음악과 협연하는* 등 새로운 시도*를 하고 있다.

▲ 풍물놀이

▲ 사물놀이

＊**기원하고** 바라는 일이 이루어지기를 빌고. ＊**공동체 의식** 생활이나 행동 또는 목적 등을 같이하는 집단에 속해 있다는 의식. ＊**다졌다** 마음이나 뜻을 굳게 하였다. ＊**고유** 한 사물이나 집단 등이 본래부터 지니고 있는 특별한 것. ＊**적합하도록** 어떤 일이나 조건에 꼭 들어맞아 알맞도록. ＊**인원** 모임이나 단체를 이루고 있는 사람들. ＊**정교하고** 솜씨나 기술이 빈틈이 없이 자세하며 뛰어나고. ＊**대형** 여러 사람이 길게 서서 만들어진 줄의 모양. ＊**어우러져** 여럿이 함께 어울려 한 덩어리를 크게 이루어. ＊**제한** 일정한 정도나 범위를 넘지 못하게 막음. ＊**가락** 소리의 높낮이가 리듬과 어울려 나타나는 음의 흐름. ＊**협연하는** 한 독주자가 다른 독주자나 악단과 함께 음악을 연주하는. ＊**시도** 어떤 일을 이루기 위하여 계획하거나 행동함.

1 주제 찾기

글쓴이가 이 글을 쓴 목적은 무엇인가요? (   )

① 전통문화 체험 행사를 소개하기 위해서
② 사물놀이와 풍물놀이의 종류를 소개하기 위해서
③ 사물놀이와 풍물놀이의 차이점을 알려 주기 위해서
④ 사물놀이와 풍물놀이의 공통점을 알려 주기 위해서
⑤ 우리의 전통문화를 전 세계에 알리자고 주장하기 위해서

2 세부 내용

이 글의 내용과 일치하는 것을 두 가지 고르세요. (,   )

① 사물놀이는 '농악'이라고도 불린다.
② 사물놀이는 연주와 노래, 춤 등이 함께 어우러진다.
③ 사물놀이는 풍물놀이와 연주 장소, 연주 형태가 다르다.
④ 사물놀이는 풍물놀이를 실내에서 연주하기 적합하게 바꾼 것이다.
⑤ 사물놀이는 전체 연주자 수가 많으며, 때에 따라 연주자 수가 달라질 수 있다.

3 구조 알기

다음과 같은 방법으로 쓴 문단은 무엇인가요? (   )

설명 대상을 밝히고 설명 대상의 개념을 자세히 풀어서 설명해 주었다.

① 글 (가) ② 글 (나) ③ 글 (다) ④ 글 (라) ⑤ 글 (마)

4 추론하기

㉠에 들어갈 알맞은 말은 무엇인가요? (   )

① 악기를 만드는 재료
② 사용되는 악기의 수
③ 악기를 연주하는 때
④ 사용되는 악기의 역할
⑤ 악기를 연주하는 방법

5 세부 내용

사물놀이에 사용하는 악기가 아닌 것은 무엇인가요? (　　　)

① 북　② 징　③ 장구
④ 소고　⑤ 꽹과리

6 추론하기

이 글과 [보기]를 참고해 사물놀이와 풍물놀이에 대해 알맞게 이해한 친구는 누구인가요? (　　　)

> [보기] 사물놀이는 1978년 서울의 소극장에서 한 풍물패가 공연을 하면서 시작되었다. 1970년대 들어 농촌에서 풍물놀이가 점차 사라지는 것을 막기 위해 김덕수, 김용배, 최태현, 이종대 네 사람이 풍물놀이에 사용되었던 악기 중에서 꽹과리, 장구, 징, 북만 사용해 무대 위에서 연주한 것이 최초의 사물놀이였다.
> 사물놀이는 1982년 일본에서 공연을 하면서부터 전 세계에 알려지기 시작해 지금은 우리나라를 대표하는 세계적인 음악이 되었다.

① 유진: 풍물놀이는 종류가 많지만 사물놀이는 종류가 많지 않아.
② 민주: 풍물놀이와 사물놀이를 통해 조상의 지혜를 엿볼 수 있어.
③ 주혁: 풍물놀이의 역사는 오래되었지만 사물놀이의 역사는 오래되지 않았어.
④ 채원: 풍물놀이와 사물놀이는 모두 농사가 잘되기를 바라는 마음에서 시작했어.
⑤ 성찬: 사물놀이는 일부 지역에서만 행해졌지만 풍물놀이는 전국 어디에서나 행해졌어.

7 적용 창의

이 글의 독자가 [보기]에 대해 보인 반응으로 가장 알맞은 것의 기호를 쓰세요.

> [보기] 난타는 1997년 10월, 한 공연장에서 처음 공연된 이후 전 세계적으로 많은 사랑을 받고 있는 우리나라의 자랑스러운 뮤지컬 작품이다. 난타는 고급 음식점 주방에서 일하는 요리사들에 대한 이야기로, 말 대신 칼, 도마, 냄비, 프라이팬 등 여러 도구를 두드려 내용을 전달하고 있다. 난타는 우리의 전통문화인 사물놀이의 신나는 리듬을 발전시켰다는 평가를 받고 있다.

㉮ 전통 국악 공연이 점점 사라지고 있어 아쉬워.
㉯ 사물놀이는 지금도 끊임없이 변화를 시도하고 있구나.
㉰ 사물놀이도 좁은 무대가 아닌 넓은 야외에서 공연을 하는 것이 좋겠어.

(　　　　　)

10회 지문 익힘 어휘

1
어휘 의미

뜻에 알맞은 낱말을 찾아 선으로 이으세요.

(1) 바라는 일이 이루어지기를 빌다.	㉮ 고유
(2) 모임이나 단체를 이루고 있는 사람들.	㉯ 인원
(3) 어떤 일이나 조건에 꼭 들어맞아 알맞다.	㉰ 기원하다
(4) 여럿이 함께 어울려 한 덩어리를 크게 이루다.	㉱ 적합하다
(5) 한 사물이나 집단 등이 본래부터 지니고 있는 특별한 것.	㉲ 어우러지다

2
어휘 활용

빈칸에 들어갈 알맞은 낱말을 [보기]에서 찾아 쓰세요.

[보기] 인원 고유 기원 적합

(1) 한복은 우리나라 (　　　　　　　)의 옷이다.

(2) 이곳은 농사를 짓기에 (　　　　　　　)한 곳이다.

(3) 운동장에 모인 (　　　　　　　)은/는 모두 열 명이다.

(4) 우리 가족은 모두 삼촌이 시험에 합격하기를 (　　　　　　　)했다.

3
어휘 확장

[보기]의 밑줄 친 낱말과 <u>같은</u> 뜻으로 쓰인 것은 무엇인가요? (　　　)

[보기] 우리 조상들은 풍물놀이를 하면서 공동체 의식을 <u>다졌다</u>.

① 열심히 공부하기로 마음을 <u>다졌다</u>.
② 매일 연습하며 노래 실력을 <u>다졌다</u>.
③ 방학 동안 수학의 기초를 탄탄히 <u>다졌다</u>.
④ 엄마는 발로 밟으며 땅을 단단하게 <u>다졌다</u>.
⑤ 농부는 씨앗을 땅에 묻고 흙을 단단히 <u>다졌다</u>.

告

고할 고

'고(告)' 자는 소 우(牛) 자와 입 구(口) 자가 합쳐진 글자예요. 먼 옛날 소를 제물로 바쳐 신에게 알리던 제사 풍습에서 '알리다', '고하다'라는 뜻을 갖게 되었어요.

● 다음 획순에 따라 한자를 따라 쓰세요.

告 丿 𠂉 牛 牛 牛 告 告

告 告 告

보고 報告
(갚을 보, 고할 고)

연구하거나 조사한 것의 내용이나 결과를 알리는 문서나 글.
예 우리 모둠의 실험 결과 보고는 건우가 맡았다.
비슷한말 보고서(報告書)

고소 告訴
(고할 고, 호소할 소)

경찰이나 검찰에 법을 어기고 해를 입힌 사람을 벌해 달라고 이르는 일.
예 인기 가수가 악성 댓글을 쓴 사람들을 고소하였다.

공고 公告
(공평할 공, 고할 고)

관청이나 단체에서 어떤 내용을 널리 알림.
예 영어 말하기 대회에 참가할 학교 대표를 뽑는다는 공고가 붙었다.
비슷한말 공시(公示), 공포(公布), 반포(頒布)

Q 빈칸에 공통으로 들어갈 한자는 무엇인가요? (　　　)

보□　　□소　　공□　　보□서

① 上　　② 心　　③ 中　　④ 告　　⑤ 公

⑦ 告

3주

11회

인문 | 윤리 글 수준: ★★★★ 어휘 수준: ★★★★ 글자 수: 982

공부한 날 [ ] 월 [ ] 일

15분 안에 푸세요.

세상에는 여러 가지 거짓말이 있다. 상대방에게 해를 입히는 거짓말과 선의*의 거짓말도 있다. 선의의 거짓말이란 선하고 좋은 의도*를 가지고 하는 거짓말로, '하얀 거짓말'이라고도 부른다. 뚱뚱한 것을 고민하는 친구에게 뚱뚱하지 않다고 말해 주는 것이 대표적인 선의의 거짓말이다. 우리는 거짓말은 나쁜 것이라고 배웠지만 선의의 거짓말은 우리 삶에 꼭 필요하다.

(가) 첫째, 다른 사람에게 유익*을 주려는 선한 목적을 가지고 있기 때문이다. 거짓말은 대부분 자신의 이익이나 목적을 위해 다른 사람을 속인다. 반면 선의의 거짓말은 상대방의 유익을 위해 한다. 예를 들어, 의사가 난치병* 환자에게 "큰 병이 아니니 곧 나을 수 있다."고 말하면 환자는 희망을 갖고 치료에 최선을 다할 수 있다. 그러나 만약 의사가 난치병 환자에게 진실을 말한다면 환자는 좌절해서* 치료를 포기할* 수도 있다. 이럴 때는 진실을 알리기보다 선의의 거짓말을 하는 편이 더 낫다. 이와 비슷한 예로 '플라세보 효과'를 들 수 있다. 플라세보 효과는 환자가 밀가루나 설탕으로 만든 가짜 약을 진짜 약으로 알고 먹었을 때 병세*가 좋아지는 현상이다. 이 현상은 의학적으로도 인정받을* 정도로 병을 낫게 하는 효과가 있다.

둘째, 도덕규범*을 넘어서는 예외적*인 상황이 있기 때문이다. 일제 강점기에 독립군을 숨겨 주었는데 일본군이 찾아와 독립군이 있는 곳을 묻는 경우를 생각해 보자. 진실을 말한다면 독립군이 죽음을 당할 것이므로, 선의의 거짓말로 독립군의 목숨을 구하는 것이 마땅하다. 영화 「쉰들러 리스트」의 주인공 쉰들러 역시 독일군에게서 유대인*들의 목숨을 구하기 위해 선의의 거짓말을 밥 먹듯 했다*. 아무리 도덕규범이 중요하더라도 사람의 생명보다 소중하다고 볼 수 없다. 이런 특별한 상황에서는 선의의 거짓말이 꼭 필요하다.

㉠'과유불급'이라는 말이 있다. 선의의 거짓말은 우리 삶에 반드시 필요하지만 지나치면 신뢰감*을 떨어뜨리는 독이 될 수 있다. 선의의 거짓말은 필요한 때에만 적절하게 사용해야 한다.

∗**선의** 남을 위하는 좋은 뜻이나 마음. ∗**의도** 어떤 일을 하려는 계획이나 속뜻. ∗**유익** 이롭거나 도움이 될 만함. ∗**난치병** 고치기 어려운 병. ∗**좌절해서** 마음이나 기운이 꺾여서. ∗**포기할** 하려던 일이나 생각을 중간에 그만둘. ∗**병세** 병의 증세나 상태. ∗**인정받을** 어떤 것의 가치나 능력 등이 확실하다고 여겨질. ∗**도덕규범** 사람들이 지켜야 할 도덕적 본보기. ∗**예외적** 일반적인 규칙이나 예에서 벗어나는 것. ∗**유대인** 히브리어를 쓰며, 고대에는 팔레스타인에 살았다가 로마 제국에 의해 흩어진 뒤 다시 이스라엘을 세운 민족. ∗**밥 먹듯 했다** 예사로 자주 했다. ∗**신뢰감** 굳게 믿고 의지하는 마음.

1 주제 찾기

글쓴이의 주장으로 알맞은 것은 무엇인가요? (　　　)

① 거짓말을 해서는 안 된다.
② 선의의 거짓말은 꼭 필요하다.
③ 선의의 거짓말을 해서는 안 된다.
④ 거짓말은 때를 가려서 해야 한다.
⑤ 선의의 거짓말은 특별한 상황에만 해야 한다.

2 세부 내용

선의의 거짓말에 대한 내용으로 알맞지 않은 것은 무엇인가요? (　　　)

① 도덕 규범을 넘어서는 특징이 있다.
② 상대방의 유익을 위해 하는 거짓말이다.
③ 지나치게 사용하면 신뢰감을 떨어뜨린다.
④ 선하고 좋은 의도를 가지고 하는 거짓말이다.
⑤ 자신의 이익이나 목적을 위해 하는 거짓말이다.

3 구조 알기

(가) 부분에서 사용한 설명 방법은 무엇인가요? (　　　)

① 구체적인 예를 들어 설명하고 있다.
② 일의 차례에 따라 순서대로 설명하고 있다.
③ 용어의 개념을 자세히 풀어서 설명하고 있다.
④ 기준에 따라 같은 것끼리 묶어서 설명하고 있다.
⑤ 두 대상의 같은 점과 다른 점을 서로 비교하고 있다.

4 추론 하기

이 글에 덧붙일 근거로 알맞지 않은 것의 기호를 쓰세요.

㉮ 선의의 거짓말과 나쁜 거짓말을 분명하게 나눌 수 없기 때문이다.
㉯ 다른 사람들과의 사이를 부드럽게 만들어 주는 역할을 하기 때문이다.
㉰ 선의의 거짓말을 하는 것은 전 세계가 공통으로 가지고 있는 관습이기 때문이다.

(　　　　　　　)

5 세부 내용

다음 빈칸에 들어갈 알맞은 낱말은 무엇인가요? (　　　　)

> [　　　　] 효과는 환자가 밀가루나 설탕으로 만든 약을 진짜 약으로 알고 먹었을 때 병세가 좋아지는 현상이다.

① 거짓말　　② 쉰들러　　③ 플라세보
④ 도덕규범　　⑤ 하얀 거짓말

6 어휘 어법

㉠의 뜻으로 알맞은 것은 무엇인가요? (　　　　)

① 많으면 많을수록 좋음.
② 무엇이든 지나친 것은 좋지 않음.
③ 좋은 일에 또 좋은 일이 더 일어남.
④ 미리 준비해 놓으면 걱정할 것이 없음.
⑤ 상대방의 능력이나 성과가 놀랄 정도로 매우 좋아짐.

7 적용 창의

이 글을 참고해 [보기] 속 인물의 행동에 대해 알맞게 말한 것은 무엇인가요? (　　　　)

> [보기] 『별주부전』에서 자라는 용왕의 병에 효험이 있다는 토끼의 간을 구하기 위해 토끼에게 높은 벼슬을 준다고 속여서 용궁으로 데려갔다. 용궁에 도착한 토끼는 자신이 자라에게 속은 것을 알고 간을 빼 놓고 왔다는 거짓말로 목숨을 잃을 뻔한 위기에서 벗어나 다시 육지로 돌아갈 수 있었다.

① 자라는 높은 벼슬을 얻으려고 선의의 거짓말을 한 거야.
② 토끼는 자신이 용왕을 구할 수 없다고 생각해서 진실을 말했어.
③ 토끼는 자신을 위해 거짓말을 한 것이므로 선의의 거짓말이라고 볼 수 없어.
④ 자라는 결국 용왕의 병을 고치지 못했으니 선의의 거짓말이라고 할 수 없어.
⑤ 토끼는 목숨을 잃을 뻔한 상황에서 한 거짓말이므로, 선의의 거짓말이라고 할 수 있어.

정답 23쪽

11회 지문 익힘 어휘

1 어휘 의미

뜻에 알맞은 낱말을 찾아 선으로 이으세요.

(1) 마음이나 기운이 꺾이다.	㉮ 선의
(2) 굳게 믿고 의지하는 마음.	㉯ 유익
(3) 이롭거나 도움이 될 만함.	㉰ 예외적
(4) 남을 위하는 좋은 뜻이나 마음.	㉱ 신뢰감
(5) 일반적인 규칙이나 예에서 벗어나는 것.	㉲ 좌절하다

2 어휘 활용

빈칸에 들어갈 알맞은 낱말의 기호를 쓰세요.

(1) 초등학생이 그 시험을 치르는 것은 [ ]인 일이다. ································ ( )
㉮ 예외적　　㉯ 대표적

(2) 양치기 소년은 거짓말을 계속해서 [ ]을/를 잃었다. ···························· ( )
㉮ 선의　　㉯ 신뢰감

(3) 세호와 나는 둘 다 우리 반 대표로 뽑혀 [ ]의 경쟁을 했다. ··················· ( )
㉮ 유익　　㉯ 선의

(4) 부모님은 자신들의 [ ]을 바라지 않고 우리를 위해 희생하셨다. ············· ( )
㉮ 유익　　㉯ 신뢰감

3 어휘 확장

[보기]에서 밑줄 친 관용 표현의 뜻으로 알맞은 것은 무엇인가요? ( )

[보기] 지아는 매일 다른 거짓말을 밥 먹듯 했다.

① 예사로 자주 하다.
② 뜻밖에 이익이 생기다.
③ 오래간만에 밥을 먹다.
④ 저 하고 싶은 대로 마음대로 다루다.
⑤ 일정한 노력을 들여서 먹을 것이나 대가를 얻다.

12회

사회 | 경제　글 수준: ★★★　어휘 수준: ★★　글자 수: 893

공부한 날 [　] 월 [　] 일

13분 안에 푸세요.

㈎ 아주 오랜 옛날, 인류는 수만 년 동안 먹을 것을 찾아 여기저기 떠돌면서 살았다. 짐승을 사냥하거나 나무 열매를 따서 먹고살며 추위를 피할 동굴만 있으면 행복하게 여겼다. 원시 시대에는 돈이 없어도 전혀 불편하지 않았다.

㈏ 육천 년 전쯤, 인류가 농사를 지으면서 큰 변화가 일어났다. 처음에는 겨우 먹고살 만큼만 곡식을 거두었지만 농사 기술이 좋아지면서 수확하는* 양이 점점 늘어났다. 곡식이 많이 남게 되자 사람들은 자신이 가진 것을 다른 사람의 것과 맞바꾸었다. 농부는 자신이 키운 곡식과 사냥꾼이 잡은 노루 고기를 바꾸고, 어부는 물고기와 삼베* 옷감을 바꾸었다. 이렇게 물건과 물건을 바꾸는 것을 '물물 교환'이라고 한다.

㈐ 그런데 ㉠물물 교환은 생각만큼 쉽지 않았다.

"오늘은 아무도 딸기를 바꾸려고 하지 않네."

"겨우 생선 두 마리를 노루 한 마리와 바꾸자고? 말도 안 돼."

이와 같은 상황처럼 물건을 바꾸려는 사람을 만나지 못하거나 물건값에 대한 생각이 달라 거래*가 이루어지지 않을 때도 있었다. 그래서 사람들은 값을 매길 수 있는 물건으로 돈의 역할을 대신하게* 했다. 이렇게 물건을 돈으로 사용하는 것을 '물품 화폐*'라고 부른다. 쌀농사를 짓는 곳에서는 쌀을, 유목민*은 동물이나 가죽을, 소금이 풍부한* 지중해 연안*에서는 소금을, 남아메리카에서는 많이 나는 카카오* 열매를 물품 화폐로 썼다.

㈑ 그러다가 사천 년 전, 사람들이 금속을 다루게 되면서 금화와 은화, 동전 같은 '금속 화폐*'가 생겨났다. 곡식이나 소금, 가죽 같은 물품 화폐는 많은 양을 들고 다니려면 무거웠고 보관을 잘못하면 썩거나 녹는 치명적인* 약점이 있기 때문이었다. 하지만 금속으로 만든 돈은 운반하거나* 보관하기 편해서 사람들에게 환영을 받았다. 금속 화폐가 생겨난 뒤 돈은 계속 진화하면서* 오늘날 우리가 쓰는 동전과 지폐로 발전했다.

* **수확하는** 익은 곡식이나 채소 같은 것을 거두어들이는. * **삼베** 삼으로 꼰 실로 짠 누런 천. * **거래** 돈이나 물건을 주고받거나 사고팖. * **대신하게** 어떤 것이 맡던 기능, 구실을 다른 것이 맡게. * **물품 화폐** 돈의 기능을 하였던 상품. * **유목민** 소나 양과 같은 가축이 먹을 풀과 물을 찾아 옮겨 다니면서 사는 민족. * **풍부한** 넉넉하고 많은. * **연안** 바다, 강, 호수 등과 닿아 있는 땅. * **카카오** 코코아, 초콜릿의 원료가 되는 카카오나무의 열매. * **화폐** 물건을 사고팔 때 물건 값으로 주고받는 종이나 쇠붙이로 만든 돈. * **치명적인** 다시 돌이킬 수 없을 만큼 큰 피해를 주는. * **운반하거나** 물건을 옮겨 나르거나. * **진화하면서** 일이나 물건 등이 점점 발달해 가면서.

1 세부 내용

이 글의 내용과 일치하지 않는 것은 무엇인가요? (   )

① 육천 년 전에 인류는 농사를 짓기 시작했다.
② 먼 옛날 인류는 사냥을 하며 동굴에서 살았다.
③ 사람들이 금속을 다루게 되면서 물품 화폐가 생겨났다.
④ 물건과 물건을 서로 교환하는 것을 물물 교환이라고 한다.
⑤ 지중해 연안에서는 소금이 풍부해 소금을 물품 화폐로 썼다.

2 구조 알기

돈이 생겨난 차례에 맞게 정리한 것은 무엇인가요? (   )

① 물품 화폐 → 물물 교환 → 금속 화폐 → 동전과 지폐
② 물물 교환 → 금속 화폐 → 물품 화폐 → 동전과 지폐
③ 금속 화폐 → 물물 교환 → 동전과 지폐 → 물품 화폐
④ 동전과 지폐 → 물품 화폐 → 물물 교환 → 금속 화폐
⑤ 물물 교환 → 물품 화폐 → 금속 화폐 → 동전과 지폐

3주 12회 정답 및 풀이 24~25쪽

3 세부 내용

㉠의 까닭으로 알맞은 것의 기호를 쓰세요.

㉮ 내가 가진 물건과 바꾸려는 사람이 너무 많아서
㉯ 물건을 사거나 팔 때 물품 화폐를 쓰려는 사람이 많아서
㉰ 물건을 바꾸려는 사람들 사이에 물건의 값어치에 대한 생각이 달라서

(   )

4 구조 알기

이 글의 짜임을 나타낸 그림으로 알맞은 것은 무엇인가요? (   )

① (가) (나) (다) (라)

② (가) (나) (다) (라)

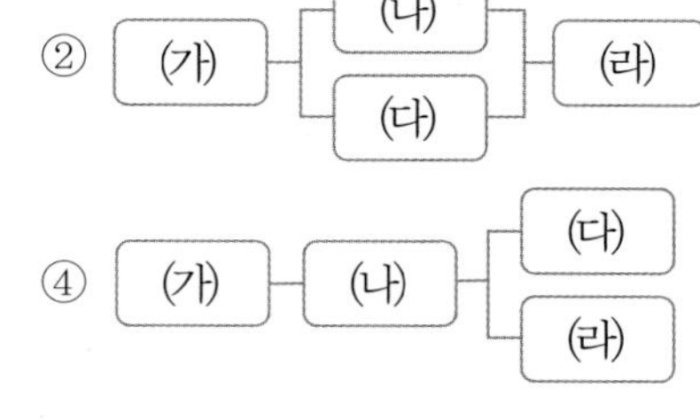

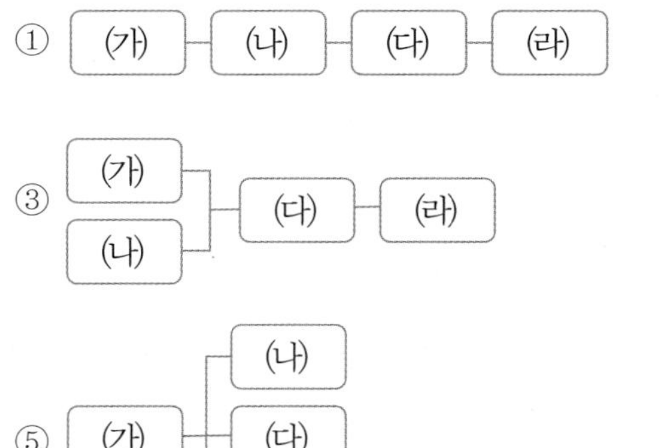

5 주제 찾기

글 ㈎~㈑의 중심 내용으로 알맞은 것은 무엇인가요? (　　　　)

① 글 ㈎: 원시 시대의 화폐
② 글 ㈏: 금속 화폐의 등장
③ 글 ㈐: 물물 교환의 시작
④ 글 ㈑: 다양한 물품 화폐의 출현
⑤ 글 ㈑: 금속 화폐의 출현과 화폐의 진화

6 구조 알기

이 글에서 [보기]의 내용이 들어갈 곳은 어디인가요? (　　　　)

> [보기] 기록에 나오는 최초의 돈은 중국에서 물품 화폐로 쓴 '자안패'라는 조개껍데기였다. 자안패는 더운 지방에서 나는 귀한 조개로, 중국뿐 아니라 아시아와 아프리카에서도 널리 쓰였다.

① 글 ㈎의 앞　② 글 ㈎의 뒤　③ 글 ㈏의 뒤
④ 글 ㈐의 뒤　⑤ 글 ㈑의 뒤

7 추론 하기

이 글의 독자가 [보기]에 대해 보인 반응으로 알맞은 것은 무엇인가요? (　　　　)

> [보기] 남태평양의 얍섬에서는 어른 키보다 큰 돌의 한가운데에 작은 구멍을 뚫어서 돈으로 썼다. 이 돌은 크고 무거웠기 때문에 직접 주고받을 수 없었다. 그래서 옷감을 사면 옷감을 판 사람에게 "이제 우리 집 마당의 돌은 당신 것입니다."라고 말하면 돈을 준 것이 되었다. 즉, 돌은 주인이 바뀐 채 원래 자리에 그대로 있는 것이다.

① 돌은 크고 무거워서 주고받을 수 없으니 화폐라고 할 수 없어.
② 돌을 주고받으면서 주인이 바뀌었으니 돌은 금속 화폐라고 해야 해.
③ 옷감과 돌을 바꾸었으니 물품 화폐가 아니라 물물 교환이라고 해야 해.
④ 아무리 주인이 바뀌어도 돌이 그대로 있으니 물품 화폐라고 볼 수 없겠어.
⑤ 옷감을 살 때 돈으로 쓴 돌이 물품 화폐였네. 물품 화폐의 종류는 다양했구나.

12회 지문 익힘 어휘

1 어휘 의미

뜻에 알맞은 낱말을 낱말 카드로 만들어 쓰세요.

확	거	진	풍	래	수	부	화

(1) 넉넉하고 많다. → □□하다

(2) 돈이나 물건을 주고받거나 사고팖. → □□

(3) 일이나 물건 등이 점점 발달해 가다. → □□하다

(4) 익은 곡식이나 채소 같은 것을 거두어들이다. → □□하다

2 어휘 활용

첫소리를 참고해 빈칸에 들어갈 알맞은 낱말을 쓰세요.

선우: 올해 할머니 댁에서 감자를 많이 (1) ㅅㅎ하셨대. 그래서 우리 집에도 세 상자나 보내 주셨어.

아름: 우아, 좋겠다. 너희 집 감자가 그렇게 많으면 우리 집 상추와 바꾸어 먹는 건 어때? 우리 집 상추는 거름을 많이 줘서 영양가가 아주 (2) ㅍㅂ하단다.

선우: 감자와 상추를 (3) ㄱㄹ하자는 거지? 나야 좋지. 엄마께 삼겹살도 사서 같이 먹자고 말씀드려야겠다.

3 어휘 확장

밑줄 친 낱말과 바꾸어 쓸 수 있는 낱말을 찾아 선으로 이으세요.

(1) 금속으로 만든 돈은 <u>운반하거나</u> 보관하기 편했다. •

(2) 사람들은 값을 <u>매길</u> 수 있는 물건을 물품 화폐로 썼다. •

(3) 사람들은 남는 곡식을 다른 사람이 가진 것과 <u>맞바꾸었다</u>. •

• ㉮ 정하다

• ㉯ 나르다

• ㉰ 교환하다

13회

과학 | 물리 글 수준: ★★★★ 어휘 수준: ★★★★ 글자 수: 975

공부한 날 월 일

15분 안에 푸세요.

▲ 비눗방울

㈎ 비눗방울은 오래전부터 어린이들에게 사랑받는 놀이였다. 비눗방울을 만들며 놀던 어린 시절의 기억은 누구나 가지고 있을 것이다. 장난감으로만 여겼던 비눗방울 속에 숨어 있던 과학적 비밀을 파헤쳐 보자.

㈏ 빨대에 비눗물을 묻혀서 '후' 하고 불면 비눗물막*이 점점 늘어나다가 어느 순간 닫혀서 비눗방울이 만들어진다. ㉠비눗물에 공기가 들어가 방울이 생기면 물을 싫어하는 비누 성분*은 공기를 감싸고 물을 좋아하는 비누 성분은 반대쪽으로 모인다. 이때 비눗방울이 동그란 공 모양으로 만들어지는데, 여기에 작용하는* 힘이 표면 장력이다.

㈐ '표면 장력'은 액체 분자*들이 표면*에서 서로 끌어당겨 겉넓이*를 작게 만들려는 힘이다. 액체를 이루는 분자들은 서로 끌어당기는 힘이 있다. 이 힘이 액체의 표면을 팽팽하게 잡아당기면 동그란 공 모양이 만들어진다. 물방울이나 풀잎에 맺힌 이슬방울이 동그란 모양을 띠는 것이나 소금쟁이가 연못 위를 떠다닐 수 있는 것도 물의 표면 장력 때문이다.

㈑ 19세기 물리학자 플라토는 비눗방울을 연구해 놀라운 사실을 밝혀냈다. 비눗물에 철사 틀을 담가 비눗방울을 여러 개 만들면 서로 맞닿은 비누막을 볼 수 있다. 플라토는 여기에서 이웃하는 2개의 비누막이 이루는 각도*가 항상 120도가 된다는 것을 발견했다. 플라토가 찾아낸 이 각도는 겉넓이를 가장 작게 하면서 튼튼한 구조를 만드는 장점이 있다. 이 비누막 구조는 벌집이나 현무암 기둥, 잠자리 날개 등 자연 속에서도 쉽게 찾을 수 있다.

㈒ 과학자들은 플라토가 찾아낸 비누막 구조를 이용해 재료를 적게 쓰면서도 튼튼한 건물을 지었다. 1972년에 완공된* 독일의 뮌헨 올림픽 경기장은 비누막을 본뜬* 지붕으로 잘 알려져 있다. 성당의 종탑*이나 소방서 같은 좁은 공간에서 쓰이는 회전 계단*도 비누막 구조를 확장한* 것이다.

㈓ 비눗방울은 옛날부터 호기심*의 대상이었다. 그리고 오늘날 비누막 구조는 최소한*의 힘으로 가장 안정적*인 구조를 만든다는 점에서 건축을 넘어 경제 분야까지 그 범위를 넓혀 가고 있다.

* **비눗물막** 공기를 둘러싼 액체로 된 얇은 층. * **성분** 물체를 이루는 바탕이 되는 물질. * **작용하는** 어떠한 현상을 일으키거나 영향을 주는. * **분자** 물질의 성질을 가지고 있는 가장 작은 알갱이. * **표면** 사물의 가장 바깥쪽. * **겉넓이** 물체 겉 부분의 넓이. * **각도** 한 점에서 갈려 나간 두 직선의 벌어진 정도. * **완공된** 공사가 완전히 다 이루어진. * **본뜬** 이미 있는 것을 그대로 따라서 만든. * **종탑** 꼭대기에 종을 매달아 칠 수 있도록 만든 탑. * **회전 계단** 하나의 축 주위를 회전하며 오르내리는 계단. * **확장한** 규모, 넓이, 범위 등을 넓혀서 만든. * **호기심** 새롭고 신기한 것을 좋아하거나 모르는 것을 알고 싶어 하는 마음. * **최소한** 일정한 조건에서 가장 작거나 적은 한도. * **안정적** 변하거나 흔들리지 않고 일정한 상태를 유지하게 되는 것.

1 주제 찾기

이 글을 쓴 까닭으로 알맞은 것은 무엇인가요? (　　　)

① 비눗물을 빨리 만드는 방법을 설명하기 위해
② 비눗방울을 크게 부는 방법을 알려 주기 위해
③ 비눗방울의 원리와 이용하는 예를 설명하기 위해
④ 비눗방울이 잘 안 터지게 하는 방법을 알려 주기 위해
⑤ 한 번에 여러 개의 비눗방울을 만드는 원리를 설명하기 위해

2 세부 내용

이 글의 내용으로 알맞지 않은 것은 무엇인가요? (　　　)

① 비눗방울은 표면 장력 때문에 공 모양으로 만들어진다.
② 과학자들은 비누막 구조를 건물을 짓는 데 활용하고 있다.
③ 표면 장력은 액체의 표면에서 겉넓이를 작게 만들려는 힘이다.
④ 풀잎에 이슬이 동그란 모양으로 맺히는 것은 비누막 구조 때문이다.
⑤ 플라토는 이웃하는 2개의 비누막이 이루는 각도가 120도라는 것을 발견했다.

3 구조 알기

이 글의 짜임으로 알맞은 것은 무엇인가요? (　　　)

	처음	가운데	끝
①	(가)	(나)—(다)	(라)—(마)—(바)
②	(가)	(나)—(다)—(라)	(마)—(바)
③	(가)	(나)—(다)—(라)—(마)	(바)
④	(가)—(나)	(나)—(다)	(마)—(바)
⑤	(가)—(나)	(다)—(라)—(마)	(바)

4 세부 내용

다음 중 비누막 구조가 아닌 것은 무엇인가요? (　　　)

① 벌집　② 물방울　③ 현무암 기둥
④ 잠자리 날개　⑤ 성당의 종탑

5 추론하기

㉠에서 짐작할 수 있는 내용을 골라 기호를 쓰세요.

㉮ 비눗물은 물에 비누가 녹아서 섞여 있는 것이다.
㉯ 비눗물은 원래 동그란 공 모양으로 이루어져 있다.
㉰ 비누에는 물과 친한 성분과 물을 싫어하는 성분이 있다.

( )

6 구조 알기

글 ㈐에서 사용한 설명 방법으로 알맞은 것은 무엇인가요? ( )

① 용어의 뜻과 개념을 자세히 설명하고 있다.
② 다른 사물에 빗대어 용어를 설명하고 있다.
③ 여러 가지 내용을 죽 늘어놓아 설명하고 있다.
④ 어떤 일이 일어나는 과정을 차례로 설명하고 있다.
⑤ 두 가지 대상이 어떻게 다른지 비교하여 설명하고 있다.

7 추론하기

이 글의 독자가 [보기]에 대해 보인 반응으로 알맞지 <u>않은</u> 것은 무엇인가요? ( )

[보기] 2008년, 베이징 올림픽 수영 경기장이었던 '워터 큐브'는 비누막 모양의 생김새로 눈길을 끌었다. '워터 큐브'는 축구장 10배 크기의 건물이지만 기둥이 하나도 없다. 기둥 대신 비누막 모양의 구조물이 모여 건물 전체를 지탱하고 있다. 비누막을 빈틈없이 연결해 하나의 거대한 건물을 만들어 낸 것이다.

▲ 워터 큐브

① 비누막 구조를 건축에 활용한 예구나.
② 건물을 짓는 데 최소한의 힘을 들이려고 했네.
③ 건물 벽을 동그랗게 만든 것은 표면 장력 때문이지.
④ 이웃하는 비누막이 만난 곳은 120도를 이루고 있을 거야.
⑤ 기둥이 없는데도 건물이 튼튼한 것은 비누막 구조 때문이야.

13회 지문 익힘 어휘

1 어휘 의미

뜻에 알맞은 낱말을 [보기]에서 찾아 쓰세요.

[보기] 성분 최소한 작용하다 확장하다 완공되다

(1) (   ): 공사가 완전히 다 이루어지다.

(2) (   ): 물체를 이루는 바탕이 되는 물질.

(3) (   ): 규모, 넓이, 범위 등을 넓혀서 만들다.

(4) (   ): 어떠한 현상을 일으키거나 영향을 주다.

(5) (   ): 일정한 조건에서 가장 작거나 적은 한도.

2 어휘 활용

빈칸에 들어갈 알맞은 낱말을 찾아 선으로 이으세요.

(1) 농약에 들어 있는 [ ]은/는 몸에 해롭다.	㉮ 작용
(2) 아버지는 손님이 늘자 가게를 [ ]하셨다.	㉯ 완공
(3) 수원 화성은 3년도 채 되지 않아 [ ] 되었다.	㉰ 확장
(4) 정부는 태풍 피해를 [ ]으로 줄이겠다고 약속했다.	㉱ 성분
(5) 나무에 달린 사과가 땅에 떨어지는 것은 중력이 [ ]한 결과이다.	㉲ 최소한

3 어휘 확장

[보기]와 같은 관계로 짝 지어진 낱말은 무엇인가요? (   )

[보기] 안쪽 – 바깥쪽

① 표면 – 겉면
② 장점 – 강점
③ 본뜨다 – 모방하다
④ 확장하다 – 확대하다
⑤ 끌어당기다 – 밀어내다

14회

과학 | 물리 글 수준: ★★★ 어휘 수준: ★★★★ 글자 수: 993

공부한 날 ( )월 ( )일

14분 안에 푸세요.

(가) 먹다 남은 피자나 간편식*을 따뜻하게 데울 때는 전자레인지만큼 편리한 주방 기구도 없다. 스위치만 누르면 단 몇 분 만에 뚝딱 데워 주는 전자레인지는 어떻게 탄생했을까?

(나) 1945년 어느 날, 미국 레이시온 사에서 마이크로파를 발생시키는 마그네트론을 개발하던 퍼시 스펜서는 이상한 일을 겪었다. 연구에 몰두하다* 출출해진* 그는 주머니에 있던 초콜릿을 꺼냈는데, 초콜릿이 흐물흐물 녹아 있었다. 이를 이상하게 여긴 스펜서는 마그네트론에서 나온 전자파가 범인일 것이라고 짐작했다. 그는 자신의 생각을 실험하려고 옥수수와 달걀을 이 장치 옆에 놓아두었다. ㉠<u>옥수수는 탁탁 소리를 내며 터지더니 팝콘이 되었고, 달걀도 얼마 안 가 터져 버렸다.</u> 스펜서는 연구를 계속해 마그네트론에서 나오는 마이크로파가 음식 속에 있는 수분*의 온도를 올린다는 사실을 알아냈다. 그는 마그네트론을 이용해 음식을 데우는 장치를 발명해* 특허*를 냈다.

(다) 1947년 레이시온 사는 스펜서의 특허를 사들여 '레이더레인지'를 세상에 처음으로 내놓았다. 최초의 전자레인지는 높이 1.8미터(m), 무게 340킬로그램(kg)이나 되는 거대한 몸집에 가격도 아주 비쌌다. 이후 레이더레인지는 개량*을 거듭해서 1970년대 이후에는 가정용 전자레인지가 보급되었다*.

(라) 이 전자레인지에는 마이크로파라고 하는 전자파가 사용된다. 마이크로파는 파장*에 따라 분류되는 다양한 전파 중 하나로, 파장의 길이가 1밀리미터(mm)에서 1미터 정도 되는 짧은 전파이다. 이 전파는 공기나 유리, 종이, 도자기 등은 통과하고* 금속을 반사하는 성질이 있는데, 전자 포*, 레이저, 내비게이션 등에 사용된다.

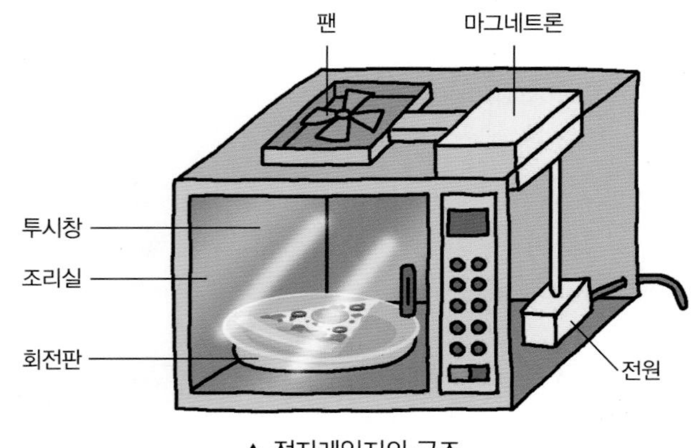

▲ 전자레인지의 구조

(마) 전자레인지 안에서 마그네트론이 마이크로파를 발생시키면 마이크로파는 음식 속 물 분자를 진동시켜* 제자리에서 빙글빙글 빠르게 돌도록 만든다. 이때 물 분자끼리 충돌하면서* 발생하는 열이 음식을 데우는 것이다. 전자레인지 속 회전판은 마이크로파가 음식의 여러 곳에 닿게 해 음식이 골고루 익게 만들어 준다. 수분이 있는 음식이라면 무엇이든 마이크로파로 데울 수 있다.

*__간편식__ 조리 과정이 없거나 간단하여 편리하게 먹을 수 있는 음식. *__몰두하다__ 어떤 일에 온 마음과 정신을 쏟다. *__출출해진__ 배가 고픈 듯해진. *__수분__ 물건이나 물질에 들어 있는 물. *__발명해__ 없던 기술이나 물건을 처음으로 만들어 내. *__특허__ 새로운 것을 발명한 사람에게 나라에서 그 기술을 독점할 권리를 주는 것. *__개량__ 질이나 기능의 나쁜 점을 보완하여 더 좋게 고침. *__보급되었다__ 어떤 것이 널리 퍼져서 여러 사람이 누리게 되었다. *__파장__ 전파나 음파의 파동에서 이웃한 두 점 사이의 거리. *__통과하고__ 어떤 곳이나 때를 거쳐서 지나가고. *__전자 포__ 전기와 자석의 힘을 이용해 탄의 속도를 높여 발사하는 포. *__진동시켜__ 흔들려 움직이게 해. *__충돌하면서__ 서로 세게 맞부딪치거나 맞서면서.

1 주제 찾기

다음은 이 글의 제목입니다. ㉮, ㉯에 들어갈 알맞은 낱말은 무엇인가요? (   )

전자레인지의 ㉮ 와/과 ㉯

	㉮	㉯
①	탄생	성질
②	발명	원리
③	탄생	구조
④	기원	보급
⑤	보급	원리

2 세부 내용

마이크로파에 대한 설명으로 알맞지 않은 것은 무엇인가요? (   )

① 금속을 반사한다.
② 파장의 길이가 짧다.
③ 음식 속 수분의 온도를 올린다.
④ 공기나 유리, 종이를 통과하지 못한다.
⑤ 전자 포, 레이저, 내비게이션 등에 사용된다.

3 구조 알기

전자레인지가 우리 생활에 편리하게 쓰이기까지의 과정에 맞게 차례대로 기호를 쓰세요.

㉮ 가정용 전자레인지가 보급되었다.
㉯ 스펜서가 주머니에서 녹은 초콜릿을 발견했다.
㉰ 스펜서가 옥수수와 달걀로 마이크로파 실험을 했다.
㉱ 최초의 전자레인지인 '레이더레인지'가 세상에 나왔다.
㉲ 스펜서는 마그네트론으로 음식을 데우는 장치를 발명했다.

(   ) → (   ) → (   ) → (   ) → (   )

4 구조 알기

글 ㈎~㈒ 중 하나로 묶을 수 있는 문단은 무엇인가요? (   )

① 글 ㈎와 ㈏
② 글 ㈏와 ㈐
③ 글 ㈏와 ㈑
④ 글 ㈐와 ㈒
⑤ 글 ㈎와 ㈒

5 추론하기

[보기]를 참고해 ㉠의 까닭을 알맞게 짐작한 것은 무엇인가요? (　　　　)

> [보기] 마이크로파는 수분을 증발시키는 힘이 있다. 소시지 같은 껍질이 있는 식품은 마이크로파를 쏘이면 껍질 내부에 고인 수증기가 갑자기 폭발하는 것처럼 터질 수 있다. 이런 식품을 조리할 때는 미리 껍질에 구멍을 뚫어 두어야 한다.

① 옥수수와 달걀은 마이크로파를 반사해서 껍질이 터졌을 거야.
② 옥수수와 달걀은 마이크로파 때문에 수분이 많아져서 터졌을 거야.
③ 옥수수와 달걀은 마이크로파가 통과하지 못하는 물질이라 터졌을 거야.
④ 마이크로파를 쏘인 옥수수와 달걀은 껍질 속 수증기 때문에 터졌을 거야.
⑤ 마이크로파를 쏘인 옥수수와 달걀은 수분을 가지고 있지 않아 터졌을 거야.

6 세부내용

다음 중 전자레인지에 사용할 수 없는 그릇은 무엇인가요? (　　　　)

① 놋그릇　② 유리컵　③ 유리그릇
④ 종이 접시　⑤ 도자기 접시

7 적용창의

이 글을 참고해 [보기]의 질문에 알맞게 답한 것은 무엇인가요? (　　　　)

> [보기] 가스레인지는 불로 직접 그릇을 가열해서 그릇 안에 있는 음식을 데우는 방식이다. 반면 전자레인지는 마이크로파로 음식 속의 물 분자만을 진동시켜 데우는 방식이다. 컵에 담긴 우유를 전자레인지로 데우면 어떤 일이 벌어질까?

① 우유와 컵이 모두 데워진다.
② 우유와 컵이 모두 데워지지 않는다.
③ 우유만 데워지고 컵은 데워지지 않는다.
④ 컵만 데워지고 우유는 데워지지 않는다.
⑤ 우유가 폭발하는 것처럼 끓어올라 컵이 깨진다.

정답 29쪽

14회 지문 익힘 어휘

1

어휘 의미

뜻에 알맞은 낱말을 찾아 선으로 이으세요.

(1) 서로 세게 맞부딪치거나 맞서다.	㉮ 개량
(2) 어떤 일에 온 마음과 정신을 쏟다.	㉯ 보급되다
(3) 어떤 곳이나 때를 거쳐서 지나가다.	㉰ 통과하다
(4) 어떤 것이 널리 퍼져서 여러 사람이 누리게 되다.	㉱ 충돌하다
(5) 질이나 기능의 나쁜 점을 보완하여 더 좋게 고침.	㉲ 몰두하다

2

어휘 활용

밑줄 친 낱말의 쓰임이 알맞지 <u>않은</u> 것은 무엇인가요? (　　　)

① 내가 탄 열차가 국경을 통과했다.
② 우리나라의 태권도가 전 세계에 충돌되었다.
③ 누나는 게임에 몰두하느라 내가 들어온 것도 몰랐다.
④ 학교 앞에서 오토바이와 자동차가 충돌하는 사고가 났다.
⑤ 농촌에서는 벼의 품종 개량으로 해충에 강한 벼를 만들었다.

3

어휘 확장

빈칸에 들어갈 알맞은 낱말을 [보기]에서 찾아 기호를 쓰세요.

> [보기] ㉮ 발명: 없던 기술이나 물건을 처음으로 만들어 냄.
> ㉯ 발견: 아직 찾아내지 못했거나 세상에 알려지지 않은 것을 처음으로 찾아냄.

(1) 콜럼버스는 신대륙을 [　　　]했다. (　　　)

(2) 고려는 세계 최초로 금속 활자를 [　　　]했다. (　　　)

(3) 노벨은 실험 중의 실수로 다이너마이트를 [　　　]했다. (　　　)

(4) 갯벌에서 일하던 사람들이 처음으로 고려청자를 [　　　]했다. (　　　)

15회

예술·체육 | 체육 글 수준: ★★★ 어휘 수준: ★★★ 글자 수: 978

공부한 날 [ ] 월 [ ] 일

13분 안에 푸세요.

(가) 2018년 평창 동계 올림픽에서 "영미~ 영미~."를 외치던 팀 킴은 우리나라에 첫 컬링 은메달을 선물해 온 국민을 감동시켰다. 치열한* 두뇌 싸움으로 ㉠'얼음 위의 체스'라고 불리는 컬링의 세계를 만나 보자.

(나) 컬링은 1500년대부터 경기 기록이 있을 정도로 오랜 역사를 가지고 있다. 꽁꽁 언 강 위에서 돌을 밀고 쳐 내는 스코틀랜드 사람들의 민속놀이에서 시작된 컬링은 19세기 스코틀랜드인들이 이민을 떠나면서 세계 전역*으로 퍼져 나갔다. 컬링을 즐기는 사람들이 늘면서 1998년 나가노 동계 올림픽에서 정식 종목이 되었다.

(다) 컬링은 4명으로 이루어진 두 팀이 손잡이가 달린 스톤을 던져 표적*인 하우스의 중앙에 가까이 보낸 스톤 수대로 점수를 얻는 경기이다. 경기는 10엔드(10회전)로 이루어지는데, 양 팀이 번갈아 2개씩 총 16개의 스톤을 던지면 해당 엔드가 마무리된다. 점수는 하우스 안에 있는 스톤 수로 계산하는데, 상대 팀보다 링 중심 가까이에 있는 스톤마다 1점씩 점수를 얻는다. 각 엔드의 점수를 합해 최종 승자를 가린다.

▲ 컬링

(라) 4명의 선수는 스톤을 던지는 순서에 따라 리드, 세컨, 서드, 포스라고 부른다. 포스는 주장*인 스킵이 맡는데, 스킵은 얼음판의 상태를 살펴 작전*을 지시하는* 역할을 한다. 한 선수가 스톤을 던지면 스킵은 스톤의 위치를 지정하고*, 다른 선수 2명은 열심히 얼음판을 닦는 스위핑으로 스톤의 속도와 방향을 조절한다. 일명 '얼음 쓸기'라고 불리는 스위핑은 컬링의 가장 큰 특징이다.

(마) 컬링에서 가장 중요한 전략*은 자기 팀의 스톤을 하우스 중앙에 더 가까이 붙이고 점수로 이어질 상대 팀의 스톤을 하우스 밖으로 쳐 내는 것이다. 이 때문에 ㉡먼저 공격하는 팀보다 나중에 공격하는 팀이 유리하다*. 그래서 자기 팀이 먼저 공격할 때는 최대한 많은 점수를 내고, 나중에 공격할 때는 1점 이하로 실점하려고* 노력한다. 상대 팀의 전략을 읽어 내고 상대 팀이 예상하지* 못하는 곳에 스톤을 던지는 등 다양한 전략을 펼치는 데 컬링의 묘미*가 있다.

*치열한 기세나 분위기가 몹시 뜨겁고 거센. *전역 지역의 전체. *표적 목표로 삼는 물건. *주장 운동 경기에서, 팀을 대표하는 선수. *작전 어떤 일을 이루기 위해 필요한 방법을 찾거나 대책을 세움. *지시하는 무엇을 하라고 시키는. *지정하고 가리켜 분명하게 정하고. *전략 싸움이나 경쟁에서 이기거나 어떤 일을 잘하려고 세우는 계획. *유리하다 어떤 일에 도움이 되어 이롭다. *실점하려고 운동 경기에서 점수를 잃으려고. *예상하지 앞으로 있을 일이나 상황을 짐작하지. *묘미 어느 것에서만 느낄 수 있는 특별한 재미.

1 주제 찾기

이 글의 주제는 무엇인가요? ( )

① 컬링의 점수 계산법
② 컬링의 뜻과 이름의 유래
③ 컬링의 역사와 경기 방법
④ 컬링을 볼 때 알아 둘 용어
⑤ 컬링에 필요한 용품과 경기 규칙

2 세부 내용

이 글의 내용과 일치하지 않는 것은 무엇인가요? ( )

① 컬링은 4명으로 이루어진 두 팀이 경기를 한다.
② 컬링은 스코틀랜드의 민속놀이에서 시작되었다.
③ 컬링에서 가장 먼저 스톤을 던지는 사람은 스킵이다.
④ 우리나라는 2018년 평창 동계 올림픽에서 은메달을 땄다.
⑤ 스위핑은 얼음판을 쓸어 스톤의 속도와 방향을 조절하는 일이다.

3 구조 알기

이 글의 짜임을 나타낸 그림으로 알맞은 것은 무엇인가요? ( )

①
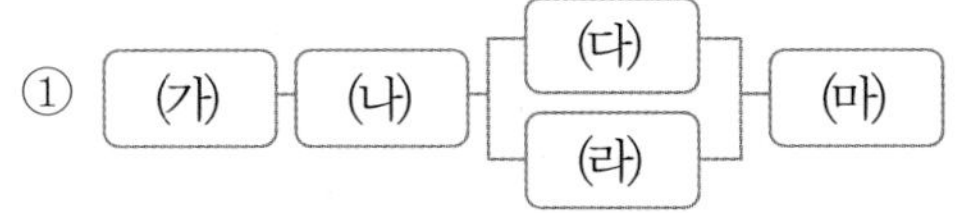

②
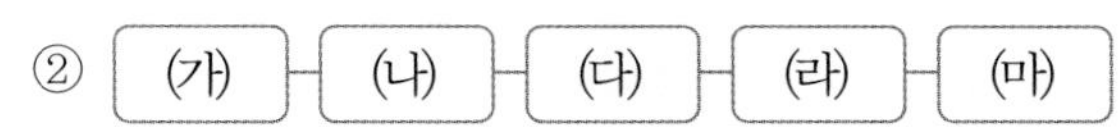

③
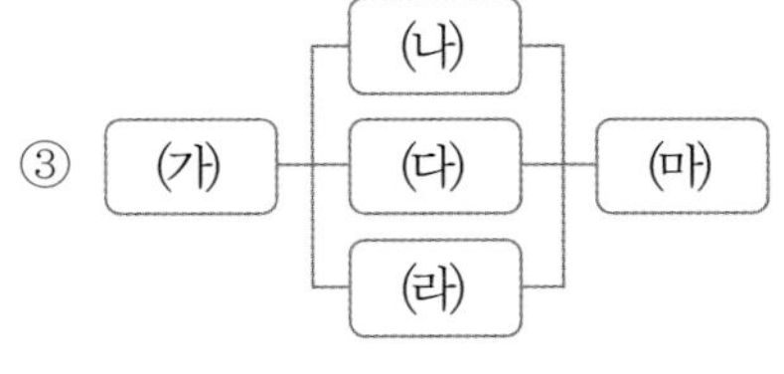

④
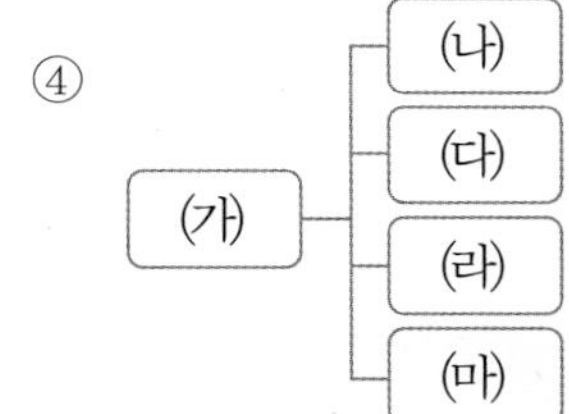

⑤
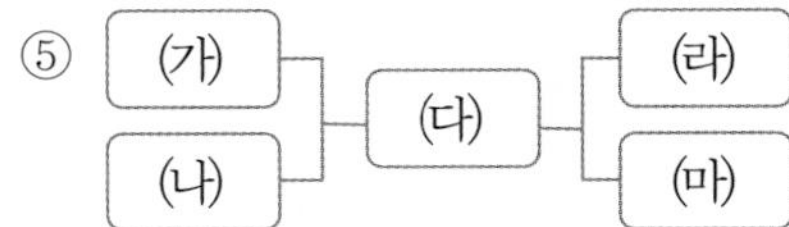

4 세부 내용

컬링을 ㉠처럼 부르는 까닭이 드러난 문단은 어디인가요? ( )

① 글 (가) ② 글 (나) ③ 글 (다) ④ 글 (라) ⑤ 글 (마)

5 구조 알기

글 ㈐에서 사용한 설명 방법으로 알맞은 것은 무엇인가요? (　　　　)

① 대상의 뜻을 분명하게 밝혀 설명했다.
② 두 가지 대상을 견주어 공통점을 설명했다.
③ 대상을 이루는 구성 요소로 나누어 설명했다.
④ 설명하려는 대상의 구체적인 예를 들어 설명했다.
⑤ 명언이나 속담 등 다른 사람의 말이나 글을 사용하여 설명했다.

6 추론 하기

ⓛ의 까닭을 알맞게 짐작한 것은 무엇인가요? (　　　　)

① 상대 팀의 스톤을 모두 쳐 낼 수 있기 때문이다.
② 먼저 공격하는 팀은 스톤을 던질 기회가 더 줄어들기 때문이다.
③ 나중에 공격하는 팀이 얼음판을 더 많이 닦을 수 있기 때문이다.
④ 마지막 스톤만 남았을 때 상대 팀의 스톤을 쳐 내고 역전할 수 있기 때문이다.
⑤ 자기 팀의 스톤을 상대 팀보다 하우스 중앙에 더 가까이 붙일 수 있기 때문이다.

7 적용 창의

이 글을 바탕으로 ㉮~㉰의 점수를 알맞게 말한 것은 무엇인가요? (　　　　)

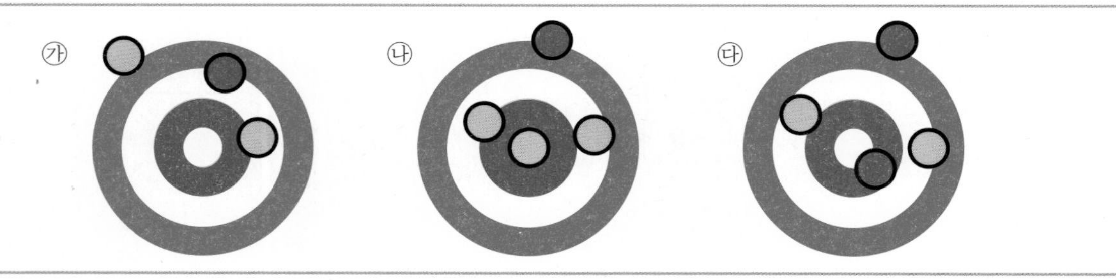

① ㉮의 경우, 빨간색 팀은 1점, 노란색 팀은 2점이다.
② ㉯의 경우, 빨간색 팀은 1점, 노란색 팀은 3점이다.
③ ㉯의 경우, 빨간색 팀은 0점, 노란색 팀은 2점이다.
④ ㉰의 경우, 빨간색 팀은 1점, 노란색 팀은 0점이다.
⑤ ㉰의 경우, 빨간색 팀은 2점, 노란색 팀은 2점이다.

15회 지문 익힘 어휘

1
어휘 의미

뜻에 알맞은 낱말을 [보기]에서 찾아 쓰세요.

[보기] 작전 예상하다 유리하다 치열하다

(1) ( ): 어떤 일에 도움이 되어 이롭다.

(2) ( ): 기세나 분위기가 몹시 뜨겁고 거세다.

(3) ( ): 앞으로 있을 일이나 상황을 짐작하다.

(4) ( ): 어떤 일을 이루기 위해 필요한 방법을 찾거나 대책을 세움.

2
어휘 활용

첫소리를 참고해 빈칸에 들어갈 알맞은 낱말을 쓰세요.

우리 반과 옆반이 피구 시합을 했다. 선율이는 옆반 아이들이 공을 던지는 모습을 보고 공이 가까이 떨어질 것이라고 (1) ㅇ ㅅ 했다. 그래서 잘하는 아이들을 앞쪽에 세워 옆반이 던지는 공을 받아 내는 (2) ㅈ ㅈ 을 짰다. 우리 반은 피구를 잘하는 친구들이 많아서 옆반보다 (3) ㅇ ㄹ 했다.

3
어휘 확장

밑줄 친 낱말의 뜻을 찾아 선으로 이으세요.

(1) 나는 다친 손가락에 반창고를 <u>붙였다</u>.	㉮ 불을 옮겨 타게 하다.
(2) 엄마는 수학 과외 선생님을 <u>붙여</u> 주셨다.	㉯ 무엇에 닿아서 떨어지지 않게 하다.
(3) 자기 팀의 스톤을 하우스의 중앙에 가까이 <u>붙인다</u>.	㉰ 서로 어울려 겨루는 일을 시작하게 하다.
(4) 형은 누가 센지 보자며 나와 막내에게 싸움을 <u>붙였다</u>.	㉱ 다른 물체와의 거리를 아주 가깝게 하다.
(5) 전구에 불이 들어오지 않자, 엄마는 향초에 불을 <u>붙이셨다</u>.	㉲ 어떤 사람을 옆에 같이 있으면서 돌보게 하다.

目

눈 목

'목(目)' 자는 사람의 눈과 눈동자의 모습을 본떠서 만든 글자예요. 원래 가로로 쓰였던 글자가 세로로 쓰는 것으로 바뀌면서 '눈', '시력' 또는 '안목'을 뜻하게 되었어요.

● **다음 획순에 따라 한자를 따라 쓰세요.**

目

목적 目的 (눈 목, 과녁 적)	이루려고 하는 일이나 나아가고자 하는 방향. 예 연날리기는 원래 군사적 목적으로 사용되었다.
주목 注目 (부을 주, 눈 목)	관심을 가지고 주의 깊게 살핌. 예 자동차 박람회에서 우리나라의 전기 차가 주목을 받았다. 비슷한말 눈길, 이목(耳目)
목격 目擊 (눈 목, 칠 격)	눈으로 직접 봄. 예 나와 동생은 학교 앞에서 교통사고를 목격했다. 비슷한말 목도(目睹)

Q 빈칸에 공통으로 들어갈 한자는 무엇인가요? (　　　)

☐적　　주☐　　☐격　　☐도

① 口　　② 天　　③ 士　　④ 正　　⑤ 目

정답 ⑤

4주

16회

인문 I 언어 글 수준: ★★★★ 어휘 수준: ★★★★ 글자 수: 954

공부한 날 [ ] 월 [ ] 일

15분 안에 푸세요.

㈎ '하늘, 땅, 학생, 버스' 중에서 '하늘'과 '땅'은 토박이말이고, '학생'은 한자어이며, '버스'는 외래어* 이다. 이처럼 ㉠우리말에서 한자어와 외래어를 뺀 나머지가 토박이말이다. 토박이말은 우리말에 본디*부터 있던 말이나 그것에 더해 새로 만들어진 말로, '순우리말' 또는 '고유어'라고도 한다. 옛날부터 우리나라 사람들이 사용하여 온 말로, 우리말의 기본 바탕*을 이루고 있는 것이 바로 토박이말이다. 토박이말이 어떤 특징을 가지고 있는지 알아보자.

㈏ 토박이말의 가장 큰 특징은 우리의 감정이나 감각*을 표현하기에 알맞다는 것이다. 토박이말에는 색깔, 맛, 모양, 소리 등을 생생하게* 나타낼 수 있는 표현들이 많다. 예를 들어, 노란색과 관련한 토박이말에는 '샛노랗다', '노르스름하다', '누렇다', '누르무레하다' 등이 있다. '샛노랗다'는 '진하게 노랗다.', '노르스름하다'는 '조금 노랗다.', '누렇다'는 '조금 탁하고* 어둡게 노랗다.', '누르무레하다'는 '깨끗하지 않고 옅게* 누른빛이 나다.'라는 뜻이다. 이처럼 토박이말에는 색깔, 맛, 모양, 소리 등을 표현하는 말이 많기 때문에 여러 가지 감각이나 감정을 다양하고 세밀하게* 표현할 수 있다.

㈐ 한 낱말에 여러 가지 뜻이 있는 경우가 많은 것도 토박이말의 특징이다. 예를 들어, '집을 고치다.', '병을 고치다.'에는 모두 토박이말인 '고치다'가 쓰였다. '고치다'는 '고장이 나거나 못 쓰게 된 것을 손질하여 쓸 수 있게 하다.'라는 뜻도 있지만, '병을 낫게 하다.'라는 뜻도 있기 때문이다. 만약 한자어만 사용해야 한다면 '집을 수리하다.', '병을 치료하다.'와 같이 각각 다른 낱말을 써야 한다.

㈑ 토박이말은 우리 고유의 말로, 감정이나 감각을 자세히 표현하기에 알맞으며 한 낱말이 여러 가지 뜻을 갖고 있다. ㉡한자어나 외국어보다 토박이말을 자주 사용하면 조상의 얼*을 이어 나가고 생각이나 느낌도 더 풍부하고 정감* 있게 표현할 수 있을 것이다.

* **외래어** 다른 나라에서 들어온 말로 국어처럼 쓰이는 단어. * **본디** 전해 내려온 그 처음. * **바탕** 사물이나 현상을 이루는 기초나 근본. * **감각** 눈, 코, 귀, 혀, 피부를 통하여 자극을 느낌. * **생생하게** 바로 눈앞에 보는 것처럼 명백하고 또렷하게. * **탁하고** 액체나 공기 등에 다른 물질이 섞여 흐리고. * **옅게** 빛깔이 진하지 않고 연하게. * **세밀하게** 자세하고 빈틈이 없이 꼼꼼하게. * **얼** 정신에서 중심이 되는 부분. * **정감** 어떤 감정이나 기분을 불러일으키는 느낌.

1 주제 찾기

이 글의 중심 글감은 무엇인가요? (　　　)

① 우리말　② 한자어　③ 외래어
④ 줄임말　⑤ 토박이말

2 세부 내용

이 글의 내용과 일치하지 않는 것은 무엇인가요? (　　　)

① '샛노랗다'는 '조금 노랗다.'라는 뜻이다.
② 토박이말은 우리말의 기본 바탕을 이루고 있다.
③ 토박이말은 한 낱말에 여러 가지 뜻이 있는 경우가 많다.
④ 토박이말에는 색깔, 맛, 모양, 소리 등을 표현하는 말이 많다.
⑤ 토박이말은 우리말에 본디부터 있던 말이나 그것에 더해 새로 만들어진 말이다.

3 추론 하기

㉠을 통해 짐작할 수 있는 사실은 무엇인가요? (　　　)

① 우리말에는 한자어가 가장 많다.
② 우리말에는 외래어가 가장 적다.
③ 우리말에는 토박이말이 가장 많다.
④ 한자어와 외래어는 우리말이 아니다.
⑤ 우리말은 토박이말, 한자어, 외래어로 이루어져 있다.

4 세부 내용

다음은 무엇을 나타내는 토박이말인가요? (　　　)

누렇다	샛노랗다	노르스름하다	누르무레하다

① 맛　② 색깔　③ 모양
④ 소리　⑤ 날씨

5 구조 알기

글 ㈏와 ㈐에서 글쓴이가 대상을 설명한 방법은 무엇인가요? (　　　　)

① 구체적인 예를 들어 설명하였다.
② 그림을 그리듯이 대상을 생생하게 표현하였다.
③ 어떤 일이 되어 가는 순서를 차례대로 설명하였다.
④ 서로 다른 두 대상의 비슷한 점을 찾아 설명하였다.
⑤ 대상을 일정한 기준에 따라 종류별로 나누어 설명하였다.

6 적용 창의

ⓒ의 예에 해당하지 않는 것은 무엇인가요? (　　　　)

① 장신구 → 꾸미개
② 비밀번호 → 비번
③ 홈페이지 → 누리집
④ 다운로드 → 내려받기
⑤ 다년생 → 여러해살이

수능 연계

7 추론 하기

이 글을 바탕으로 [보기]를 알맞게 이해하지 못한 것은 무엇인가요? (　　　　)

[보기] 토박이말 중에는 비와 관련된 낱말이 많다. 비가 계절마다 알맞게 내려야 농사를 잘 지을 수 있었기 때문이다. '작달비'는 여름철에 장대처럼 굵고 거세게 내리는 비를 말하는 것으로, '장대비'라고도 한다. 장마철에 비가 아주 적게 오거나 갠 날이 계속되는 것은 '마른장마'라고 한다. '떡비'는 떡이나 먹을 수 있게 하는 비라는 뜻으로, 가을비를 이르는 말이다. 여름에 일을 쉬고 낮잠을 잘 수 있게 하는 비라는 뜻의 '잠비'는 여름비를 이른다. '가랑비'는 아주 가늘게 내리는 비를 말하며 한자어로는 '세우'라고 한다. 또한 '이슬비'는 가랑비보다 가는 비로, 아주 가늘게 내리는 비를 말한다.

① 비와 관련한 토박이말이 발달하였다.
② 한자를 바탕으로 하여 만들어진 토박이말도 있다.
③ 토박이말에서 우리 조상의 생활 모습을 엿볼 수 있다.
④ '작달비', '잠비', '가랑비'는 아주 오래전부터 사용한 순우리말이다.
⑤ 비와 관련한 토박이말이 많아 농사짓는 일을 중요하게 여겼다는 것을 알 수 있다.

16회 지문 익힘 어휘

1

어휘 의미

밑줄 친 낱말의 뜻을 찾아 기호를 쓰세요.

(1) 이 그림은 배경을 옅게 색칠했다. ································ (　　　)
㉮ 빛깔이 짙다.　　　㉯ 빛깔이 진하지 않고 연하다.

(2) 나는 하늘에서 터지는 불꽃에 얼이 나가 있었다. ································ (　　　)
㉮ 정신에서 중심이 되는 부분.　　　㉯ 어떤 일이 벌어지거나 행해지는 곳.

(3) 유안이는 본디부터 성품이 다른 아이들과 달랐다. ································ (　　　)
㉮ 전하여 내려온 그 처음.　　　㉯ 앞으로 살아갈 미래의 날.

(4) 작가는 죽음을 앞둔 주인공의 심리를 세밀하게 표현했다. ································ (　　　)
㉮ 꼼꼼하지 못하고 빈틈이 있다.　　　㉯ 자세하고 빈틈이 없이 꼼꼼하다.

2

어휘 활용

빈칸에 들어갈 알맞은 낱말을 [보기]에서 찾아 쓰세요.

[보기]	얼	옅게	본디	바탕	세밀

(1) 전통문화에는 민족의 (　　　　　　)이/가 담겨 있다.

(2) 이 영화는 실제 이야기를 (　　　　　　)(으)로 만들었다.

(3) 오빠의 달리기 실력은 (　　　　　　)부터 타고난 것 같다.

(4) 진하게 색칠하는 것보다 (　　　　　　) 색칠하는 편이 나을 것 같다.

(5) 이 그림은 실제 모습을 그대로 옮겨 놓은 것처럼 (　　　　　　)하게 표현했다.

3

어휘 확장

[보기]의 밑줄 친 낱말과 다른 뜻으로 쓰인 것은 무엇인가요? (　　　)

[보기]	고장 난 텔레비전을 고쳤다.

① 드디어 시계를 고쳤다.
② 아빠는 창고 문을 고치고 계셨다.
③ 장마가 오기 전에 지붕을 고쳤다.
④ 살이 부러진 우산은 고쳐 쓰면 된다.
⑤ 의사 선생님께서 반드시 고쳐 주시겠다고 약속했다.

17회

사회 | 사회 문화 글 수준: ★★★ 어휘 수준: ★★★ 글자 수: 952

공부한 날 월 일

13분 안에 푸세요.

(가) 우리 고유의 명절인 한식은 ㉠설날, 단오, 추석과 함께 우리나라의 4대 명절 중 하나였다. 한식은 동지*로부터 105일째 되는 날로, 양력으로는 4월 5일에서 6일쯤이다. 한식은 어떻게 시작되었고, 어떤 세시 풍속*이 있었을까?

(나) 한식은 중국의 개자추 이야기에서 유래되었다는* 이야기가 있다. 중국 진나라 때 문공이라는 왕자가 국란*을 피해 떠돌아다니다가 굶어 죽게 되었는데, 신하였던 개자추가 문공을 살렸다. 훗날 왕이 된 문공이 개자추에게만 상을 내리지 않자 개자추는 산에 들어가 나오지 않았다. 자신의 잘못을 깨달은 문공이 개자추를 나오게 하려고 산에 불을 질렀는데, 개자추는 끝내 나오지 않고 불에 타 죽었다. 그날 문공은 개자추를 애도하며* 불을 사용하지 않고 찬 음식을 먹었는데, 이것이 한식의 시작이라는 것이다. 한식이 오래된 불씨*를 새 불씨로 갈아 주던 풍습*에서 유래되었다는 이야기도 있다. 옛날에는 오래 사용한 불은 생명력이 없어 사람들에게 나쁜 영향을 준다고 생각했다. 그래서 봄이 되면 오래된 불씨를 새 불씨로 갈아 주었는데, 그동안 불을 쓸 수 없어 찬 음식을 먹은 것에서 한식이 시작되었다는 것이다.

(다) 이러한 유래 때문에 한식에는 불을 사용하지 않고 찬 음식을 먹는 세시 풍속이 있었다. 궁궐에서는 차가운 국수를 즐겨 먹었고, 보통 사람들은 쑥이나 진달래꽃으로 만든 떡과 차 등을 먹었다. 이날에는 한 해의 농사가 잘되기를 바라며 조상들의 산소*를 찾아 성묘*를 하고 제사를 지냈다. 또 산소의 무너진 부분을 다시 쌓고, 산소 주변의 풀을 깎거나 잔디를 새로 심고 산소를 옮기는 일도 했다.

(라) 예로부터 한식 때가 되면 바람이 많이 불고 날씨가 건조해* 불이 날 위험이 높았다. 그래서 조상들도 한식 때 불을 사용하지 않고 찬 음식을 먹으며 불을 조심해야 한다는 마음을 가졌다. ㉡오늘날에는 한식을 큰 명절로 여기지 않지만, 한식은 찬 음식을 먹으며 불을 조심했던 조상들의 마음을 되새겨* 보게 하는 날이다.

*__동지__ 일 년 중 밤이 가장 긴 날로 이십사절기의 하나. 12월 22일경임. *__세시 풍속__ 해마다 절기나 계절에 맞추어 하는 여러 가지 놀이나 일. *__유래되었다는__ 사물이나 일이 생겨나게 되었다는. *__국란__ 나라 안에서 일어난 큰 난리. *__애도하며__ 사람의 죽음을 슬퍼하며. *__불씨__ 언제나 불을 옮겨붙일 수 있게 묻어 두는 불덩이. *__풍습__ 옛날부터 한 사회에 이어져 내려오는 생활 습관. *__산소__ 사람의 무덤. *__성묘__ 조상의 산소에 가서 인사를 드리고 산소를 돌봄. *__건조해__ 말라서 물기나 습기가 없어. *__되새겨__ 지난 일을 다시 떠올려 곰곰이 생각해.

1 주제 찾기

글쓴이가 이 글을 쓴 까닭은 무엇인가요? (   )

① 한식에 대해 알려 주기 위해서
② 개자추의 일생과 업적을 소개하기 위해서
③ 불조심을 하자는 의견을 주장하기 위해서
④ 우리나라의 4대 명절에 대해 알려 주기 위해서
⑤ 우리나라의 명절과 중국의 명절을 비교하기 위해서

2 어휘 어법

다음 낱말들을 모두 포함하는 낱말은 무엇인가요? (   )

설날	한식	단오	추석

① 풍습 ② 동지 ③ 성묘
④ 명절 ⑤ 세시 풍속

3 구조 알기

다음은 글 ㈏의 중심 내용입니다. ㉮, ㉯에 들어갈 말로 알맞은 것은 무엇인가요? (   )

'한식'은 중국의 [㉮] 이야기에서 유래되었다는 이야기와 [㉯] 풍습에서 유래되었다는 이야기가 있다.

	㉮	㉯
①	문공	찬 음식을 먹었다는
②	문공	오래된 불씨와 새 불씨를 함께 사용하던
③	개자추	찬 음식을 먹었다는
④	개자추	오래된 불씨를 새 불씨로 갈아 주던
⑤	개자추	오래된 불씨와 새 불씨를 함께 사용하던

4 세부 내용

조상들이 한식에 한 일이 아닌 것은 무엇인가요? (   )

① 성묘하기
② 산소 옮기기
③ 따뜻한 음식 먹기
④ 산소 주변의 풀 깎기
⑤ 조상들에게 제사 지내기

5 추론하기

㉠과 ㉡을 통해 알 수 있는 사실은 무엇인가요? (　　　　)

① 옛날에는 한식을 큰 명절로 여겼다.
② 옛날과 오늘날의 한식은 날짜가 다르다.
③ 한식이 우리 고유의 명절이 된 것은 최근의 일이다.
④ 설날, 한식, 단오, 추석 때 행했던 세시 풍속이 같다.
⑤ 우리나라의 4대 명절 중에서 한식이 제일 큰 명절이다.

6 적용창의

다음 중 한식을 소개하는 말로 알맞지 않은 것은 무엇인가요? (　　　　)

① 찬 음식을 먹는 날
② 불을 사용하지 않는 날
③ 하지로부터 105일째 되는 날
④ 쑥이나 진달래꽃으로 만든 음식을 먹는 날
⑤ 불을 조심했던 조상들의 마음을 되새겨 볼 수 있는 날

7 추론하기

[보기]**를 참고해 한식과 추석을 알맞게 비교한 것은 무엇인가요? (　　　　)**

> [보기] '추석'은 음력 8월 15일로, '중추절' 또는 '한가위'라고도 한다. 추석은 한 해 동안 농사지은 곡식과 과일을 수확하는 시기로, 여러 가지 세시 풍속이 전해지고 있다. 추석날 아침에는 송편, 햇과일 등의 음식을 준비해 조상에게 감사의 의미를 담아 차례를 지냈다. 차례가 끝나면 차례상에 올렸던 음식을 가족들이 나누어 먹은 뒤 성묘를 했다. 또한 마을 사람들로 구성된 농악대가 춤과 노래로 흥을 돋우고, 강강술래, 소놀이, 줄다리기, 활쏘기 등의 놀이를 즐겼다.

① 한식과 추석은 모두 중국에서 유래한 명절이다.
② 한식과 추석에는 모두 강강술래, 줄다리기와 같은 놀이를 즐겼다.
③ 한식에는 새로운 불씨로 요리한 음식을 즐겼고, 추석에는 찬 음식을 즐겼다.
④ 한식에는 조상들의 산소를 찾아 제사를 지냈지만, 추석에는 조상의 산소를 찾거나 성묘를 하지 않았다.
⑤ 한식에는 한 해의 농사가 잘되기를 바라는 마음으로 성묘를 했고, 추석에는 수확에 감사하는 마음으로 차례를 지냈다.

정답 35쪽

17회 지문 익힘 어휘

1
어휘 의미

뜻에 알맞은 낱말을 [보기]에서 찾아 쓰세요.

[보기]	풍습	유래되다	건조하다	되새기다

(1) ( ): 말라서 물기나 습기가 없다.

(2) ( ): 사물이나 일이 생겨나게 되다.

(3) ( ): 지난 일을 다시 떠올려 곰곰이 생각하다.

(4) ( ): 옛날부터 한 사회에 이어져 내려오는 생활 습관.

2
어휘 활용

빈칸에 들어갈 알맞은 낱말을 찾아 선으로 이으세요.

(1) 할아버지의 말씀을 [ ] 보았다. •

(2) 피부가 [ ]한 것 같아 화장품을 듬뿍 발랐다. •

(3) 동짓날 [ ] 중 하나로 팥죽을 쑤어 먹는 것이 있다. •

(4) 마라톤은 승리의 소식을 전하려고 계속 달렸던 병사의 이야기에서 [ ]된 것이다. •

• ㉮ 풍습

• ㉯ 건조

• ㉰ 유래

• ㉱ 되새겨

3
어휘 확장

[보기]의 밑줄 친 낱말과 같은 뜻으로 쓰인 것은 무엇인가요? ( )

[보기]	산소에 있는 풀을 <u>깎았다</u>.

① 어제 머리를 <u>깎았다</u>.
② 아버지의 체면이 <u>깎였다</u>.
③ 엄마가 사과를 <u>깎아</u> 주셨다.
④ 아저씨, 오백 원만 <u>깎아</u> 주세요.
⑤ 아주머니께서 콩나물 값을 <u>깎아</u> 주셨다.

18회

과학 | 생명 과학 글 수준: ★★★★ 어휘 수준: ★★★ 글자 수: 939

공부한 날 [ ] 월 [ ] 일

14분 안에 푸세요.

▲ 수면 가까이에 있는 혹등고래

고래는 지구에서 가장 큰 동물로, 아주 오랜 옛날에는 땅에서 살았다. ㉠ 그래서 고래는 물고기와는 여러 가지 면에서 다르다. 물고기는 알을 낳지만, 고래는 사람처럼 새끼를 낳고 젖을 먹여 기른다. 또 물고기는 물속에서 아가미로 호흡하지만*, 고래는 물 위로 올라와 폐로 호흡한다. 이처럼 물고기와 다른 특징을 가진 고래는 몇 가지 특별한 능력을 가지고 있다.

첫째, 고래는 다양한 방법으로 의사소통*을 한다. 고래는 지능이 높고 똑똑한 동물로 사람이 들을 수 없는 높은 소리인 초음파를 내서 먼 거리에 있는 다른 고래와 의사소통을 한다. 소리 외에도 공중*으로 뛰어오르거나 지느러미로 바닷물을 내리치고 물속에서 거품을 내는 등 몸을 이용해 의사소통을 한다. ㉡

둘째, 고래는 심장이 매우 느리게 뛴다. 몸집이 큰 고래는 움직일수록 에너지 소비*가 크다. 고래의 몸은 에너지 소비를 줄이기 위해 심장도 느리게 뛴다. ㉢ 대왕고래의 경우, 가만히 있을 때에는 심장이 1분에 두 번밖에 뛰지 않는다.

셋째, 고래는 서서 잠을 잔다. ㉣ 고래는 잠을 잘 때에도 가끔 물 위로 올라와 숨을 쉬어야 한다. 그래서 물 밖으로 빨리 나가고, 체온을 유지하기 위해 수면* 가까이에 머무르며 서서 잠을 잔다.

넷째, 고래는 이산화 탄소를 몸속에 저장할* 수 있다. 고래는 한번 숨을 쉴 때마다 많은 양의 이산화 탄소를 몸속에 가두어 지구 온난화를 막아 준다. ㉤ 대형 고래 한 마리가 ㉮평생* 저장하는 이산화 탄소의 양은 나무 수천 그루가 흡수하는* 이산화 탄소의 양과 비슷하다. 또한 고래가 싼 똥은 바다에 사는 플랑크톤*을 잘 자라게 해 산소를 늘려 준다. 플랑크톤이 내뿜는 산소는 지구 전체 산소의 절반이 넘는다는 연구 결과도 있다.

이처럼 고래는 여러 가지 특별한 능력을 가졌다. 하지만 사람들의 무분별한* 포획*과 환경 오염 등으로 멸종* 위기에 놓인 것이 현실이다. 그러므로 지구를 지켜 주는 고래를 이제는 우리가 지켜 주어야 한다.

***호흡하지만** 숨을 쉬지만. ***의사소통** 생각이나 말 등이 서로 통함. ***공중** 하늘과 땅 사이의 빈 공간. ***소비** 돈, 물건, 시간, 노력, 힘 등을 써서 없앰. ***수면** 물의 표면. ***저장할** 모아서 쌓아 두거나 간수할. ***평생** 세상에 태어나서 죽을 때까지의 동안. ***흡수하는** 안이나 속으로 빨아들이는. ***플랑크톤** 물속에 살면서 물결에 따라 떠다니는 작은 생물. ***무분별한** 바른 생각이나 판단을 하지 못하는. ***포획** 짐승이나 물고기를 잡음. ***멸종** 생물의 한 종류가 지구에서 완전히 없어짐.

1 주제 찾기

이 글의 제목으로 알맞은 것은 무엇인가요? (   )

① 고래의 종류
② 고래의 특별한 능력
③ 고래와 물고기의 차이점
④ 바다에 사는 다양한 동물들
⑤ 고래의 멸종을 막기 위해 해야 할 일

2 세부 내용

이 글의 내용과 일치하지 <u>않는</u> 것은 무엇인가요? (   )

① 고래는 지구에서 가장 큰 동물이다.
② 현재 고래는 멸종될 위기에 놓여 있다.
③ 고래가 싼 똥은 플랑크톤을 잘 자라게 한다.
④ 고래의 심장은 물 밖으로 빨리 나가기 위해 느리게 뛴다.
⑤ 고래는 한번 숨을 쉴 때마다 많은 양의 이산화 탄소를 몸속에 저장한다.

3 세부 내용

고래가 의사소통을 하는 방법이 <u>아닌</u> 것은 무엇인가요? (   )

① 공중으로 뛰어오른다.
② 물속에서 거품을 낸다.
③ 지느러미로 바닷물을 내리친다.
④ 지느러미를 흔들어 소리를 낸다.
⑤ 사람이 들을 수 없는 높은 소리를 낸다.

4 어휘 어법

㉮와 바꾸어 쓸 수 있는 낱말로 알맞은 것은 무엇인가요? (   )

① 고생　② 일생　③ 재생
④ 탄생　⑤ 환생

5 주제 찾기

이 글의 내용을 간추릴 때 꼭 필요한 문장이 아닌 것은 무엇인가요? (   )

① 고래는 서서 잠을 잔다.
② 고래는 심장이 매우 느리게 뛴다.
③ 고래는 다양한 방법으로 의사소통을 한다.
④ 고래는 이산화 탄소를 몸속에 저장할 수 있다.
⑤ 고래는 지구에서 가장 큰 동물로, 아주 오래전에는 땅에서 살았다.

6 추론 하기

㉠~㉤ 중 다음 내용이 들어가기에 알맞은 곳은 어디인가요? (   )

> 고래는 죽은 뒤에도 몸속에 이산화 탄소를 저장한 채로 바닷속에 가라앉는다. 때문에 이산화 탄소를 오랫동안 고래 몸속에 안전하게 가두어 둘 수 있어 지구 환경에 도움을 준다.

① ㉠ ② ㉡ ③ ㉢ ④ ㉣ ⑤ ㉤

7 추론 하기

이 글과 [보기]에서 알 수 있는 공통적인 고래의 특징은 무엇인가요? (   )

> [보기] 고래의 울음소리는 사람들에게 마음의 안정을 가져다준다. 전문가들의 말에 따르면, 고래가 내는 소리를 들으면 사람의 뇌가 반응한다고 한다. 이때 긴장이 풀리고 몸이 안정되어 사람이 잠을 잘 때와 비슷한 상태가 된다는 것이다. 이 때문에 명상을 하거나 사람의 마음을 치료하는 음악으로 고래의 울음소리를 자주 사용하고 있다.

① 고래는 청력이 좋다.
② 고래의 종류마다 울음소리가 다르다.
③ 고래는 사람에게 여러 가지 도움을 준다.
④ 고래는 환경 오염을 막는 데 도움을 준다.
⑤ 고래는 잠을 잘 때 사람의 모습과 비슷하다.

정답 37쪽

18회 지문 익힘 어휘

1

어휘 의미

뜻에 알맞은 낱말을 낱말 카드로 만들어 쓰세요.

비	소	저	수	중	사	통	소

(1) 안이나 속으로 빨아들이다. → [흡][ ]하다

(2) 모아서 쌓아 두거나 간수하다. → [ ][장]하다

(3) 땅 위로 펼쳐진 무한히 넓은 공간. → [공][ ]

(4) 생각이나 말 등이 서로 통함. → [의][ ][ ][ ]

(5) 돈, 물건, 시간, 노력, 힘 등을 써서 없앰. → [ ][ ]

2

어휘 활용

빈칸에 들어갈 알맞은 낱말을 찾아 선으로 이으세요.

(1) 새가 [　　　](으)로 날아간다. ●　　　　● ㉮ 소비

(2) 꼭 필요한 물건만 사는 것은 좋은 [　　　] 습관이다. ●　　　　● ㉯ 공중

(3) 식물의 뿌리는 흙 속에 있는 물을 [　　　] 하는 일을 한다. ●　　　　● ㉰ 저장

(4) 우리가 말로 대화하듯 동물들도 여러 가지 방법으로 [　　　]을/를 한다. ●　　　　● ㉱ 흡수

(5) 옛날에는 곡식을 [　　　]해 두었다가 흉년이 들었을 때 백성들에게 빌려주었다. ●　　　　● ㉲ 의사소통

3

어휘 확장

[보기]의 두 낱말과 같은 관계로 짝 지어진 것은 무엇인가요? (　　　)

[보기] 저장하다 – 간수하다

① 땅 – 육지
② 같다 – 다르다
③ 크다 – 작다
④ 멀다 – 가깝다
⑤ 특별하다 – 평범하다

19회

과학 | 화학 글 수준: ★★★★ 어휘 수준: ★★★ 글자 수: 976

공부한 날 월 일

14분 안에 푸세요.

우리는 치약을 짜서 이를 닦고, 샴푸로 머리를 감으며, 비누를 문질러 손을 씻는다. 그런데 이처럼 생활에서 자주 사용하는 치약, 샴푸, 비누에는 모두 계면 활성제가 들어 있다. 계면 활성제란 무엇이고, 어떤 종류가 있는지 살펴보자.

'계면 활성제'는 물과 기름처럼 서로 성질이 달라 섞이지 않는 것을 섞이게 해 주는 물질로, '표면 활성제'라고도 한다. 예를 들어, 기름기*가 묻은 그릇을 물로만 닦으면 기름기가 닦이지 않고 남아 있지만, 세제를 사용해서 닦으면 기름기가 말끔하게* 제거된다*. 왜냐하면 세제에 들어 있는 계면 활성제가 (㉠) 기름이 물에 씻겨 나가기 때문이다. 이처럼 계면 활성제는 물과 친한 부분과 물을 싫어하고 기름과 친한 부분을 모두 가지고 있어서 두 물질이 잘 섞이게 해 준다.

계면 활성제의 종류에는 크게 두 가지가 있다. 첫째, 석유에서 추출하여* 얻는 합성* 계면 활성제가 있다. 합성 계면 활성제는 세정력*이 뛰어나고 거품이 잘 일어나게 하며 물질을 부드럽게 해 주는 성질이 있어 수많은 생활용품에 쓰이고 있다. 앞서 말한 치약과 샴푸, 비누뿐만 아니라 세탁 세제와 린스, 섬유 유연제*, 화장품은 모두 합성 계면 활성제를 사용한 생활용품이다. 그러나 합성 계면 활성제가 들어 있는 제품을 오랫동안 사용하면 건강에 좋지 않고, 환경을 오염시킬 수 있다.

둘째, 자연 재료에서 얻는 천연* 계면 활성제가 있다. 콩이나 계란, 인삼, 팥 등에는 계면 활성제 역할을 하는 성분이 들어 있다. 우리가 좋아하는 마요네즈는 달걀과 기름, 식초 등을 섞어 만드는데, 이때 달걀 속에 들어 있는 '레시틴'이라는 성분이 식초와 기름이 잘 섞이게 만들어 준다.

계면 활성제가 들어간 제품은 생활 곳곳에서 쓰여 우리의 삶을 더욱 편리하고 쾌적하게* 해 준다. 그러나 합성 계면 활성제를 무분별하게 사용하면 사람뿐만 아니라 지구 환경에도 위협*이 될 수 있다. 우리의 건강한 미래를 위해 합성 계면 활성제를 줄여 나가는 한편 천연 계면 활성제를 사용하려는 노력이 필요하다.

* **기름기** 무엇에 묻어 있거나 들어 있는 적은 양의 기름. * **말끔하게** 먼지나 흠이 없이 환하고 깨끗하게. * **제거된다** 없어지게 된다. * **추출하여** 고체나 액체 속에서 어떤 물질을 뽑아내어. * **합성** 둘 이상의 물건이나 물질을 합하여 새로운 것을 만드는 것. * **세정력** 물체 표면의 때나 찌꺼기를 깨끗이 씻어 내는 힘. * **섬유 유연제** 섬유의 촉감을 부드럽게 하고 정전기를 막는 효과가 있는 약품. * **천연** 사람의 손이 닿지 않은 있는 그대로의 자연. * **쾌적하게** 기분이 상쾌하고 아주 좋게. * **위협** 무서운 말이나 행동으로 상대방이 두려움을 느끼도록 함.

1 주제 찾기

글쓴이가 이 글을 쓴 까닭은 무엇인가요? (　　　)

① 환경 오염의 심각성을 알리기 위해서
② 세제가 만들어지는 원리를 설명하기 위해서
③ 계면 활성제의 뜻과 종류에 대해 설명하기 위해서
④ 물과 기름이 섞이지 않는 까닭을 설명하기 위해서
⑤ 계면 활성제가 들어간 제품을 사용하자는 주장을 하기 위해서

2 세부 내용

이 글의 내용으로 알맞지 않은 것은 무엇인가요? (　　　)

① 계면 활성제를 표면 활성제라고도 한다.
② 치약, 샴푸, 비누에는 계면 활성제가 들어 있다.
③ 계면 활성제는 우리 생활을 더욱 편리하고 쾌적하게 해 준다.
④ 계면 활성제는 세제처럼 더러운 물질을 씻어 낼 때 주로 쓴다.
⑤ 계면 활성제는 물과 친한 부분과 기름과 친한 부분을 모두 가지고 있다.

3 세부 내용

천연 계면 활성제에 대한 설명으로 알맞은 것은 무엇인가요? (　　　)

① 세정력이 뛰어나다.
② 거품이 잘 일어나게 한다.
③ 환경 오염의 원인이 될 수 있다.
④ 오랫동안 사용하면 건강에 좋지 않다.
⑤ 자연적인 재료에서 얻는 계면 활성제이다.

4 어휘 어법

다음 중 낱말의 관계가 다른 하나는 무엇인가요? (　　　)

① 씻다 – 닦다　　② 제품 – 물건
③ 섞다 – 합치다　　④ 추출하다 – 뽑다
⑤ 편리하다 – 불편하다

5 추론하기

㉠에 들어갈 알맞은 내용은 무엇인가요? (　　　)

① 물기를 제거하여
② 물과 기름을 분리시켜
③ 물과 기름을 서로 섞이게 해
④ 물과 기름의 성질을 다르게 해
⑤ 물과 기름 모두와 어울리지 않게 해

6 비판하기

이 글을 읽은 독자의 반응으로 알맞지 <u>않은</u> 것은 무엇인가요? (　　　)

① 우리 생활과 과학은 밀접한 관계가 있구나.
② 합성 계면 활성제가 더 많은 제품에 쓰여야 해.
③ 비누로 씻을 때 거품이 나는 것은 계면 활성제 성분 때문이군.
④ 우리 생활에서 계면 활성제가 들어간 제품을 쉽게 찾을 수 있겠어.
⑤ 가능하면 합성 계면 활성제가 들어간 제품을 사용하지 말아야겠네.

7 추론하기

이 글을 바탕으로 [보기]를 알맞게 이해하지 <u>못한</u> 것은 무엇인가요? (　　　)

[보기]
- 우유에는 지방과 물이 함께 들어 있는데, 우유에 들어 있는 '카제인'이 지방과 물이 잘 섞이게 만들어 준다.
- 아이스크림은 당류와 지방, 물을 섞어 만드는데, 이때 지방과 물이 잘 섞이도록 '유화제'를 넣는다. 유화제는 계면 활성제의 다른 이름으로, 아이스크림에 들어가는 유화제는 인공으로 만든 화학 물질이다.

① 아이스크림을 많이 먹으면 건강에 해롭다.
② 계면 활성제는 다양한 분야에서 쓰이고 있다.
③ 우리가 먹는 음식에도 계면 활성제가 들어 있다.
④ 우유에 있는 '카제인'은 달걀에 있는 '레시틴'처럼 계면 활성제 역할을 한다.
⑤ 우유와 아이스크림, 마요네즈는 모두 천연 계면 활성제를 넣어 만든 음식이다.

19회 지문 익힘 어휘

1

어휘 의미

뜻에 알맞은 낱말을 [보기]에서 찾아 쓰세요.

[보기] 천연 위협 제거되다 추출하다 쾌적하다

(1) (   ): 없어지게 되다.

(2) (   ): 기분이 상쾌하고 아주 좋다.

(3) (   ): 고체나 액체 속에서 어떤 물질을 뽑아내다.

(4) (   ): 사람의 손이 닿지 않은 있는 그대로의 자연.

(5) (   ): 무서운 말이나 행동으로 상대방이 두려움을 느끼도록 함.

2

어휘 활용

첫소리를 참고해 빈칸에 들어갈 알맞은 낱말을 쓰세요.

(1) 실내 공기가 아주 [ㅋ][ㅈ]하다.

(2) 새로 산 기계로 커피 원액을 [ㅊ][ㅊ]하였다.

(3) 냉장고에 숯을 넣어 두면 냄새가 [ㅈ][ㄱ]된다.

(4) 엄마는 조미료 없이 [ㅊ][ㅇ]의 맛을 내려고 국물에 조개를 넣으셨다.

(5) 기술이 발전하면서 컴퓨터나 스마트폰에서 바이러스의 [ㅇ][ㅎ]도 늘어났다.

3

어휘 확장

밑줄 친 낱말의 뜻을 찾아 선으로 이으세요.

(1) 투표에 참여할 권리를 위해 여성들이 <u>일어났다</u>.

(2) 아빠와 나는 오랜만에 일찍 <u>일어나</u> 뒷산에 올랐다.

(3) 뉴스에서는 전쟁이 <u>일어난</u> 곳의 상황을 빠짐없이 전하고 있었다.

(4) 운동장에서 나는 소리에 아이들이 자리에서 <u>일어나</u> 창문 쪽으로 갔다.

㉮ 잠에서 깨어나다.

㉯ 일이나 사건 등이 생기다.

㉰ 누워 있다가 앉거나 앉아 있다가 서다.

㉱ 어떤 일을 위해 몸과 마음을 모아 나서다.

20회

예술·체육 | 미술 글 수준: ★★★ 어휘 수준: ★★★ 글자 수: 991

공부한 날 [ ]월 [ ]일

13분 안에 푸세요.

(가) 신사임당은 우리나라 여성으로서는 최초로 화폐에 등장해 지금도 많은 사람에게 존경을 받고 있다. 신사임당은 어떤 인물이었을까?

(나) 신사임당은 1504년, 외가*인 강원도 강릉에서 다섯 딸 중 둘째로 태어났다. 당시 여성은 결혼 후에 친정에서 살기도 했는데, 신사임당의 어머니가 남편과 떨어져 친정에서 살았기 때문에 신사임당은 외가에서 자랐다. 어렸을 때부터 외할아버지에게 글을 배운 신사임당은 그림, 글씨 등에도 재능이 뛰어났다. 일곱 살 때에는 당대* 최고의 화가인 안견*의 산수화*를 그대로 따라 그려 주위를 놀라게 하였다. 신사임당은 열아홉 살이 되던 해 이원수와 결혼했는데, 부모님을 모실 남자 형제가 없어 자신의 어머니처럼 친정에서 부모님을 모시고 살았다. 결혼한 지 몇 달 후, 아버지가 돌아가시자 삼년상*을 치르고서야 시댁이 있는 서울로 왔다. 이후 경기도 파주와 강원도 평창, 친정인 강릉을 오가며 살다가 서른여덟 살 때부터 서울에 정착하였다*. 서울로 온 지 10년 뒤인 1551년, 신사임당은 마흔여덟의 나이로 세상을 떠났다.

▲ 신사임당과 이이가 태어난 강릉 오죽헌

(다) 신사임당은 그림과 시, 글씨에 모두 뛰어났던 예술가였다. 신사임당은 결혼 후에도 친정에 살면서 그림을 그렸는데 안견에 버금가는* 화가라고 불릴 정도로 이름을 날렸다. 신사임당은 산수화와 초충도*를 잘 그렸는데, 특히 풀과 벌레를 소재로 한 초충도에 뛰어났다. 그의 그림은 닭이 살아 있는 곤충인 줄 알고 종이를 쪼아 뚫어질 뻔했다는 이야기가 전해질 만큼 사실적*이며 섬세하다는* 평가를 받는다. 신사임당은 시에도 뛰어났는데, 신사임당의 시는 모두 부모님에 대한 걱정과 그리움을 담고 있다. [㉠]

(라) 신사임당은 일곱 명의 자녀들을 당대 최고의 학자나 예술가로 키운 훌륭한 어머니이기도 했다. 신사임당의 셋째 아들인 율곡 이이는 장원 급제*를 아홉 번이나 한 조선 최고의 학자였고, 첫째 딸인 이매창과 막내인 이우는 유명한 화가가 되었다.

(마) 비록 짧은 삶을 살았지만 신사임당은 훌륭한 예술 작품을 남긴 조선 시대 최고의 예술가이자 자녀들을 훌륭하게 키운 위대한 어머니였다.

*외가 어머니의 부모 형제 등이 살고 있는 집. *당대 일이 있는 바로 그 시대. *안견 조선 초기에 활동한 화가. *산수화 동양화에서 아름다운 자연의 경치를 그린 그림. *삼년상 부모의 상을 당해 삼 년 동안 상중에 있는 일. *정착하였다 일정한 곳에 자리를 잡아 머물러 살았다. *버금가는 첫째가는 것의 바로 뒤를 잇는. *초충도 풀과 풀벌레를 그린 그림. *사실적 실제 있는 그대로를 보여 주는 것. *섬세하다는 매우 세밀하고 정확하다는. *장원 급제 옛날 과거 시험의 첫째 등급에서 첫째로 뽑히던 일.

1 세부 내용

이 글을 읽고 알 수 없는 내용은 무엇인가요? (　　　)

① 신사임당의 업적
② 신사임당의 출생
③ 신사임당의 성장
④ 신사임당의 예술 세계
⑤ 신사임당의 교육 방법

2 세부 내용

신사임당에 대한 설명으로 알맞지 않은 것은 무엇인가요? (　　　)

① 다섯 딸 중 첫째이다.
② 산수화와 초충도를 잘 그렸다.
③ 어려서부터 그림, 글씨 등에 재주가 뛰어났다.
④ 우리나라 여성 최초로 화폐에 등장하는 인물이다.
⑤ 일곱 명의 자녀들을 훌륭하게 키워 낸 위대한 어머니이다.

3 구조 알기

이 글에서 다음과 같은 방법으로 쓴 문단은 무엇인가요? (　　　)

시간의 흐름에 따라 썼다.

① 글 ㈎ ② 글 ㈏ ③ 글 ㈐ ④ 글 ㈑ ⑤ 글 ㈒

4 추론 하기

㉠에 들어갈 내용으로 가장 알맞은 것은 무엇인가요? (　　　)

① 신사임당의 영향으로 초충도가 유행하였다.
② 현재 신사임당의 초충도는 모두 여덟 작품이 남아 있다.
③ 신사임당의 본명은 신인선이라고 알려져 있지만 확실하지는 않다.
④ 신사임당은 자녀들이 올바른 습관을 가질 수 있도록 어려서부터 엄격하게 교육하였다.
⑤ 신사임당은 글씨에도 재주가 빼어났는데 신사임당의 글씨는 전체적으로 차분하고 깔끔하다는 평가를 받고 있다.

5 어휘 어법

밑줄 친 낱말과 바꾸어 쓸 수 있는 낱말은 무엇인가요? (　　　)

> 신사임당은 안견에 버금가는 화가라고 불릴 정도로 이름을 날렸다.

① 으뜸가는　② 다음가는　③ 오래가는
④ 제일가는　⑤ 사라지는

6 적용 창의

다음 그림은 신사임당의 작품입니다. 다음 그림처럼 꽃, 풀, 열매 등의 식물과 곤충을 소재로 그린 그림을 무엇이라고 하는지 이 글에서 찾아 쓰세요.

(　　　　　　　　)

7 추론 하기

[보기]를 참고해 신사임당과 허난설헌을 알맞게 비교하지 못한 것은 무엇인가요? (　　　)

> [보기] 허난설헌은 1563년, 강원도 강릉에서 태어났다. 아버지에게 학문을 배웠으며, 어렸을 때부터 글재주가 무척 뛰어났다. 열다섯 살 때 김성립과 결혼하여 시댁에 가서 살았는데, 남편과 사이가 좋지 않았고 시집살이가 무척 심했다. 젊은 나이에 어린 자식들을 모두 잃고, 동생 허균마저 귀양을 가는 등 불행한 일이 계속 이어지자 허난설헌은 자신의 불행을 시로 표현하면서 괴로움을 달랬다. 허난설헌은 스물일곱 살이 되던 1589년에 세상을 떠났다.
>
> 허난설헌이 세상을 떠난 뒤 허균은 누나의 시를 모아 『난설헌집』이라는 책을 만들었고, 허난설헌의 시는 중국과 일본에서 높은 평가를 받았다. 허난설헌은 조선 최고의 여성 시인이었지만, 세상을 떠난 뒤에야 비로소 인정을 받았다.

① 신사임당과 허난설헌 모두 강원도 강릉에서 태어났다.
② 신사임당과 허난설헌은 조선을 대표하는 여성 예술가이다.
③ 신사임당은 결혼 후에도 친정에서 살았지만 허난설헌은 시댁에서 살았다.
④ 신사임당은 어렸을 때부터 교육을 잘 받았지만 허난설헌은 제대로 된 교육을 받지 못했다.
⑤ 신사임당은 살아 있는 동안 예술가로서 인정을 받았지만 허난설헌은 세상을 떠난 뒤에야 인정을 받았다.

정답 41쪽

20회 지문 익힘 어휘

1
어휘 의미

낱말에 알맞은 뜻을 찾아 선으로 이으세요.

(1) 당대 ●	● ㉮ 매우 세밀하고 정확하다.
(2) 사실적 ●	● ㉯ 일이 있는 바로 그 시대.
(3) 정착하다 ●	● ㉰ 첫째가는 것의 바로 뒤를 잇다.
(4) 버금가다 ●	● ㉱ 실제 있는 그대로를 보여 주는 것.
(5) 섬세하다 ●	● ㉲ 일정한 곳에 자리를 잡아 머물러 살다.

2
어휘 활용

빈칸에 들어갈 알맞은 낱말을 [보기]에서 찾아 쓰세요.

[보기] 섬세 정착 당대 사실적 버금가서

(1) 이 그림은 풍경을 ( )하게 표현했다.

(2) 고향을 떠나 새로운 곳에 ( )하게 되었다.

(3) 스마트폰 수리 비용이 구입 비용에 ( ) 놀랐다.

(4) 장애인의 모습을 ( )(으)로 그린 영화가 상을 받았다.

(5) 김홍도는 조선 시대 서민들의 생활 모습을 그린 ( ) 최고의 화가이다.

3
어휘 확장

[보기]의 밑줄 친 낱말과 바꾸어 쓸 수 있는 관용 표현은 무엇인가요? ( )

[보기] 결혼한 지 몇 달 후, 신사임당의 아버지가 <u>돌아가셨다</u>.

① 눈을 붙였다
② 하늘에 맡겼다
③ 세상을 떠났다
④ 하늘이 캄캄했다
⑤ 눈이 돌아갔다

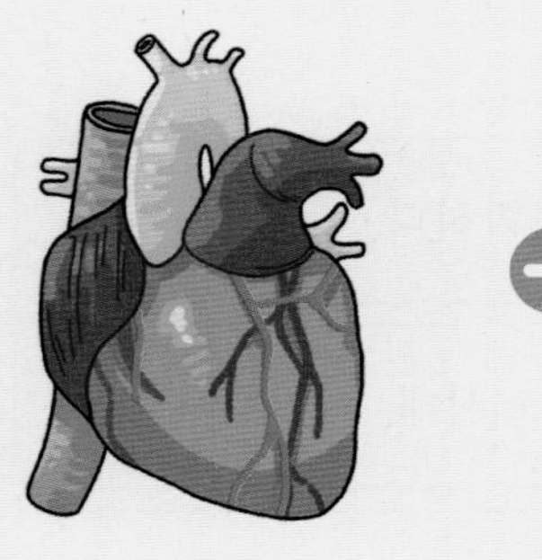

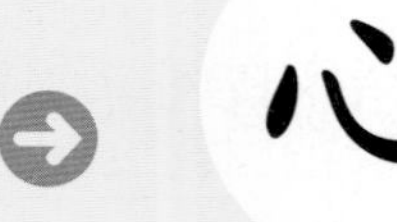

心

마음 심

'심(心)' 자는 사람의 심장 모양을 본떠서 만든 글자예요. 옛날 사람들은 사람들이 느끼는 감정을 심장이 하는 일이라고 믿었어요. 그래서 '심(心)' 자는 '마음'이나 '생각', '심장', '중앙'을 뜻해요.

● 다음 획순에 따라 한자를 따라 쓰세요.

心	丶 心 心 心

心	心	心					

관심 關心
(관계할 관, 마음 심)

어떤 것을 향하여 끌리는 감정과 생각.
예 우리 주변의 어려운 이웃들에게 관심을 가져야 한다.
반대말 무관심(無關心): 흥미나 관심이 없음.

중심 中心
(가운데 중, 마음 심)

어떤 것의 한가운데.
예 주몽이 쏜 화살이 과녁의 중심을 맞혔다.
비슷한말 가운데, 복판

조심 操心
(잡을 조, 마음 심)

좋지 않은 일을 겪지 않도록 말이나 행동 등에 주의를 함.
예 날씨가 건조한 가을철에는 산불을 조심해야 한다.
비슷한말 주의(注意)

Q 비슷한 뜻을 가진 낱말끼리 짝 지어지지 않은 것의 기호를 쓰세요.

㉮ 중심–복판 ㉯ 조심–주의 ㉰ 중심–가운데 ㉱ 관심–무관심

( )

5주

21회

인문 | 한국사 글 수준: ★★★ 어휘 수준: ★★★★ 글자 수: 896

공부한 날 월 일

14분 안에 푸세요.

㈎ 1426년 2월 15일, 조선의 수도인 한양에서 큰불이 일어났다. 이 화재로 2천여 채*의 집이 불에 타고 30여 명의 사람이 ㉠목숨을 잃고 말았다. 다음 날에도 화재가 일어나 200여 채의 집이 불에 탔다. 그 당시 왕이었던 세종은 화재가 또 일어나는 것을 막기 위해 대책*을 마련하기 시작했다.

㈏ 세종은 큰불이 두 번이나 일어나자 화재에 대한 예방*만으로는 큰불을 막지 못할 것이라고 생각했다. 그리하여 1426년 2월 26일, 화재를 예방하고 불을 진압하는* 일을 담당하는 금화도감을 한양에 설치했다. 하지만 금화도감이 설치된 이후에도 크고 작은 화재는 그치지 않았다. 결국 1431년, 금화도감 안에 불을 끄는 군대인 '금화군'이 만들어졌다. 금화군은 불을 끄는 군인과 물을 길어다 주는 노비*인 급수비자로 구성되었다. 각 관청에 속해 있던 군인들과 노비들 중에서 불을 끌 사람을 정해 화재를 진압하는 방법 등을 교육시켰다. 이때의 금화군은 정식*으로 소방관을 뽑은 것이 아니라 화재를 대비하여 임시*로 만든 소방 부대였다.

㈐ 이후 금화군은 1467년 세조 때에 이르러 '불을 멸하는 군인'이라는 뜻의 멸화군으로 명칭*을 바꾸었다. 멸화군으로 뽑힌 50명의 군인은 평소에는 거리를 순찰하면서* 한양에 화재가 났는지 감시하는 일을 했다. 24시간 동안 대기하고* 있다가 불이 나면 종을 쳐서 즉시 알렸다. 화재에 투입된* 멸화군은 급수비자가 떠 온 물로 불을 끄고, 쇠갈고리나 도끼로 건물을 부수어 불길이 다른 곳으로 번지지 못하게 했다. 또, 동아줄과 사다리를 이용해 지붕에 올라가 기와나 볏짚을 걷어 내서 화재로 집이 무너지는 것을 막았다.

㈑ 이처럼 멸화군은 화재를 예방하고 진압하는 일 등 불에 관련된 모든 일을 맡아서 했다. 조선의 전문* 소방관으로서 불과 용감하게 맞서 싸웠던 멸화군의 정신은 오늘날까지도 이어지고 있다.

*채 집을 세는 단위. *대책 어려운 상황을 이겨 낼 수 있는 계획. *예방 병이나 사고 등이 생기지 않도록 미리 막음. *진압하는 강제로 억눌러 진정시키는. *노비 옛날에 남의 집에서 대대로 천한 일을 하는 신분에 속한 사람. *정식 올바로 갖추어야 할 격식. *임시 미리 정하지 않고 그때그때 필요에 따라 정한 것. *명칭 사람이나 사물 등을 가리켜 부르는 이름. *순찰하면서 여러 곳을 돌아다니며 사정을 살피면서. *대기하고 어떤 때나 기회를 기다리고. *투입된 사람이나 물건, 돈 등이 필요한 곳에 넣어진. *전문 어떤 분야에 많은 지식과 경험을 가지고 그 분야만 연구하거나 맡음.

1 주제 찾기

글쓴이가 이 글을 쓴 까닭으로 알맞은 것은 무엇인가요? (　　　)

① 화재를 예방하자는 주장을 펼치려고
② 세종 대왕이 이룬 업적을 알려 주려고
③ 조선 시대의 소방관에 대해 설명하려고
④ 조선 시대의 신분 차별에 대해 설명하려고
⑤ 조선 시대와 오늘날의 소방관을 비교하려고

2 세부 내용

이 글의 내용과 일치하지 않는 것은 무엇인가요? (　　　)

① 급수비자는 물을 길어다 주는 노비를 말한다.
② 멸화군은 나중에 금화군으로 명칭이 바뀌었다.
③ 금화도감이 설치된 이후에도 화재가 일어났다.
④ 세종은 화재를 예방하기 위해 금화도감을 설치하였다.
⑤ 멸화군은 화재를 예방하는 일뿐 아니라 불을 끄는 일을 하였다.

3 어휘 어법

㉠과 바꾸어 쓸 수 있는 낱말은 무엇인가요? (　　　)

① 죽고　② 다치고　③ 도망가고
④ 기절하고　⑤ 위험해지고

4 세부 내용

빈칸에 들어갈 알맞은 낱말을 글에서 찾아 쓰세요.

오늘날	조선 시대	역할
소방서	(1) (　　　　　)	화재의 예방과 진압을 담당하는 기관.
전문 소방관	(2) (　　　　　)	화재를 감시하고 진압하는 일을 하는 사람.

5 구조 알기

다음 내용이 들어가기에 알맞은 곳은 어디인가요? (　　　)

> 세종은 성안에 있는 집과 집 사이에 담을 높게 쌓도록 하고, 다섯 집마다 하나씩 우물을 파서 화재에 대비하도록 하였다. 또, 불이 붙지 않도록 다닥다닥 붙어 있는 집은 무너뜨려 없애라고 명령하였다.

① 글 (가)의 앞　② 글 (가)의 뒤　③ 글 (나)의 뒤
④ 글 (다)의 뒤　⑤ 글 (라)의 뒤

6 적용 창의

'멸화군'을 알리는 광고 문구로 알맞은 것의 기호를 쓰세요.

> ㉮ 조선 최초의 소방서, 멸화군
> ㉯ 멸화군과 함께 떠나는 고조선 여행
> ㉰ 우리나라 최초의 전문 소방관, 멸화군

(　　　　　　　　)

7 추론 하기

[보기]를 참고해 멸화군과 소방관을 비교한 내용으로 알맞지 않은 것은 무엇인가요? (　　　)

> [보기] 전국의 모든 소방관은 24시간 출동 대기 상태에 있다가 불이 나면 화재 현장으로 달려가 불을 끄고, 사람들을 구조하는 일을 한다. 그 밖에도 교통사고, 건물 붕괴, 가스 폭발 등의 사고 현장을 정리하고 바로잡는 일을 한다. 또한 정기적으로 학교나 병원 등을 방문해 건물이나 시설물이 안전한지 점검하며 화재 예방 활동을 한다.
> 소방관은 국가에 속한 공무원이기 때문에 소방관이 되려면 소방 공무원 시험에 합격해야 한다.

① 멸화군과 오늘날의 소방관은 모두 다양한 일을 하는군.
② 멸화군과 오늘날의 소방관은 모두 시험에 합격해야 했군.
③ 멸화군과 오늘날의 소방관은 모두 화재 예방 활동을 했군.
④ 멸화군은 한양에만 있고, 오늘날의 소방관은 전국에 있군.
⑤ 멸화군과 오늘날의 소방관은 모두 24시간 동안 힘들게 일을 하는군.

정답 43쪽

21회 지문 익힘 어휘

1

어휘 의미

밑줄 친 낱말의 뜻으로 알맞은 것의 기호를 쓰세요.

(1) 한 시민이 소화기로 화재를 진압해 생명을 구했다. ………………………………… (　　　)
㉮ 강제로 억눌러 진정시키다.　　㉯ 어려운 상황에 대해 미리 준비하다.

(2) 마을에 홍수로 다리가 끊어져서 대책을 세우고 있다. ……………………………… (　　　)
㉮ 어떤 사실이 진실임을 밝히는 문서.　　㉯ 어려운 상황을 이겨 낼 수 있는 계획.

(3) 기차역에서 택시들이 손님을 기다리며 대기하고 있다. …………………………… (　　　)
㉮ 어떤 때나 기회를 기다리다.　　㉯ 일정한 사람들이 어떤 목적을 가지고 나가다.

(4) 학교 지킴이 아저씨가 순찰하시다가 쓰레기 더미를 발견하셨다. ………………… (　　　)
㉮ 동작이나 상태가 계속되지 않다.　　㉯ 여러 곳을 돌아다니며 사정을 살피다.

2

어휘 활용

빈칸에 들어갈 알맞은 낱말을 [보기]에서 찾아 쓰세요.

[보기]	진압	대책	순찰	대기

(1) 태풍 피해를 입은 지역을 돕기 위해 (　　　　　　)을/를 세웠다.

(2) 빵을 사려는 사람들이 긴 줄을 만들어 (　　　　　　)하고 있었다.

(3) 강한 바람이 불어서 산불을 (　　　　　　)하는 데 어려움이 많았다.

(4) 경비 아저씨는 주민의 안전을 위해 아파트 곳곳을 (　　　　　　)하신다.

3

어휘 확장

밑줄 친 낱말과 바꾸어 쓸 수 있는 낱말의 기호를 쓰세요.

(1) 불이 나면 종을 쳐서 즉시 알렸다. ……………………………………………… (　　　)
㉮ 당장　　㉯ 역시　　㉰ 늦게

(2) 금화군은 멸화군으로 명칭을 바꾸었다. ………………………………………… (　　　)
㉮ 제목　　㉯ 이름　　㉰ 별명

(3) 건물을 부수어 불길이 번지지 못하게 하였다. …………………………………… (　　　)
㉮ 생기지　　㉯ 사라지지　　㉰ 옮아가지

22회

사회 | 사회 문화 글 수준: ★★★ 어휘 수준: ★★ 글자 수: 975

공부한 날 [ ] 월 [ ] 일

13분 안에 푸세요.

우리 지구에서 꼭 필요하고 매우 중요한 곤충이 있다. 바로 꿀벌이다. 그런데 최근 들어 전 세계적으로 꿀벌의 수가 눈에 띄게* 줄어들고 있다. [㉠] 우리나라도 2022년 1~2월 사이에 약 77억 마리의 꿀벌이 갑자기 사라졌다고 조사되었다. 전문가들은 세상에서 꿀벌이 완전히 사라지면 인류의 생존*에 문제가 생길 것이라고 예상한다*. 꿀벌이 사라지면 도대체 무슨 일이 생길까?

꿀벌들이 하는 가장 중요한 일은 식물의 '꽃가루받이'를 해 주는 것이다. '꽃가루받이'는 수술의 꽃가루가 암술에 옮겨지는 과정을 말한다. 식물이 열매를 맺으려면 이 과정이 반드시 필요하다. 바람이나 새, 곤충들이 꽃가루받이를 도와주기도 하지만 가장 큰 도움을 주는 것은 꿀벌이다. 꿀벌들은 꽃가루와 꽃꿀*을 얻으려고 꽃을 찾아다니면서 자연스럽게 꽃가루받이를 돕는다. 그런데 한창* 활동해야 할 꿀벌들이 환경 오염으로 인한 기후 변화 그리고 기생충과 해충, 농약과 살충제* 등 여러 가지 원인으로 한꺼번에 사라지고 있다.

▲ 꿀벌의 꽃가루받이

최근 기후 변화로 인해 겨울에 기온이 올라가면서 꽃이 피는 시기가 빨라졌다. 꿀벌들이 계절을 착각해* 꿀을 모으러 밖에 나갔다가 얼어 죽거나 체력*이 떨어져 벌통으로 돌아오지 못하고 사라진 것이다. 또, 꿀벌 애벌레의 피를 빨아먹고 사는 '응애'라는 기생충도 꿀벌이 사라지게 만드는 원인 중의 하나이다. 이 응애를 없애기 위해 뿌리는 살충제나 농작물을 더 많이 수확하기* 위해 뿌리는 농약의 화학 물질 역시 꿀벌을 사라지게 하는 원인이 된다.

이처럼 꿀벌이 사라지면 농작물의 생산량이 크게 줄어들어 전 세계 사람들이 식량 부족을 겪게 될 것이다. 유엔 식량 농업 기구(FAO)에 따르면, 전 세계 식량의 대부분을 차지하는 100여 종의 농작물 중 70여 종 이상이 꿀벌의 꽃가루받이로 열매를 맺는다고 한다. 꿀벌이 사라지면 식물도, 그 식물을 먹는 동물도, 그리고 동식물을 먹고 사는 인간도 살아가기 힘들어질 수밖에 없다. 생태계*에 이로움을 주는 ㉡꿀벌을 이대로 사라지게 해서는 안 된다.

*눈에 띄게 두드러지게 드러나게. *생존 살아 있는 것. *예상한다 앞으로 있을 일이나 상황을 짐작한다. *꽃꿀 식물의 꿀샘에서 분비되는 달콤한 성분의 액체. *한창 어떤 일이 가장 활기 있고 왕성하게 일어나는 모양. *살충제 사람이나 동물, 농작물에 해가 되는 벌레를 죽이는 약. *착각해 어떤 사물이나 사실을 실제와 다르게 잘못 생각하거나 느껴. *체력 몸의 힘이나 기운. *수확하기 익은 농작물을 거두어들이기. *생태계 일정한 지역이나 환경에서 여러 생물들이 서로 적응하고 관계를 맺으며 어우러진 자연의 세계.

1 세부 내용

이 글의 내용과 일치하지 않는 것은 무엇인가요? (　　　)

① 꿀벌은 생태계에 이로움을 준다.
② 꿀벌만이 식물의 꽃가루받이를 할 수 있다.
③ 전 세계적으로 꿀벌의 수가 줄어들고 있다.
④ 응애는 꿀벌 애벌레의 피를 빨아먹고 산다.
⑤ 겨울에 기온이 올라가면서 꽃이 피는 시기가 빨라졌다.

2 세부 내용

이 글에서 알 수 없는 내용은 무엇인가요? (　　　)

① 꿀벌이 하는 일
② 꿀벌이 사라지는 원인
③ 꿀벌이 꿀을 만드는 과정
④ 최근 꿀벌이 사라지고 있는 상황
⑤ 꿀벌이 사라지면 겪게 될 어려움

3 주제 찾기

이 글의 중심 생각은 무엇인가요? (　　　)

① 도시에서 꿀벌을 키워야 한다.
② 꿀벌에게 꿀을 양보해야 한다.
③ 식량 부족 문제를 해결해야 한다.
④ 생태계에서 꿀벌이 사라지게 해서는 안 된다.
⑤ 꿀벌이 하는 일을 대신할 곤충을 찾아야 한다.

4 어휘 어법

다음 두 낱말과 같은 관계로 짝 지어진 것은 무엇인가요? (　　　)

겨울 – 계절

① 꿀벌 – 곤충　② 원인 – 이유　③ 반드시 – 꼭
④ 이로움 – 해로움　⑤ 줄어들고 – 늘어나고

5 추론하기

㉠에 들어갈 문장으로 가장 알맞은 것은 무엇인가요? (　　　)

① 벌은 지구에서 1억 년 동안 살아왔다.

② 매년 5월 20일을 '세계 벌의 날'로 정했다.

③ 지구에는 2만 종이 넘는 벌이 있다고 한다.

④ 아몬드나 딸기 같은 식물은 꿀벌이 없으면 열매를 맺을 수 없다.

⑤ 미국은 2020년부터 2021년까지 45.5퍼센트의 꿀벌이 사라졌다고 한다.

6 적용창의

㉡의 실천 방법으로 알맞지 <u>않은</u> 것은 무엇인가요? (　　　)

① 전기를 아껴 쓰고 쓰지 않는 플러그는 뽑는다.

② 꿀과 꽃가루가 풍부한 꽃과 식물을 많이 심는다.

③ 농약을 쓰지 않는 친환경 농업을 더 많이 개발한다.

④ 살충제 같은 화약 약품을 많이 사용해서 해충을 없앤다.

⑤ 종이컵이나 플라스틱 빨대 같은 일회용품 사용을 줄인다.

7 비판하기

이 글의 독자가 [보기]에 대해 보인 반응으로 알맞지 <u>않은</u> 것은 무엇인가요? (　　　)

> [보기] 비닐하우스에서 딸기를 재배하고 있는 한 농민은 "11월부터 2월 사이에 꿀벌을 통해 꽃가루받이가 들어가야 겨울철에 딸기를 딸 수 있다. 올해는 딸기 꽃이 여기저기 활짝 피었지만 꿀벌이 사라지면서 제대로 꽃가루받이를 하지 못하여 모양이 이상한 딸기가 열리고 있다."라고 말했다. 수박 농사를 짓고 있는 한 농민은 "꿀벌이 없어서 사람이 손으로 하나하나 직접 꽃가루받이를 하니까 시간도 오래 걸릴 뿐만 아니라 단맛도 덜하고 모양도 이상한 수박이 열렸다."라며 한숨을 쉬었다.

① 꿀벌이 사라져서 딸기와 수박의 가격이 비싸지겠군.

② 꿀벌이 있었더라면 꽃가루받이를 빨리 끝낼 수 있었을 텐데.

③ 사람이 손으로 직접 꽃가루받이를 해 준 과일이 더 맛있겠군.

④ 꿀벌이 충분히 있어야 겨울철에도 맛있는 딸기를 먹을 수 있구나.

⑤ 꿀벌이 완전히 사라지면 지금처럼 맛있고 모양이 예쁜 과일을 수확할 수 없겠군.

정답 45쪽

22회 지문 익힘 어휘

1

어휘 의미

낱말에 알맞은 뜻을 찾아 선으로 이으세요.

(1) 한창 •	• ㉮ 몸의 힘이나 기운.
(2) 체력 •	• ㉯ 익은 농작물을 거두어들이다.
(3) 착각하다 •	• ㉰ 앞으로 있을 일이나 상황을 짐작하다.
(4) 예상하다 •	• ㉱ 어떤 일이 가장 활기 있고 왕성하게 일어나는 모양.
(5) 수확하다 •	• ㉲ 어떤 사물이나 사실을 실제와 다르게 잘못 생각하거나 느끼다.

2

어휘 활용

첫소리를 참고해 빈칸에 들어갈 알맞은 낱말을 쓰세요.

채은: 넘어지겠다. 왜 이렇게 뛰는 거야?

선우: 어휴, 숨차서 혼났네. 오늘이 토요일이라고 (1) [ㅊ][ㄱ]해서 늦잠을 잤지 뭐야.

채은: 네가 뛰는 것을 보고 (2) [ㅇ][ㅅ]했어. 아직 5분 남았으니 서둘러 걸으면 돼.

선우: 지각이 아니라 다행이다. 이렇게 빨리 도착하다니, 매일 운동해서 (3) [ㅊ][ㄹ]이 좋아졌나 봐.

채은: 아이고, 너스레 그만 떨고 어서 들어가자. 애들이 운동장에 모인 것을 보니 수업이 곧 시작될 거야.

3

어휘 확장

[보기]의 밑줄 친 관용 표현과 바꾸어 쓸 수 있는 말은 무엇인가요? ( )

[보기] 휴가철이라 해외로 여행을 가는 사람들이 눈에 띄게 늘었다.

① 보잘것없게
② 아주 드물게
③ 아무도 모르게
④ 보통 때와 같게
⑤ 두드러지게 드러나게

23회

과학 | 지구 과학 글 수준: ★★★★ 어휘 수준: ★★★★ 글자 수: 890

공부한 날 [ ] 월 [ ] 일

15분 안에 푸세요.

(가) 아주 오래전부터 나침반은 먼바다를 항해하거나* 미지*의 세계를 탐험할 때 꼭 필요한 도구였다. 콜럼버스는 나침반 덕분에 아메리카 대륙을 발견할 수 있었다.

(나) 나침반을 ㉠맨 처음 만들어 낸 나라는 중국이다. ㉡기원전 4세기쯤에 쓰여진 『귀곡자』라는 책에는 "국자 모양의 자석을 쟁반 위에 올려놓고 돌렸더니 국자의 손잡이 부분이 남쪽을 가리켰다."라는 기록이 있다. 하지만 이 자석은 점을 치는 용도*로 더 많이 사용했다고 한다. 이후 11세기쯤 나무로 깎은 물고기 안에 자석을 넣어 만든 나침반을 물에 띄워 방향을 찾는 용도로 사용했다고 전해진다.

(다) 그런데 그 당시 중국 사람들은 나침반이 항상 일정한* 방향을 가리키는 원리*를 이해하지 못했다. 그 이유를 알아낸 사람은 영국의 과학자 윌리엄 길버트였다. 그는 나침반 바늘이 언제나 남북을 가리키는 까닭은 나침반 바늘이 자석으로 만들어져 있고, 지구도 하나의 거대한* 자석이기 때문이라고 설명했다. 거대한 자석인 지구는 북극 방향이 S극이고, 남극 방향이 N극이다. [㉢] 자석의 성질 때문에 거대한 자석인 지구의 S극은 나침반의 N극을 잡아당긴다. 그래서 나침반의 N극이 항상 북쪽을 가리키는 것이다.

(라) 거대한 자석인 지구의 자극*은 실제* 북극과 남극을 연결한 선과 일치하지* 않고 왼쪽으로 11도 정도 기울어져 있다. 나침반의 바늘은 거대한 자석인 지구의 영향을 받기 때문에 나침반이 가리키는 북쪽도 실제 북극에서 약간 벗어나 있다. 또한 거대한 자석인 지구는 가만히 있지 않고 시간이 지나면서 계속 회전하고* 있다. 따라서 나침반의 방향은 실제 북극, 남극의 위치와 일치할 수 없다.

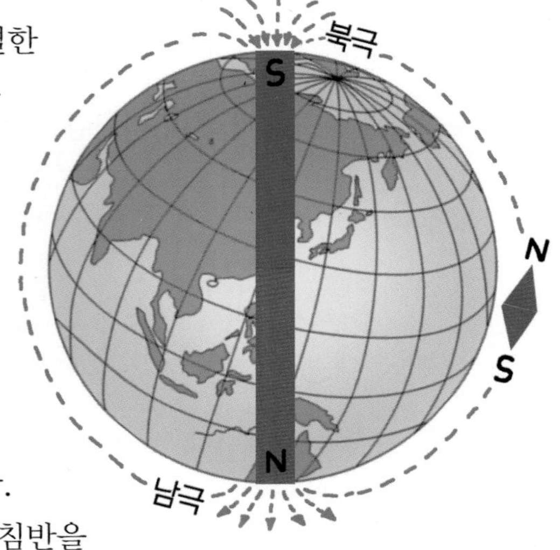

▲ 지구의 자극

(마) 오늘날은 인공위성에서 보내는 위성 위치 추적* 장치(GPS)를 통해 나침반보다 더 정확한 위치 정보를 알 수 있다. 하지만 험한 산에 오르거나 오지*를 탐험할 때는 여전히* 나침반을 사용하고 있다.

낱말 풀이

＊**항해하거나** 배를 타고 바다 위를 다니거나. ＊**미지** 아직 알지 못함. ＊**용도** 쓰이는 곳이나 목적. ＊**일정한** 변함없이 한결같은. ＊**원리** 사물의 본질이나 바탕이 되는 이치. ＊**거대한** 엄청나게 큰. ＊**자극** 자석이 쇠붙이를 끌어당기는 힘이 가장 센 곳. ＊**실제** 있는 그대로의 상태나 사실. ＊**일치하지** 비교되는 대상이 서로 같거나 딱 들어맞지. ＊**회전하고** 물체 자체가 빙빙 돌고. ＊**위치 추적** 목표 대상의 자취를 더듬거나 위치를 파악하기 위하여 쫓는 일. ＊**오지** 해안이나 도시에서 멀리 떨어져 외부와의 접촉이 거의 없는 땅. ＊**여전히** 전과 똑같이.

1 세부 내용

이 글을 읽고 알 수 없는 내용은 무엇인가요? (   )

① 자석의 종류
② 나침반의 쓰임
③ 오늘날 위치 정보를 알려 주는 장치
④ 나침반이 항상 북쪽을 가리키는 까닭
⑤ 나침반의 방향이 실제 위치와 차이가 나는 까닭

2 세부 내용

이 글의 내용으로 알맞은 것은 무엇인가요? (   )

① 콜럼버스가 나침반을 발견하였다.
② 나침반의 N극은 항상 남쪽을 가리킨다.
③ 중국에서는 점을 칠 때만 나침반을 사용하였다.
④ 나침반이 가리키는 북쪽은 실제 북극과 일치하지 않는다.
⑤ 거대한 자석인 지구는 북극 방향이 N극이고, 남극 방향이 S극이다.

3 어휘 어법

㉠과 바꾸어 쓸 수 있는 낱말은 무엇인가요? (   )

① 발표한　② 발달한　③ 발명한
④ 발견한　⑤ 발전한

4 비판하기

㉡의 자료에 대해 알맞게 평가한 친구는 누구인지 기호를 쓰세요.

㉮ 연석: 유명한 사람이 한 말을 그대로 썼으므로 믿음이 가.
㉯ 은결: 기록이 남아 있는 책의 출처가 분명하므로 믿을 수 있어.
㉰ 상준: 최근 책을 바탕으로 글쓴이가 짐작한 것이므로 믿을 수 없어.

(   )

5 추론하기

글 (다)와 관련해 새롭게 알고 싶은 점으로 알맞은 것은 무엇인가요? (　　　　)

① 지구는 왜 자석의 성질을 가질까요?
② 나침반으로 어떻게 방향을 알 수 있을까요?
③ 나침반을 처음 발명한 나라는 어느 나라인가요?
④ 지구 안쪽에 있는 외핵이 회전하는 까닭은 무엇일까요?
⑤ 누가 나침반이 일정한 방향을 가리키는 원리를 알아냈나요?

6 추론하기

㉢에 들어갈 내용으로 알맞은 것은 무엇인가요? (　　　　)

① 중요한 정보를 저장하는
② 같은 극끼리는 밀어내는
③ 다른 극끼리는 끌어당기는
④ 철로 만들어진 물체를 끌어당기는
⑤ 자석을 쪼개면 서로 다른 극을 갖게 된다는

7 비판하기

이 글의 독자가 [보기]에 대해 보인 반응으로 알맞지 <u>않은</u> 것은 무엇인가요? (　　　　)

> [보기] 제비, 기러기와 같은 철새나 비둘기는 뇌 속에 지구 자극의 방향을 알 수 있는 작은 자석 세포를 갖고 있다. 그래서 철새들은 먼 거리를 늘 갔던 방향으로 잘 옮겨 다닌다. 특히 비둘기는 집을 잘 찾아서 옛날부터 편지를 전달하는 데 많이 이용했다. 또, 아주 작은 생물인 박테리아의 몸속에도 작은 자석 알갱이들이 들어 있다. 북반구에 있는 박테리아는 북극(지구 자석의 S극)을 향해 헤엄치고, 남반구에 있는 박테리아는 남극(지구 자석의 N극)을 향해 헤엄친다.

① 제비와 기러기는 몸속에 자석 세포를 가진 생물들이었어.
② 철새는 뇌 속에 들어 있는 자석 세포가 나침반 역할을 하는구나.
③ 지구의 자극은 비둘기가 방향을 찾는 데 아무런 영향을 미치지 않아.
④ 지구가 거대한 자석이라서 철새가 항상 일정한 방향으로 이동할 수 있었던 거야.
⑤ 박테리아 몸속의 자석 알갱이들은 지구 자극에 따라 옮겨 갈 방향을 정하는구나.

23회 지문 익힘 어휘

1

어휘 의미

뜻에 알맞은 낱말을 낱말 카드에서 찾아 쓰세요.

지	치	항	실	해	도

(1) 아직 알지 못함. → 미 [ ]

(2) 쓰이는 곳이나 목적. → 용 [ ]

(3) 있는 그대로의 상태나 사실. → [ ] 제

(4) 배를 타고 바다 위를 다니다. → [ ][ ]하다

(5) 비교되는 대상들이 서로 어긋나지 아니하고 같거나 들어맞다. → 일 [ ]하다

2

어휘 활용

빈칸에 들어갈 낱말로 알맞은 것의 기호를 쓰세요.

(1) 쇄빙선은 두꺼운 얼음을 깨고 [ ]하는 배이다. ……………………………… (　　　)
㉮ 항해　　㉯ 회전

(2) 만나서 [ ] 모습을 보고 사진과 너무 달라서 놀랐다. ……………………… (　　　)
㉮ 미지　　㉯ 실제

(3) 우리 모둠은 문화재를 조사하자는 데 의견이 [ ]했다. …………………… (　　　)
㉮ 일치　　㉯ 항해

(4) 컴퓨터를 살 때에는 자신의 [ ]에 맞게 선택해야 한다. …………………… (　　　)
㉮ 실제　　㉯ 용도

3

어휘 확장

빈칸에 들어갈 알맞은 낱말을 [보기]에서 찾아 기호를 쓰세요.

[보기] ㉮ 가르치다: 지식이나 기술 등을 설명해서 익히게 하다.
㉯ 가리키다: 손가락 등으로 어떤 방향이나 대상을 집어서 보이거나 말하거나 알리다.

(1) 화살표의 끝이 북쪽을 [ ] 있다. (　　　)

(2) 우리 아빠는 중학교에서 국어를 [ ]. (　　　)

(3) 영화를 보고 나니 시곗바늘이 3시를 [ ] 있었다. (　　　)

(4) 친구에게 자전거 타는 방법을 [ ] 주기로 약속했다. (　　　)

24회

기술 | 건축 글 수준: ★★★ 어휘 수준: ★★★★ 글자 수: 907

공부한 날 월 일

14분 안에 푸세요.

(가) 우리 조상들이 만들어 쓰던 옛 물건에는 놀라운 과학적 지혜가 담겨 있는 것들이 많다. 특히 온돌은 영국 옥스퍼드 사전에 한국의 대표적인 전통* 발명품으로 실릴* 만큼 그 우수성이 널리 알려져 있다. 세계적으로 인정받은 우리만의 독특한 난방 장치*인 온돌에 대해 자세히 알아보자.

(나) '온돌'은 방바닥을 데워 방 안 전체를 따뜻하게 덥히는 우리나라의 전통 난방 시설을 말한다. '구운 돌'이라는 뜻의 '구들'이라고도 ㉠불린다. 온돌의 역사는 꽤 오래되었다. 연구에 따르면, 고조선 시대부터 데운 돌 위에 앉거나 누워 몸을 데웠다고 한다. 고구려 사람들은 방 한쪽 벽에 구덩이를 파고 돌로 덮은 후 밑에서 불을 피워 방 안을 따뜻하게 만들었다. 그 뒤 조선 후기에 이르러 방바닥 전체를 데우는 온돌이 널리 퍼졌다.

(다) 온돌은 크게 불을 때는 아궁이, 불길과 연기가 지나가는 통로*인 고래, 방바닥 밑에 깔린 돌인 구들장, 연기가 빠져나가는 굴뚝의 구조로 이루어져 있다. 아궁이에 불을 피우면 열기*가 고래를 지나면서 구들장을 데우고, 데워진 구들장이 열을 내보내 방바닥 전체를 따뜻하게 데운 다음, 굴뚝을 통해 연기가 밖으로 빠져나가는 원리로 만들어졌다.

(라) 온돌은 장점이 아주 많다. 첫째, 방의 온기*가 오랫동안 유지된다. 구들장은 돌로 되어 있기 때문에 천천히 데워지지만 한번 데워지면 오래도록 열기를 간직할* 수 있다. 둘째, 온돌은 음식과 난방을 동시에 해서 연료를 아낄 수 있다. 아궁이에 불을 때어 가마솥에 밥을 하면서 방을 따뜻하게 데울 수 있으니 일석이조*이다. 셋째, 방 안 공기가 깨끗하다. 방 밖에서 불을 때고 연기는 굴뚝으로 빠져 나가기 때문에 방 안에 그을음*이 생기거나 재*가 날리지 않는다.

(마) 이처럼 온돌은 오늘날의 과학 기술로도 따라잡지 못할 만큼 뛰어난 문화유산*이다. 온돌을 비롯해 조상들의 과학적 지혜가 담긴 우리의 옛 물건을 [㉡]

▲ 온돌의 구조

*전통 한 집단에 옛날부터 이어져 내려오는 것. *실릴 글이나 사진 등이 책에 인쇄되어 나올. *난방 장치 건물이나 방 안의 온도를 따뜻하게 하는 장치. *통로 지나다닐 수 있게 낸 길. *열기 뜨거운 기운. *온기 따뜻한 기운. *간직할 물건을 어떤 장소에 잘 보호하거나 보관할. *일석이조 돌 한 개를 던져 새 두 마리를 잡는다는 뜻으로, 동시에 두 가지 이득을 봄을 이르는 말. *그을음 어떤 것이 불에 탈 때 연기에 섞여 나오는 검은 가루. *재 불에 타고 남는 가루. *문화유산 문화적인 가치가 높아 후손들에게 물려줄 필요가 있는 문화나 문화재.

1 주제 찾기

이 글의 중심 낱말은 무엇인가요? (   )

① 조상 ② 지혜 ③ 온돌
④ 과학 ⑤ 문화유산

2 세부 내용

이 글의 내용과 일치하지 않는 것은 무엇인가요? (   )

① 온돌의 구들장은 돌로 되어 있다.
② 온돌은 우리나라의 독특한 난방 장치이다.
③ 고려 시대부터 방바닥 전체를 데우는 온돌을 사용했다.
④ 온돌에서 불길과 연기가 지나가는 통로를 고래라고 한다.
⑤ 온돌은 크게 아궁이, 고래, 구들장, 굴뚝으로 이루어져 있다.

3 주제 찾기

글 (나)~(라)의 중심 내용을 [보기]에서 모두 찾아 기호를 쓰세요.

[보기] ㉮ 온돌의 뜻 ㉯ 온돌의 장점 ㉰ 온돌의 원리
㉱ 온돌의 구조 ㉲ 온돌의 역사

(1) 글 (나): (   ) (2) 글 (다): (   )

(3) 글 (라): (   )

4 세부 내용

온돌의 장점이 아닌 것을 두 가지 고르세요. (,   )

① 방 안에서 불을 땔 수 있다.
② 방의 온기가 오래도록 유지된다.
③ 방 안에 그을음이 생기거나 재가 날리지 않는다.
④ 아궁이에 불을 때자마자 구들장이 빨리 데워진다.
⑤ 음식과 난방을 한 번에 할 수 있어 연료를 아낄 수 있다.

5 어휘 어법

밑줄 친 낱말이 ㉠과 같은 뜻으로 쓰인 것은 무엇인가요? (　　　　)

① 피리가 잘 불리지 않아 계속 연습했다.
② 싸움을 한 친구들이 교무실로 불려 갔다.
③ 시상식에서 내 이름이 불리지 않아 속상했다.
④ 제주도에서는 할아버지가 하르방이라고 불린다.
⑤ 엄마는 쌀을 씻어 바로 밥을 하지 않고 불렸다 하신다.

6 추론 하기

㉡에 들어갈 글쓴이의 생각으로 알맞은 것은 무엇인가요? (　　　　)

① 후손들에게 물려주어서는 안 된다.
② 오래되고 낡은 것으로 받아들여야 한다.
③ 더욱 소중히 여기는 마음을 가져야 한다.
④ 요즘 사용하는 물건으로 전부 바꾸어야 한다.
⑤ 다른 나라 사람들이 알지 못하게 숨겨야 한다.

7 추론 하기

이 글의 독자가 [보기]에 대해 보인 반응으로 알맞은 것은 무엇인가요? (　　　　)

[보기] '벽난로'는 서양에서 벽에 아궁이와 굴뚝을 설치하고 실내에서 불을 피워 난방을 하는 장치이다. 벽난로는 바닥에서부터 열이 올라오지 않고 난로 위쪽부터 따뜻해진다. 난로에서 먼 곳은 공기가 차갑고 많은 열기가 굴뚝으로 빠져나가 버리기 때문에 따뜻하다고 느낄 만큼 방 안을 데우려면 계속해서 불을 피워야 한다. 또, 실내에서 불을 피우기 때문에 집 안에 연기와 그을음이 생겨 집 안 공기가 나빠진다.

▲ 벽난로

① 벽난로는 온돌보다 연료가 훨씬 적게 들겠어.
② 벽난로를 오래 사용하게 되면 건강에 좋지 않겠어.
③ 벽난로는 이동을 하면서 사용할 수 있어 편리하구나.
④ 온돌처럼 방바닥보다 방 안 공기의 온도가 낮을 거야.
⑤ 벽난로는 열이 바닥에서부터 방 전체로 퍼져 나가는 방식이구나.

정답 49쪽

24회 지문 익힘 어휘

1

어휘 의미

뜻에 알맞은 낱말을 [보기]에서 찾아 쓰세요.

[보기] 전통 열기 통로 실리다 간직하다

(1) ( ): 뜨거운 기운.

(2) ( ): 지나다닐 수 있게 낸 길.

(3) ( ): 한 집단에 옛날부터 이어져 내려오는 것.

(4) ( ): 글이나 사진 등이 책에 인쇄되어 나오다.

(5) ( ): 물건을 어떤 장소에 잘 보호하거나 보관하다.

2

어휘 활용

빈칸에 들어갈 알맞은 낱말을 찾아 선으로 이으세요.

(1) 김치는 우리나라의 대표적인 ☐ 음식이다.	㉮ 간직
(2) 백일장에서 상을 받은 글이 교과서에 ☐ 예정이다.	㉯ 전통
(3) 어머니는 내가 받은 상장들을 상자 속에 ☐해 두셨다.	㉰ 통로
(4) 정부는 야생 동물이 쉽게 이동할 수 있는 ☐을/를 설치했다.	㉱ 실릴

3

어휘 확장

[보기]의 한자 성어를 쓸 수 <u>없는</u> 상황은 무엇인가요? ( )

[보기] • 일석이조(一石二鳥): 동시에 두 가지 이익을 얻음.

① 열심히 공부해서 성적도 오르고 칭찬도 받았다.
② 매일 운동을 해서 건강도 좋아지고 살도 빠졌다.
③ 아침에 늦게 일어나서 밥도 못 먹고 지각도 했다.
④ 산에 나무가 많으니까 공기도 맑고 경치도 아름답다.
⑤ 일회용품 사용을 줄이면 환경도 지키고 돈도 절약된다.

25회

예술·체육 | 미술　글 수준: ★★★　어휘 수준: ★★★　글자 수: 962

공부한 날 (　　) 월 (　　) 일

13분 안에 푸세요.

▲「모나리자」

(가) 프랑스 루브르 박물관에는 위대한 예술가들의 작품들이 전시되어 있다. 이탈리아 화가 레오나르도 다빈치가 그린 그림 「모나리자」도 이곳에 전시되어 있다. 「모나리자」는 레오나르도 다빈치가 세상을 떠난 뒤 프랑스의 왕 프랑수아 1세가 그의 제자에게 정식으로 사들여서 프랑스 소유*가 되었다. 루브르 박물관에 전시된 수많은 미술품 중의 하나였던 「모나리자」는 어느 날 다음과 같은 사건이 벌어지면서 세계적으로 유명한 그림이 되었다.

(나) 1911년 8월 21일, 루브르 박물관에 전시된 「모나리자」 그림이 쥐도 새도 모르게* 사라지는 일이 일어났다. 루브르 박물관에서는 24시간 동안이나 이 사실을 알지 못했다. 박물관 관장*은 비밀리에 경찰에 신고를 하고 수사를 ㉠의뢰했다*. 그 당시 최고의 화가였던 피카소까지 경찰에 불려가서 조사를 받았다. 결국 무죄로 판명*이 나긴 했지만 이 사실이 알려지면서 「모나리자」에 대한 관심은 더욱 뜨거워졌다. 하지만 그림이 사라진 어떠한 증거도 찾지 못해 1912년에 수사가 마무리되었다.

(다) 그로부터 2년 4개월 뒤, 이탈리아에서 「모나리자」를 훔쳐 간 진짜 범인이 그림을 팔려다가 경찰에 붙잡혔다. 범인은 루브르 박물관에서 미술 작품을 보호하는 유리 상자를 만들던 이탈리아 사람 빈첸초 페루자였다.

㉡"「모나리자」를 그린 레오나르도 다빈치는 이탈리아 사람이다. 우리나라 사람이 그린 그림이 프랑스에 있다는 것은 말이 안 된다. 그림을 우리나라에 되돌려 놓고 싶었다."

빈첸초 페루자는 이 말로 인해 이탈리아에서 영웅* 대접을 받고 감옥 생활도 7개월밖에 하지 않았다. 「모나리자」는 1914년 1월 4일, 드디어 원래 있었던 루브르 박물관으로 다시 돌아왔다.

(라) ㉢「모나리자」는 천재라고 불리는 화가 레오나르도 다빈치가 그렸다는 점과 인상적*인 그림, 그리고 그림을 도둑맞은 사건까지 더해지면서 미술 작품의 가치*가 더욱 높아졌다. 매년 전 세계에서 수백만 명이 넘는 관람객*이 「모나리자」를 보기 위해 루브르 박물관을 찾고 있다.

*소유 가지고 있음. ***쥐도 새도 모르게** 감쪽같이 행동하거나 처리하여 아무도 그 과정이나 간 곳을 모르게. ***관장** 도서관, 박물관, 전시관 등에서 최고 책임자. ***의뢰했다** 남에게 부탁하여 맡겼다. ***판명** 어떤 사실을 판단하여 명백하게 밝히는 것. ***영웅** 재주와 용기가 특별히 뛰어나 보통 사람이 하기 어려운 일을 하는 사람. ***인상적** 어떤 느낌이나 인상이 지워지지 않고 오래 기억에 남는 것. ***가치** 물건이나 일의 쓸모나 중요성. ***관람객** 연극, 영화, 운동 경기, 미술품 등을 구경하는 손님.

1 주제 찾기

이 글을 쓴 까닭으로 알맞은 것은 무엇인가요? (　　　)

① 루브르 박물관을 소개하려고 썼다.
② 「모나리자」의 특징을 자세히 설명하려고 썼다.
③ 레오나르도 다빈치가 살아온 과정을 돌아보려고 썼다.
④ 레오나르도 다빈치와 피카소의 그림을 비교하려고 썼다.
⑤ 「모나리자」 그림을 더욱 유명하게 만든 사건을 소개하려고 썼다.

2 세부 내용

이 글의 내용으로 알맞지 <u>않은</u> 것은 무엇인가요? (　　　)

① 「모나리자」는 도둑맞은 뒤에 더욱 유명해졌다.
② 「모나리자」는 영원히 프랑스로 돌아오지 못했다.
③ 「모나리자」는 사라진 지 2년 4개월 만에 이탈리아에서 찾았다.
④ 「모나리자」를 훔친 범인은 루브르 박물관에서 일하던 사람이었다.
⑤ 「모나리자」를 훔친 사람은 이탈리아에서 짧은 감옥 생활을 하였다.

3 구조 알기

글 ㈏와 ㈐에 쓰인 설명 방법으로 알맞은 것은 무엇인가요? (　　　)

① 두 대상의 차이점을 중심으로 썼다.
② 시간의 순서에 따라 차례대로 썼다.
③ 여러 가지 대상을 같은 것끼리 묶어서 썼다.
④ 설명하려는 대상의 뜻을 자세하게 풀어서 썼다.
⑤ 해결할 문제와 그에 대한 해결 방법을 제시했다.

4 어휘 어법

㉠과 바꾸어 쓸 수 있는 낱말은 무엇인가요? (　　　)

① 맡겼다　② 의심했다　③ 거절했다
④ 양보했다　⑤ 중단했다

5 ㉡에 대해 알맞게 평가한 것을 찾아 기호를 쓰세요.

비판하기

㉮ 레오나르도 다빈치는 이탈리아 사람이므로 이탈리아에서만 그림을 그려야 한다는 그의 주장은 타당하다.
㉯ 그림을 훔친 후 한참 동안 가지고 있다가 팔려고 한 것을 보면, 나라에 되돌려 놓고 싶었다는 그의 말은 거짓말일 가능성이 높다.
㉰ 프랑스 왕이 레오나르도 다빈치의 그림을 정식으로 사들인 것이 아니므로, 프랑스에서 그림을 가지고 있어서는 안 된다는 그의 생각은 옳다.

( )

6 ㉢에서 짐작할 수 있는 내용으로 알맞은 것은 무엇인가요? ( )

추론하기

① 모든 미술 작품은 그 가치가 똑같다.
② 미술 작품의 가치는 작가의 이름이 누구냐에 따라 달라진다.
③ 미술 작품의 가치는 미술관을 찾는 관람객 수에 따라 달라진다.
④ 작품 외의 그 어떤 것도 미술 작품의 가치에 영향을 주지 못한다.
⑤ 미술 작품의 가치는 작품뿐 아니라 작품 외의 원인에 따라서도 달라진다.

수능 연계

7 이 글의 독자가 [보기]에 대해 보인 반응으로 알맞지 <u>않은</u> 것은 무엇인가요? ( )

비판하기

[보기] 1956년 루브르 박물관은 한 관람객이 「모나리자」에 돌을 던지는 사건이 발생하자 4센티미터의 방탄유리를 씌웠다. 2009년에는 한 여성이 가방에 있던 머그 잔을 「모나리자」에 던지는 일이 일어났다. 방탄유리가 금이 가긴 했지만 다행히 작품은 아무런 손상을 입지 않았다. 2022년 5월 29일, 한 남성이 「모나리자」를 보호하고 있는 방탄유리를 깨려고 시도하다가 실패하자 유리에 케이크를 문지른 사건이 일어났다.

지금은 방탄유리 앞에도 가까이 가지 못하도록 작품 주변에 반원 모양의 울타리를 쳐서 막고 있다. 그러나 아직도 루브르 박물관은 가로 53센티미터, 세로 77센티미터의 크지 않은 「모나리자」를 먼발치에서라도 감상하려는 사람들로 항상 북적인다.

① 언제든 「모나리자」를 훼손하려는 시도가 또 있을 수 있겠어.
② 방탄유리 덕분에 미술적 가치가 높은 「모나리자」를 지킬 수 있었어.
③ 「모나리자」가 지금처럼 유명해진 것은 작품을 둘러싼 사건도 한몫을 했군.
④ 「모나리자」를 처음 도둑맞을 때는 보안이 철저했는데 지금은 조금 허술해졌어.
⑤ 「모나리자」를 도둑맞은 사건 이후에도 그림을 훼손하려는 시도가 끊임없이 있었구나.

정답 51쪽

25회 지문 익힘 어휘

1

어휘 의미

낱말에 알맞은 뜻을 찾아 선으로 이으세요.

(1) 판명	㉮ 가지고 있음.
(2) 소유	㉯ 물건이나 일의 쓸모나 중요성.
(3) 영웅	㉰ 어떤 사실을 판단하여 명백하게 밝히는 것.
(4) 가치	㉱ 연극, 영화, 운동 경기, 미술품 등을 구경하는 손님.
(5) 관람객	㉲ 재주와 용기가 특별히 뛰어나 보통 사람이 하기 어려운 일을 하는 사람.

2

어휘 활용

빈칸에 들어갈 알맞은 낱말을 [보기]에서 찾아 쓰세요.

[보기] 판명 가치 영웅 소유 관람객

(1) 연극이 끝나자 ( )들이 일제히 일어나 박수를 보냈다.

(2) 할머니의 병이 암이 아니라고 ( )이/가 나서 다행이다.

(3) 아버지께서는 열심히 일하셔서 자기 ( )의 집을 마련하셨다.

(4) 전쟁을 승리를 이끈 이순신 장군은 국가의 ( )이/가 되었다.

(5) 문화재청은 역사적 ( )이/가 큰 옛날 태극기를 문화재로 등록했다.

3

어휘 확장

밑줄 친 관용 표현의 쓰임이 알맞지 않은 것은 무엇인가요? ( )

① 책상 위에 둔 초콜릿이 쥐도 새도 모르게 사라졌다.

② 그는 한마디 인사도 없이 쥐도 새도 모르게 떠나 버렸다.

③ 도둑이 쥐도 새도 모르게 집에 있는 돈을 모조리 가져갔다.

④ 화장실에 다녀온 사이에 쥐도 새도 모르게 가방이 없어졌다.

⑤ 나는 엄마 앞에서 음식이 맛있다고 쥐도 새도 모르게 소리쳤다.

05주 한자로 익히는 어휘

入

들 입

'입(入)' 자는 사람이 밖에서 안으로 들어가는 모습을 본떠서 만든 글자예요. 사람이 입구로 들어간다는 데서 '들어가다', '들이다'라는 뜻을 갖게 되었어요.

● **다음 획순에 따라 한자를 따라 쓰세요.**

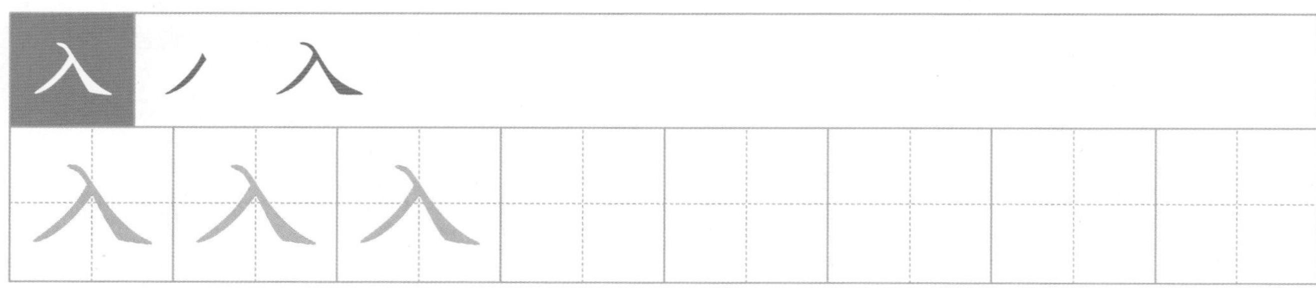

입구 入口
(들 입, 입 구)

안으로 들어갈 수 있는 문이나 통로.
예 영화관 입구에서 친구를 만나기로 했다.
반대말 출구(出口): 밖으로 나갈 수 있는 문이나 통로.

투입 投入
(던질 투, 들 입)

사람이나 물건, 돈 등을 필요한 곳에 넣음.
예 그 영화에는 막대한 제작비가 투입되었다.

입장 入場
(들 입, 마당 장)

행사나 공연 등이 열리는 장소 안으로 들어감.
예 올림픽 선수들이 경기장에 입장했다.
반대말 퇴장(退場): 어떤 장소에서 물러나거나 밖으로 나감.

Q 밑줄 친 글자의 뜻으로 알맞은 것은 무엇인가요? (　　　)

입구	수입	투입	출입구

① 솟다　② 나오다　③ 빠르다　④ 들어가다　⑤ 밀어내다

정답 ④

❸학년 | 비문학_사진 출처

14쪽 스마트폰 셔터스톡
20쪽 작은 부엉이 셔터스톡
20쪽 수리부엉이 셔터스톡
20쪽 독수리 셔터스톡
20쪽 꿩 셔터스톡
20쪽 매 셔터스톡
22쪽 바코드 셔터스톡
24쪽 큐아르 코드 픽사베이
26쪽 「백조의 호수」 픽사베이
40쪽 지구와 달 셔터스톡
44쪽 드론 택시 연합뉴스
48쪽 풍물놀이 연합뉴스
48쪽 사물놀이 한국학 중앙 연구원, 김형수
62쪽 비눗방울 픽사베이
64쪽 워터 큐브 연합뉴스
70쪽 컬링 연합뉴스
84쪽 혹등고래 셔터스톡
92쪽 강릉 오죽헌 문화재청
94쪽 초충도 국립 중앙 박물관
102쪽 꿀벌의 꽃가루받이 셔터스톡
112쪽 벽난로 셔터스톡
114쪽 「모나리자」 픽사베이

수능 국어
실전 30분 모의고사

비문학

3학년 | 2회분 수록

NE 능률

3학년

제1회 모의고사

비문학

이름	

※ 모의고사 유의 사항

○ 문제지의 해당란에 이름을 쓰십시오.

○ 모의고사의 문항 수는 총 20문제이며, 시간은 총 30분입니다.

○ 표지를 넘기면 우측 상단에 있는 QR 코드를 스마트폰으로 찍으십시오.

○ 타이머 영상이 재생되면 스마트폰을 옆에 두고 남은 시간을 확인하면서 문제를 풀면 됩니다.

NE 능률

제1회 모의고사

비문학

3학년

30분 안에 푸세요.

[1~4] 다음 글을 읽고 물음에 답하시오.

(가) '하늘, 땅, 학생, 버스' 중에서 '하늘'과 '땅'은 토박이말이고, '학생'은 한자어이며, '버스'는 외래어이다. 이처럼 우리말에서 한자어와 외래어를 뺀 나머지가 토박이말이다. 토박이말은 우리말에 본디부터 있던 말이나 그것에 더해 새로 만들어진 말로, '순우리말' 또는 '고유어'라고도 한다. 옛날부터 우리나라 사람들이 사용하여 온 말로, 우리말의 기본 바탕을 이루고 있는 것이 토박이말인 것이다. 토박이말은 어떤 특징을 가지고 있는지 알아보자.

(나) 토박이말의 가장 큰 특징은 우리의 감정이나 감각을 표현하기에 알맞다는 것이다. 토박이말에는 색깔, 맛, 모양, 소리 등을 생생하게 나타낼 수 있는 표현들이 많다. 예를 들어, 노란색과 관련된 토박이말에는 '샛노랗다', '노르스름하다', '누렇다', '누르무레하다' 등이 있다. '샛노랗다'는 '진하게 노랗다.', '노르스름하다'는 '조금 노랗다.', '누렇다'는 '조금 탁하고 어둡게 노랗다.', '누르무레하다'는 '깨끗하지 않고 엷게 누른빛이 나다.'라는 뜻이다. 이처럼 토박이말에는 색깔, 맛, 모양, 소리 등을 표현하는 말이 많기 때문에 감각이나 감정을 다양하고 세밀하게 표현할 수 있다.

(다) 한 낱말에 여러 가지 뜻이 있는 경우가 많은 것도 토박이말의 특징이다. 예를 들어, '집을 고치다.', '병을 고치다.'에는 모두 토박이말인 '고치다'가 쓰였다. '고치다'가 '고장이 나거나 못 쓰게 된 것을 손질하여 쓸 수 있게 하다.'라는 뜻도 있지만, '병을 낫게 하다.'라는 뜻도 있기 때문이다. 만약 한자어를 사용해야 한다면 '시계를 수리하다.', '병을 치료하다.'와 같이 각각 다른 낱말을 써야 한다.

(라) 토박이말은 우리 고유의 말로, 감정이나 감각을 표현하기에 알맞으며 한 낱말이 여러 가지 뜻을 갖고 있다. 한자어나 외국어보다 토박이말을 자주 사용하면 조상의 얼을 이어나가고 생각이나 느낌도 더 풍부하고 정감 있게 표현할 수 있을 것이다.

1. 글쓴이가 이 글을 쓴 까닭은 무엇인가요?
(　　　)

① 외래어의 특징을 분석하기 위해서
② 한자어의 중요성을 알리기 위해서
③ 토박이말의 예시를 소개하기 위해서
④ 낱말의 여러 가지 뜻을 구분하기 위해서
⑤ 토박이말의 특징과 가치를 설명하기 위해서

2. '토박이말'에 대한 설명으로 알맞지 <u>않은</u> 것은 무엇인가요? (　　　)

① 우리 고유의 말이다.
② '순우리말'이나 '고유어'라고도 한다.
③ 우리의 감정이나 감각을 표현하기 알맞다.
④ 우리말에서 외래어를 뺀 나머지가 토박이말이다.
⑤ 토박이말을 자주 사용하면 조상의 얼을 이어 나갈 수 있다.

3. 다음 〈보기〉 내용이 들어가기에 알맞은 곳은 무엇인가요? (　　　)

〈보　기〉

또 다른 예로 '먹다'가 있다. '사과를 먹다', '나이를 먹다'에는 모두 토박이말인 '먹다'가 쓰였다. '먹다'는 '입을 통하여 음식을 배 속에 들여보내다.'와 '일정한 나이에 이르거나 나이를 더하다.'라는 뜻을 가지고 있다. 그 외에도 '연기나 가스를 들이마시다.', '어떤 마음이나 감정을 품다.' 등 여러 가지 뜻이 있다.

① (가)의 앞
② (가)의 뒤
③ (나)의 뒤
④ (다)의 뒤
⑤ (라)의 뒤

4. 이 글과 <보기>를 읽고 자신의 생각을 바르게 말하지 못한 친구는 누구인가요? (　　)

<보　기>

여름에 관련된 여러 가지 토박이말이 있다. 더운 여름에 몸을 식히기 위해 에어컨과 선풍기를 많이 사용한다. 에어컨은 '찬바람틀', 선풍기는 '바람틀'이라고 말한다. 여름철에는 계속해서 비가 내리는 장마도 있다. 장마는 '오란 비'라고 말한다. 비가 한바탕 내리고 나면 풀과 나무들이 짙은 녹색으로 변하는데, 이러한 풀과 나무를 '푸나무', 검은빛이 돌만큼 짙은 풀빛은 '갈맷빛'이라고 말한다. 이처럼 토박이말은 알면 알수록 매력적인 우리 고유의 말이다.

① 진우: 풀과 나무를 '푸나무'라고 말하는구나.
② 미영: 토박이말은 우리 고유의 말이라 매력적이야.
③ 수지: 선풍기는 '찬바람틀', 에어컨은 '바람틀'이구나.
④ 현희: 봄, 여름, 가을, 겨울에 관련된 토박이말을 찾아봐야겠어.
⑤ 철민: '갈맷빛'이라고 표현하다니 색깔을 생생하게 나타내는 것 같아.

[5~8] 다음 글을 읽고 물음에 답하시오.

(가) 인터넷은 우리 생활을 ⓐ편리하게 만들어 주지만 여러 가지 문제점도 있다. 이 문제점 중 하나가 바로 악성 댓글이다. 악성 댓글이란 인터넷 게시판 등에 올려진 내용에 대해 악의적으로 비방하거나 ⓑ험담하는 내용의 댓글을 말한다. 얼마 전 악성 댓글 때문에 힘들어 하던 한 연예인이 갑자기 방송을 그만 두고 악성 댓글을 올린 사람들을 고소하였다. 최근에는 연예인뿐 아니라 일반인들을 중에서도 악성 댓글 때문에 고통을 받는 사람들이 늘어나고 있어 심각한 사회 문제가 되고 있다. 우리나라에서는 악성 댓글이 범죄로 인정될 경우, 법으로 ⓒ처벌하고 있지만 악성 댓글은 사라지지 않고 있다.

(나) 사람들이 악성 댓글을 쓰는 까닭은 인터넷 공간에서 신분이 드러나지 않고, 상대방을 직접 만나지 않아도 되기 때문이다. 또한 다른 사람들도 하기 때문에 악성 댓글을 쓰는 행동이 큰 문제가 되지 않는다고 생각하는 것도 악성 댓글을 쓰는 이유 중 하나이다. ○○대 심리학과 박△△ 교수는 분위기에 휩쓸려 ⓓ순간적으로 악성 댓글을 다는 사람들도 많다고 하였다.

(다) 이러한 악성 댓글 문제를 ⓔ해결하기 위해서는 개인과 기업, 정부 모두가 노력해야 한다. 개인은 상대방의 입장에서 생각하는 태도를 가지고 악성 댓글을 달지 않기 위해 스스로 노력해야 한다. 관련 기업들도 책임감을 가져야 한다. 이미 일부 대형 포털 사이트에서는 연예나 스포츠 관련 뉴스 기사에 댓글을 달지 못하도록 댓글창을 없앴고, 인공 지능을 이용하여 악성 댓글을 찾아내 지우는 노력을 하고 있다. 정부도 악성 댓글을 막자는 운동을 벌이거나 관련 교육을 마련하는 등의 노력을 해야 한다.

(라) 악성 댓글로 인한 피해가 점점 늘어나고 있다. 악성 댓글은 엄연한 언어폭력으로, 무심코 쓴 한 줄의 글이 다른 사람에게 큰 피해를 줄 수 있다. 악성 댓글로 더 이상 고통받는 사람이 없게 만들려면 사회 구성원 모두가 노력해야 한다.

5. 다음은 이 글의 제목입니다. 빈칸에 들어갈 낱말로 알맞은 것은 무엇인가요? (　　　)

> 인터넷의 문제점 중 [㉠]과 문제를 해결하기 위한 [㉡]

	㉠	-	㉡
①	해킹	-	약속
②	해킹	-	방법
③	악성 댓글	-	노력
④	악성 댓글	-	한계
⑤	사생활 침해	-	노력

6. 이 글의 내용과 일치하지 않는 것은 무엇인가요? (　　　)

① 악성 댓글은 언어폭력이다.
② 악성 댓글은 심각한 사회 문제가 되고 있다.
③ 악성 댓글 문제를 해결하기 위해서는 정부만 노력하면 된다.
④ 사람들은 인터넷 공간에서 신분이 드러나지 않아 악성 댓글을 쓴다.
⑤ 일부 대형 포털 사이트에서는 인공 지능을 이용하여 악성 댓글을 찾아내 지우기도 한다.

7. ⓐ~ⓔ와 바꾸어 쓸 수 있는 낱말로 알맞지 않은 것은 무엇인가요? (　　　)

① ⓐ: 비겁하게
② ⓑ: 헐뜯는
③ ⓒ: 제재하고
④ ⓓ: 일시적으로
⑤ ⓔ: 풀어내기

8. 이 글과 <보기>에서 이해한 내용으로 알맞지 않은 것은 무엇인가요? (   )

<보 기>

우리 사회에서 악성 댓글에 대한 피해가 점차 커지고 있다. 요즘은 일반인들도 고통을 겪고 있다. SNS에 사진을 올린 A 씨는 자신의 외모를 비하하는 댓글로 인해 우울증 약을 먹고 있다. 한 명이 악성 댓글을 달았는데 그 뒤로 많은 사람이 댓글을 이어 달았다고 했다. 이처럼 사람의 마음에 상처를 주는 악성 댓글, 우리 모두 댓글을 쓸 때 한 번씩 상대방의 입장이 되어 생각해 보도록 해야 한다.

① 악성 댓글로 고통받는 사람이 많다.
② 악성 댓글이 범죄로 인정될 경우 법으로 처벌하고 있다.
③ 무심코 쓴 글이 피해를 줄 수 있다는 점을 알아야 한다.
④ 최근에는 연예인뿐 아니라 일반인 중에서도 고통받는 사람이 많다.
⑤ 다른 사람들도 하기 때문에 악성 댓글을 쓰는 행동은 큰 문제가 되지 않는다.

[9~12] 다음 글을 읽고 물음에 답하시오.

(가) 달은 지구에서 가장 가까운 천체로, 지구로부터 약 38만 4400킬로미터 되는 거리에 있다. 달은 지구의 밤을 밝혀 주는 빛이며, 지구에 많은 영향을 미치는 존재이다. 달은 지구에 어떤 영향을 미치고 있을까?

(나) 첫째, 사계절의 변화를 만들어 준다. 지구는 하루에 한 바퀴씩 스스로 도는 자전을 하고, 일 년에 한 바퀴씩 태양의 주위를 도는 공전을 한다. 이 때문에 태양 빛을 받는 시간과 위치가 달라져 계절의 변화가 생겨난다. 지구는 23.5도 정도 기울어진 채로 공전하는데, 달은 지구의 기울기가 일정하도록 잡아 주는 역할을 한다. 달이 없다면 지구가 태양 쪽으로 더 기울어져 지구에 사계절이 생기지 않고 날씨의 변화도 심해질 것이다. 또한 지구의 자전 주기도 빨라져 하루가 24시간보다 짧아질 것이다.

(다) 둘째, 밀물과 썰물을 일어나게 한다. 밀물은 바닷물이 육지 쪽으로 들어오는 현상을 말하고, 썰물은 바닷물이 빠져나가는 현상을 말한다. 바닷물이 육지 쪽으로 들어오거나 빠져나가는 정도는 달의 위치에 따라 달라지는데 달이 지구에 가까워지면 밀물이 되고, 달이 지구와 멀어지면 썰물이 된다. 그런데 달이 없으면 밀물과 썰물이 생기지 않게 된다.

(라) 셋째, 일식과 월식에 영향을 미친다. 일식은 달이 태양의 일부나 전부를 가리는 현상이고, 월식은 지구의 그림자에 가려 달의 일부나 전부가 보이지 않는 현상이다. 일식은 태양, 달, 지구의 순서대로 완벽히 일직선을 이루어 달의 그림자가 태양을 가리기 때문에 일어난다. 또 월식은 태양, 지구, 달의 순서대로 완벽히 일직선을 이루어 지구의 그림자가 달을 가리기 때문에 일

어난다.

(마) 이처럼 달은 지구에 많은 영향을 미치고 있어 지구에 없어서는 안 될 소중한 천체이다. 하지만 밀물과 썰물로 바닷물이 움직일 때마다 달은 지구와 조금씩 멀어지고 있으며, 약 15억 년 후면 지구와 완전히 멀어지게 된다. 그러면 달도 지구에 더 이상 영향을 미치지 못하게 되어 지구의 환경도 많이 변할 것이다.

9. 이 글의 제목으로 알맞은 것은 무엇인가요? (　　　)

① 지구와 달
② 일식과 월식 이야기
③ 밀물과 썰물의 원인
④ 태양이 공전하는 이유
⑤ 달이 지구에 미치고 있는 영향

10. 이 글에 대한 설명으로 알맞은 것은 무엇인가요? (　　　)

① 대상과 다른 대상의 차이점을 설명하고 있다.
② 대상에 대해 자신의 의견을 상상하여 말하고 있다.
③ 대상의 여러 가지 특징을 나누어서 설명하고 있다.
④ 대상에 대한 장점과 단점을 비교해서 말하고 있다.
⑤ 대상에 대해 다른 사람이 한 말을 그대로 가져왔다.

11. 이 글의 (가)~(마) 관계를 그림으로 알맞게 나타낸 것은 무엇인가요? (　　　)

① (가) - [(나), (다)] - [(라), (마)]
② (가) - [(나), (다), (라)] - (마)
③ [(가), (나)] - (다) - [(라), (마)]
④ [(가), (나)] - [(다), (라)] - (마)
⑤ [(가), (나), (다)] - (라) - (마)

12. (라)를 바탕으로 <보기>를 알맞게 이해하지 못한 것은 무엇인가요? (　　　)

<보 기>

월식은 1년에 2번 정도 일어나며, 보통 달의 모습이 보름달일 때가 많다. 월식은 지구가 밤이 되었을 때는 어디서든 볼 수 있으며, 오랜 시간 동안 그 모습을 확인할 수 있다. 반면에 일식은 지구의 극히 일부 지역에서만 관측할 수 있으며, 지속되는 시간이 매우 짧아서 그 모습을 보기 힘들다.

▲월식의 모습

① 일식은 달이 태양을 가린다.
② 일식은 지속되는 시간이 짧다.
③ 월식은 1년에 2번 정도 일어난다.
④ 월식은 지구의 극히 일부 지역에서만 관측된다.
⑤ 월식은 지구의 그림자에 가려서 달이 보이지 않는다.

[13~16] 다음 글을 읽고 물음에 답하시오.

(가) 상품의 포장지나 가격표에는 ⓐ으레 희고 검은 줄무늬인 '바코드'가 있다. 계산대에서 기계를 이용해 바코드를 삑! 찍으면, 상품의 이름과 가격 등이 금세 컴퓨터 화면에 뜬다. 우리에게 익숙하고 편리한 바코드는 누가 어떻게 만들었으며, 어떤 원리로 ⓑ작동하는 걸까?

(나) 1948년, 미국의 버나드 실버는 가게 사장이 "상품 정보를 자동으로 읽을 방법이 있으면 좋겠다."고 말하는 것을 들었다. 공과 대학원생이었던 버나드 실버는 친구 우드랜드와 그 방법을 연구하기 시작했다. 하지만 쉽게 방법을 ⓒ찾을 수 없었다. 그러던 어느 날, 바닷가에 간 우드랜드는 우연히 모래밭에 손가락으로 선을 긋다가 여러 개의 막대 기호에 상품 정보를 담는 방식을 떠올렸다. 이렇게 해서 1952년에 바코드가 발명되었다.

(다) 바코드는 상품을 관리할 수 있도록 상품에 표시해 놓은 막대(bar) 모양 기호(code)이다. 여러 개의 흰색과 검은색 막대로 이루어졌는데, 상품마다 막대의 넓이나 수가 다르다. 바코드에는 제조 회사 이름, 상품 이름, 가격 등의 정보가 담겨 있다. 바코드를 읽으려면, 빛을 쬐고 받아들이는 스캐너와 컴퓨터가 필요하다. 흰색은 빛을 반사하고 검은색은 빛을 ⓓ흡수하는 성질이 있다. 그래서 스캐너로 강한 빛을 쬐면, 흰 막대는 빛을 많이 반사하고 검은 막대는 빛을 적게 반사한다. 스캐너는 다시 이 반사된 빛을 받아서 컴퓨터로 보내고, 컴퓨터가 정보를 처리해 상품명과 가격 등을 알려 주는 것이다.

(라) 바코드는 상품을 관리하는 데 무척 편리한 기술이지만, 발명된 뒤에 곧바로 쓰이지는 못했다. 상품에 일일이 바코드를 붙이기 ⓔ힘들었

고, 바코드를 읽을 수 있는 기계의 가격도 비쌌다. 또 바코드와 관련한 규정도 정해야 했기 때문이다. 바코드는 1974년에야 미국의 한 슈퍼마켓에서 처음 사용되었다. 이후 1980년대부터 미국을 비롯해 세계 여러 나라가 바코드를 사용하게 되었다.

13. 이 글을 읽고 알 수 없는 내용은 무엇인가요? (　　)

① 바코드의 뜻
② 바코드의 장점과 단점
③ 바코드를 발명한 연도
④ 바코드가 처음 사용된 장소
⑤ 바코드에 담긴 정보를 읽는 과정

14. (다)에서 사용한 설명 방법은 무엇인가요? (　　)

① 구체적인 예를 들어 설명한다.
② 전문가의 말을 빌려 대상을 설명한다.
③ 서로 다른 두 대상의 차이점을 찾아 설명한다.
④ 일이 일어나는 순서에 따라 차례대로 설명한다.
⑤ 대상을 그림 그리듯이 생생하게 표현하여 설명한다.

15. ⓐ~ⓔ와 바꾸어 쓸 수 있는 낱말로 알맞지 않은 것은 무엇인가요? (　　)

① ⓐ: 당연히
② ⓑ: 움직이는
③ ⓒ: 알아낼
④ ⓓ: 내뿜는
⑤ ⓔ: 어려웠고

16. 이 글과 <보기>에서 이해한 내용으로 알맞지 <u>않은</u> 것은 무엇인가요? (　　)

<보 기>

직원이 스캐너를 들고 물건 포장지에 붙어있는 바코드를 찍었다. 컴퓨터에 상품명, 가격 등이 적혀 있는 목록이 나열되어 있었다. 80대 할머니는 "예전에는 물건을 살 때, 공책에 가격을 적어서 더하거나 계산기를 두드렸는데, 이제는 계산하기 정말 편해."라고 말했다. 바코드 덕분에 상품의 모든 정보를 컴퓨터로 편리하게 다룰 수 있다. 현재 마트뿐만 아니라 다양한 곳에서 바코드를 사용하고 있다.

▲바코드 찍는 모습

① 바코드 안에는 상품 정보가 담겨 있다.
② 바코드를 읽으려면 스캐너만 있으면 된다.
③ 스캐너는 바코드에서 반사된 빛을 받아 컴퓨터로 보낸다.
④ 바코드는 상품의 모든 정보를 컴퓨터로 관리할 수 있게 한다.
⑤ 현재 세계 여러 나라가 바코드를 다양한 곳에서 사용하고 있다.

[17~20] 다음 글을 읽고 물음에 답하시오.

(가) 신사임당은 우리나라 여성 최초로 화폐에 등장할 정도로 지금도 많은 사람들에게 존경을 받고 있다. 신사임당은 어떤 인물이었을까?

(나) 신사임당은 1504년, 외가인 강원도 강릉에서 다섯 딸 중 둘째로 태어났다. 당시 여성은 결혼 후에 친정에서 살기도 했는데, 신사임당의 어머니 또한 남편과 떨어져 친정에서 살았기 때문에 신사임당도 외가에서 자랐다. 어렸을 때 외할아버지에게 글을 배운 신사임당은 그림, 글씨 등에도 재능이 뛰어났는데 일곱 살 때 당대 최고의 화가인 안견의 산수화를 그대로 따라 그려 주위를 놀라게 하였다. 신사임당은 열아홉살이 되던 해 이원수와 결혼했는데, 부모님을 모실 남자 형제가 없어 자신의 어머니처럼 친정에서 부모님을 모시고 살았다. 결혼한 지 몇 달 후, 아버지가 돌아가시자 삼년상을 치르고서야 시댁이 있는 서울로 왔다. 이후 경기도 파주와 강원도 평창, 친정인 강릉을 오가며 살다가 서른여덟 살 때부터 서울에 정착하였다. 서울로 온 지 10년 뒤인 1551년, 신사임당은 마흔여덟의 나이로 세상을 떠났다.

(다) 신사임당은 그림과 시, 글씨에 모두 뛰어났던 예술가였다. 신사임당은 결혼 후에도 친정에 살면서 그림을 그렸는데 안견에 버금가는 화가라고 불릴 정도로 이름을 날렸다. 신사임당은 산수화와 초충도를 잘 그렸는데, 특히 풀과 벌레를 소재로 한 초충도는 그림을 본 닭이 살아 있는 곤충인 줄 알고 쪼아 종이가 뚫어질 뻔했다는 이야기가 전해질만큼 사실적이며 섬세하다는 평가를 받는다. 신사임당은 시에도 뛰어났는데, 신사임당의 시는 모두 부모님에 대한 걱정과 그리움을 담고 있다.

(라) 신사임당은 일곱 명의 자녀들을 당대 최고의 학자나 예술가로 키운 훌륭한 어머니이기도 하다. 신사임당의 셋째 아들인 율곡 이이는 장원 급제를 아홉 번이나 한 조선 최고의 학자이고, 첫째 딸인 이매창과 막내인 이우는 유명한 화가이다.

(마) 비록 짧은 삶을 살았지만 신사임당은 훌륭한 예술 작품을 남긴 조선 시대 최고의 예술가이자 자녀들을 훌륭하게 키운 위대한 어머니이다.

17. 글쓴이가 이 글을 쓴 까닭은 무엇인가요? (　　　)

① 초충도를 알리려고
② 신사임당에 대해 소개하려고
③ 우리나라 화폐를 관찰하려고
④ 신사임당의 작품을 알리려고
⑤ 조선 시대의 예술가를 설명하려고

18. 이 글의 내용과 일치하지 않는 것은 무엇인가요? (　　　)

① 초충도는 풀과 벌레를 소재로 했다.
② 신사임당은 율곡 이이의 어머니이다.
③ 신사임당은 그림에만 재능이 뛰어났다.
④ 신사임당은 우리나라 여성 최초로 화폐에 쓰였다.
⑤ 신사임당은 강원도 강릉에서 다섯 딸 중 둘째로 태어났다.

19. (가)~(마)의 중심 내용으로 알맞지 않은 것은 무엇인가요? (　　　)

① (가): 신사임당 소개
② (나): 신사임당의 일생
③ (다): 신사임당의 작품
④ (라): 신사임당의 가족
⑤ (마): 신사임당의 어머니

20. 다음 <보기> 내용이 들어가기에 알맞은 곳은 무엇인가요? (　　　)

<보 기>

신사임당의 셋째 아들 율곡 이이는 14대 선조 임금의 존경을 받은 대학자이다. 이이는 엄마를 닮았는지 어렸을 때부터 글을 배워 13세에 진사 시험에 합격하였고, 과거 시험과 승진 시험에 아홉 번이나 수석으로 붙기도 하였다.

① (가)의 뒤
② (나)의 뒤
③ (다)의 뒤
④ (라)의 뒤
⑤ (마)의 뒤

끝

3학년

제2회 모의고사

비문학

이름	

※ 모의고사 유의 사항

○ 문제지의 해당란에 이름을 쓰십시오.

○ 모의고사의 문항 수는 총 20문제이며, 시간은 총 30분입니다.

○ 표지를 넘기면 우측 상단에 있는 QR 코드를 스마트폰으로 찍으십시오.

○ 타이머 영상이 재생되면 스마트폰을 옆에 두고 남은 시간을 확인하면서 문제를 풀면 됩니다.

제2회 모의고사

3학년

비문학

30분 안에 푸세요.

[1~4] 다음 글을 읽고 물음에 답하시오.

(가) 무단횡단하지 않기, 교통 신호 지키기, 아무 곳에나 쓰레기 버리지 않기, 새치기하지 않기, 공공시설 질서 있게 사용하기, 정지선 지키기, 지하철 에티켓 지키기, 공공장소에서 조용히 전화하기, 길거리에 담배꽁초 버리지 않기 등은 모두 기초 질서에 해당한다. 기초 질서는 사람들과 어울려 살면서 다른 사람에게 피해를 주지 않기 위해 지켜야 하는 질서를 말한다. 기초 질서는 법으로 강제하는 경우도 있지만 그 전에 사회 구성원 스스로 지키기 위해 노력해야 한다.

(나) 기초 질서는 왜 지켜야 할까? 그 까닭으로는 첫째, 모든 사람이 어울려 살 수 있는 세상을 만들 수 있기 때문이다. 사회는 여러 사람들이 모여 사는 곳으로, 사람들마다 생각이나 행동 방식이 모두 다르다. 그렇기 때문에 사람마다 자기의 생각대로 행동하게 되면 다툼이 벌어질 수 있고 상대방에게 피해를 줄 수도 있다. 따라서 모든 사람이 안전하고 조화롭게 살기 위해서 기초 질서를 반드시 지켜야 한다.

(다) 둘째, 사회 질서를 유지해 혼란과 범죄 피해를 막기 위해서이다. 사소한 기초 질서라도 한 사람이 지키지 않으면 다른 사람들도 지키지 않게 되고 결국 범죄로 이어질 수 있다. 이와 같은 현상을 설명하는 심리학 용어로 '깨진 유리창의 법칙'이라는 이론이 있다. 한 건물 주인이 유리창을 깨진 채 방치하자 지나가던 사람들은 자신들이 유리창을 깨도 아무도 상관하지 않을 것이라고 생각했다. 일부 사람들은 다른 이들을 따라 돌을 던져 유리창은 모두 깨졌다. 그러자 건물은 순식간에 쓰레기와 낙서로 더럽혀졌고, 그 건물에서 크고 작은 범죄들이 일어났다. 우리 주변에도 이와 같은 일이 일어나는 경우가 있다. 한 사람이 무단횡단을 하면 다른 사람들도 뒤따라 무단횡단을 하거나 곳곳에 불법 주정차가 늘어나는 것 등이 그 예이다. '깨진 유리창 법칙'처럼 한 사람이 벌인 사소한 무질서가 또 다른 무질서와 더 큰 범죄로 이어진다.

(라) 기초 질서는 사회 구성원으로서 반드시 지켜야 하는 약속이다. '나 하나쯤이야'보다 '나 하나라도'라는 생각으로 기초 질서를 지키려고 노력하면 더 나은 사회를 만들 수 있다.

1. 이이 글의 제목으로 가장 어울리는 것은 무엇인가요? (　　　)

① 무단횡단의 위험성
② 범죄가 발생하는 원인
③ 깨진 유리창의 법칙 이론
④ 기초 질서를 지켜야 하는 이유
⑤ 공공장소에서 조용히 하는 방법

2. 이 글의 내용과 일치하지 <u>않는</u> 것은 무엇인가요? (　　　)

① 정지선 지키기는 기초 질서에 해당한다.
② 깨진 유리창의 법칙이라는 이론이 있다.
③ 기초 질서는 법으로 강제하는 경우만 있다.
④ 기초 질서는 사회 구성원 스스로 지키기 위해 노력해야 한다.
⑤ 모든 사람이 안전하게 살기 위해서는 기초 질서를 지켜야 한다.

3. 이 글의 (가)~(라) 관계를 그림으로 알맞게 나타낸 것은 무엇인가요? (　　　)

① (가) - (나) - (다) - (라)
② (가) - [(나), (다)] - (라)
③ [(가), (나)] - (다) - (라)
④ [(가), (나)] - [(다), (라)]
⑤ [(가), (나), (다)] - (라)

4. 다음 <보기>를 읽고 자신의 생각을 바르게 말하지 <u>못한</u> 친구는 누구인가요? (　　　)

<보 기>

월요일 아침, 학교 복도 끝에 쓰레기가 버려져 있었다. 민수는 쓰레기를 보고 '내가 저 쓰레기를 치울까?' 잠깐 고민하다가 교실로 들어갔다. 이어서 진아가 버려져 있는 쓰레기를 보았지만 지나쳤다. 이렇게 하루가 지났다. 다음 날 아침에 민수와 진아는 깜짝 놀랐다. 학교 복도 끝에 어제보다 훨씬 많은 양의 쓰레기가 가득 쌓여 있었던 것이다.

▲깨진 유리창의 모습

① 이러한 현상을 '깨진 유리창의 법칙'이라고 해.
② 사회 구성원으로서 '나 하나쯤이야'라고 생각해도 돼.
③ 한 사람이 무단횡단을 하면 다른 사람들도 따라 하는 것과 같아.
④ 학생들은 쓰레기를 버려도 아무도 상관하지 않을 거라고 생각했나 봐.
⑤ 이래서 사소한 기초 질서라도 한 사람이 지키지 않으면 다른 사람도 지키지 않게 되나 봐.

[5~8] 다음 글을 읽고 물음에 답하시오.

우리 지구에서 꼭 필요하고 매우 중요한 곤충이 있다. 바로 꿀벌이다. 그런데 최근 들어 전 세계적으로 꿀벌의 수가 눈에 띄게 줄어들고 있다. 미국은 2020년부터 2021년까지 45.5퍼센트의 꿀벌이 사라졌다고 한다. 우리나라도 2022년 1~2월에 약 77억 마리의 꿀벌이 사라진 것으로 조사되었다. 전문가들은 세상에서 꿀벌이 완전히 사라지면 인류의 생존에 문제가 생길 것으로 예상한다. 지금처럼 꿀벌이 사라지면 무슨 일이 생길까?

A 꿀벌들이 하는 가장 중요한 일은 식물의 꽃가루받이를 해 주는 것이다. 꽃가루받이는 수술의 꽃가루가 암술에 옮겨지는 과정을 말한다. 식물이 열매를 맺으려면 이 과정이 반드시 필요하다. 바람이나 새, 곤충들이 꽃가루받이를 도와주기도 하지만 가장 큰 도움을 주는 것은 꿀벌이다. 꿀벌들은 꽃가루와 꽃꿀을 얻으려고 꽃을 찾아다니면서 자연스럽게 꽃가루받이를 돕는다. 한창 활동해야 할 꿀벌들이 환경 오염으로 인한 기후 변화와 기생충과 해충, 농약이나 살충제 등 여러 가지 원인으로 한꺼번에 사라지고 있다.

최근 기후 변화로 인해 겨울에 기온이 올라가면서 꽃이 피는 시기가 빨라졌다. 꿀벌들은 계절을 착각해 활동을 하러 밖으로 나갔다가 얼어 죽거나 체력이 떨어져 벌통으로 돌아오지 못하고 사라진 것이다. 꿀벌 애벌레의 피를 빨아먹고 사는 '응애'라는 기생충도 꿀벌이 사라지게 하는 원인 중의 하나이다. 이 응애를 없애기 위해 뿌리는 살충제나 농작물을 더 많이 수확하기 위해 뿌리는 농약의 화약 물질 역시 꿀벌이 사라지게 하는 ㉠원인이 된다.

이처럼 꿀벌이 사라지면 농작물의 생산량이 크게 줄어들어 전 세계 사람들이 식량 부족을 겪게 될 것이다. 유엔 식량 농업 기구(FAO)에 따르면 전 세계 식량의 대부분을 차지하는 100여 종의 농작물 중 70여 종 이상이 꿀벌의 꽃가루받이로 열매를 맺는다고 한다. 꿀벌이 사라지면 식물도, 그 식물을 먹는 동물도, 그리고 동식물을 먹고 사는 인간도 살아가기가 힘들어질 수밖에 없다. 생태계에 이로움을 주는 꿀벌이 이대로 사라지게 해서는 안 된다.

5. 글쓴이가 이 글을 쓴 까닭으로 알맞은 것은 무엇인가요? (　　　)

① 꿀벌의 종류와 특징 설명하기 위해서
② 전 세계 꿀벌의 수를 알려주기 위해서
③ 꿀벌이 좋아하는 식물을 소개하기 위해서
④ 환경 오염에 대한 원인을 분석하기 위해서
⑤ 생태계에서 꿀벌의 중요성을 알리기 위해서

6. A 문단에 대한 설명으로 알맞지 않은 것은 무엇인가요? (　　　)

① 꿀벌은 식물의 꽃가루받이를 돕는다.
② 환경 오염으로 인해 꿀벌이 사라지고 있다.
③ 꿀벌은 꽃가루와 꽃꿀을 얻으려고 꽃을 찾아 다닌다.
④ 식물이 열매를 맺으려면 꽃가루받이 과정이 필요하다.
⑤ 꽃가루받이에 가장 큰 도움을 주는 것은 바람이나 새, 곤충이다.

7. ㉠과 바꾸어 쓸 수 있는 낱말은 무엇인가요? (　　　)

① 상태
② 이유
③ 특징
④ 종류
⑤ 결과

8. 이 글과 <보기>에서 이해한 내용으로 알맞지 않은 것은 무엇인가요? (　　　)

<보 기>

꿀벌은 독특한 모양으로 집을 짓는다. 벌집은 육각형 모양으로 생겼는데, 우리 일상생활에서도 이 모양을 본떠 유용하게 사용하고 있다. 벌집의 육각형은 외부에서 힘이나 충격을 받아도 쉽게 모양이 찌그러지지 않아 안정적이다. 이러한 장점으로 인해 건축가들이 벌집의 육각형을 활용하여 집을 짓기도 한다. 집이나 건물이 튼튼할 수 있도록 뼈대를 육각형 구조로 만든다.

▲꿀벌의 벌집

① 꿀벌은 육각형 모양으로 집을 짓는다.
② 벌집의 육각형 구조는 안정적으로 집을 짓기 좋다.
③ 꿀벌은 생태계와 우리 일상생활에도 이로움을 준다.
④ 벌집의 육각형 모양은 외부에서 힘을 받으면 잘 찌그러진다.
⑤ 건축가들은 벌집 모양을 활용하여 뼈대를 육각형 구조로 만들었다.

[9~12] 다음 글을 읽고 물음에 답하시오.

(가) 비눗방울은 오래 전부터 어린이들에게 사랑받는 놀이였다. 비눗방울을 만들며 놀던 어린 시절의 기억은 누구나 가지고 있을 것이다. 장난감으로 여겼던 비눗방울 속에 숨어 있던 과학적 비밀을 ⓐ파헤쳐 보자.

(나) 빨대에 비눗물을 묻혀서 '후' 하고 불면 비눗물 막이 점점 늘어나다가 어느 순간 닫혀서 비눗방울이 만들어진다. 비눗물에 공기가 들어가 방울이 생기면 물을 싫어하는 비누 성분은 공기를 감싸고 물을 좋아하는 비누 성분은 반대쪽으로 모인다. 이때 비눗방울이 동그란 공 모양으로 만들어지는데, 여기에 작용하는 힘이 표면장력이다.

(다) 표면장력은 액체 분자들이 표면에서 서로 끌어당겨 겉넓이를 ⓑ작게 만들려는 힘이다. 액체를 이루는 분자들은 서로 끌어당기는 힘이 있다. 액체의 안쪽에서는 모든 방향으로 잡아당기지만 액체의 표면에서는 안쪽으로 잡아당기는 힘만 있다. 이 힘이 표면을 팽팽하게 잡아당기면 동그란 공 모양이 만들어진다. 물방울이나 풀잎에 맺힌 이슬방울이 동그란 모양을 띠는 것이나 소금쟁이가 연못 위를 떠다닐 수 있는 것도 물의 표면장력 때문이다.

(라) 19세기 물리학자 플라토는 비눗방울을 연구해 놀라운 사실을 ⓒ밝혀냈다. 비눗물에 철사 틀을 담가 만들어진 비누막 3개가 만나면 항상 120도가 된다는 특징을 발견한 것이다. 플라토가 찾아낸 이 각도는 겉넓이를 가장 작게 하면서 튼튼한 구조를 만드는 장점이 있다. 이 비누막 구조는 벌집이나 현무암 기둥, 잠자리 날개 등 자연 속에서 쉽게 ⓓ찾을 수 있다.

(마) 과학자들은 플라토가 찾아낸 비누막 구조를 이용해 재료를 적게 쓰면서도 튼튼한 건물을 짓고 있다. 1972년 완공된 독일의 뮌헨 올림픽 경기장은 비누막을 본뜬 지붕으로 잘 알려져 있다. 성당의 종탑이나 소방서 같은 좁은 공간에서 ⓔ쓰이는 회전 계단도 비누막을 확장한 것이다.

(바) 오늘날 비누막 구조는 최소한의 힘으로 가장 안정적인 구조를 만든다는 점에서 건축을 넘어 경제 분야까지 그 범위를 넓혀 가고 있다.

9. 다음은 이 글의 제목입니다. 빈칸에 들어갈 낱말로 알맞은 것은 무엇인가요? (　　　)

> 비눗방울에 적용하는 힘 [㉠]과 비누막 [㉡]

	㉠	-	㉡
①	구조	-	원리
②	구조	-	비밀
③	표면장력	-	구조
④	표면장력	-	연구
⑤	과학적 비밀	-	종류

10. '비눗방울'에 대한 설명으로 알맞지 <u>않은</u> 것은 무엇인가요? (　　　)

① 비눗방울은 어린이에게 사랑받는 놀이이다.
② 비눗방울의 비누막 구조는 건축 분야에서만 사용되고 있다.
③ 비누막 구조는 벌집이나 현무암 기둥 등 자연 속에서 찾을 수 있다.
④ 플라토는 비누막 3개가 만나면 항상 120도가 된다는 특징을 발견했다.
⑤ 과학자들은 비누막 구조를 이용해 재료를 적게 쓰면서 튼튼한 건물을 짓고 있다.

11. ⓐ~ⓔ와 바꾸어 쓸 수 있는 낱말로 알맞지 <u>않은</u> 것은 무엇인가요? (　　　)

① ⓐ: 살펴보자
② ⓑ: 적게
③ ⓒ: 알아냈다
④ ⓓ: 발견할 수 있다
⑤ ⓔ: 사용되는

12. (라)와 관련해 새롭게 알고 싶은 점으로 가장 알맞은 것은 무엇인가요? (　　　)

① 세모 모양 비눗방울은 없을까?
② 표면장력 현상은 어디에서 볼 수 있을까?
③ 매미 날개는 어떤 재질로 이루어져 있을까?
④ 비누막 구조는 우리 주변 중 어디에 사용되었을까?
⑤ 비눗방울 장난감을 처음으로 발명한 사람은 누구일까?

[13~16] 다음 글을 읽고 물음에 답하시오.

사람들은 다른 지역으로 가거나 물건을 옮길 때 자동차, 비행기, 배 등과 같은 교통수단을 이용한다. 그런데 최근 과학 기술의 발달로 새로운 교통수단이 개발되면서 미래 생활에 대한 기대가 높아지고 있다. (㉠)

첫째, 드론 택시가 있다. 드론은 사람이 직접 조종하지 않고 먼 거리에서 전파로 조종하여 움직이는 비행 물체로, 하늘을 날아다니기 때문에 지금보다 이동 시간이 짧아진다. 또한 활주로가 없어도 이륙할 수 있으며, 전기를 이용하기 때문에 온실가스를 거의 배출하지 않는다. 하지만 바람의 영향을 받기 때문에 조종이 까다롭다. 우리나라는 가까운 미래에 드론 택시를 일상생활에서 사용하는 것을 목표로 하고 있는데, 처음에는 사람이 조종하는 방식으로 운행하다가 점차 원격으로 조종하는 방식, 드론이 스스로 움직이는 비행 방식으로 바꿀 예정이다.

둘째, 하이퍼루프가 있다. 하이퍼루프는 자석의 원리를 이용해 공기 저항이 없는 튜브 터널을 빠른 속도로 달리는 열차이다. 최고 속도는 비행기보다 빠른 시속 1,200킬로미터로, 서울에서 부산까지 가는데 20분도 걸리지 않는다. 하이퍼루프는 소음이 없고, 에너지 소비도 적으며, 날씨의 영향을 받지 않는다. 또한 태양열 전기를 사용하기 때문에 친환경적이다.

셋째, 자율 주행 자동차가 있다. 자율 주행 자동차는 운전자가 운전하지 않아도 스스로 움직이는 자동차이다. 자율 주행 자동차는 노약자나 장애인 등 몸이 불편한 사람도 자유롭게 이용할 수 있고, 차량과 관련된 범죄가 줄어들 수 있으며, 운전자는 운전 대신 다른 일을 할 수 있는 등 여러 가지 장점이 있다.

예로부터 교통수단의 발달은 우리 생활에 많은 변화를 가져왔다. 미래의 교통수단인 드론 택시, 하이퍼루프, 자율 주행 자동차를 이용함으로써 먼 곳을 더 빠르고 안전하게 이동할 수 있고, 교통 혼잡이나 환경 오염과 같은 여러 가지 사회 문제들도 해결할 수 있을 것이다.

13. 이 글을 읽고 알 수 없는 내용은 무엇인가요? (　　　)

① 드론의 정의
② 하이퍼루프의 단점
③ 미래 교통수단의 종류
④ 하이퍼루프의 최고 속도
⑤ 자율 주행 자동차의 장점

14. 이 글의 내용과 일치하지 않는 것은 무엇인가요? (　　　)

① 드론 택시는 활주로가 없어도 이륙할 수 있다.
② 하이퍼루프는 소음이 없으며 에너지 소비가 적다.
③ 자율 주행 자동차라도 운전자가 운전을 해야 된다.
④ 사람들은 자동차, 비행기, 배와 같은 교통수단을 이용한다.
⑤ 미래의 교통수단 발달은 여러 사회 문제들을 해결할 수 있을 것이다.

15. ㉠에 들어갈 내용으로 가장 알맞은 것은 무엇인가요? (　　　)

① 미래 교통수단의 장점은 무엇일까?
② 미래 교통수단의 단점은 무엇일까?
③ 사람들이 가장 선호하는 교통수단은 무엇일까?
④ 미래에는 과학 기술이 얼마나 발전되어 있을까?
⑤ 미래에 우리가 이용하게 될 교통수단에는 무엇이 있을까?

16. <보기>를 읽고 이 글의 독자가 보인 반응으로 알맞지 않은 것은 무엇인가요? (　　)

<보　기>

20△△년 △△월 △△일 능률일보

하늘 위로 드론 택시가 날아다니고 있다. 먼 거리에서 전파로 조종하기 때문에 손님만 타고 있다. 한 손님은 "드론 택시가 생겨서 일상생활이 정말 편해요. 조용히 혼자 하늘을 나는 기분이 들어요."라고 말을 했다. 이처럼 드론 택시는 하늘 위에서 가깝거나 먼 곳을 이동할 때 자유롭게 이용할 수 있어서 사람들에게 많은 사랑을 받고 있다. 하지만 바람이 심한 날에는 위험할 수도 있어서 주의사항에 맞춰 이용해야 한다.

① 지금보다 더 자유롭게 이동할 수 있을 것 같아.
② 드론 택시 안에서는 혼자 풍경을 볼 수 있겠군.
③ 먼 거리에서 전파로 조종할 수 있다는 점이 신기해.
④ 태풍이 부는 날에 드론 택시를 이용하기 편하겠구나.
⑤ 드론이 스스로 혼자 손님을 태우고 움직이다니 대단해.

[17~20] 다음 글을 읽고 물음에 답하시오.

(가) 2018년 평창 동계 올림픽에서 '영미~ 영미~'를 외치던 팀 킴은 우리나라에 첫 컬링 은메달을 선물해 온 국민을 감동시켰다. 치열한 두뇌 싸움으로 '얼음 위의 체스'라고 불리는 컬링의 세계를 만나 보자.

(나) 컬링은 1500년대부터 경기 기록이 있을 정도로 오랜 역사를 가지고 있다. 스코틀랜드 사람들이 꽁꽁 언 강 위에서 돌을 밀고 쳐내는 민속놀이에서 시작된 컬링은 19세기 스코틀랜드인들이 이민을 떠나면서 세계 전역으로 퍼져 나갔다. 컬링을 즐기는 사람들이 늘면서 1998년 나가노 동계 올림픽에서 정식 종목이 되었다.

(다) 컬링은 4명으로 이루어진 두 팀이 손잡이가 달린 스톤을 던져 표적인 하우스의 중앙에 가까이 보낸 스톤 수대로 점수를 얻는 경기이다. 경기는 10엔드(10회전)로 이루어지는데, 양 팀이 번갈아 2개씩 총 16개의 스톤을 던지면 해당 엔드가 마무리된다. 점수는 하우스 안에 있는 스톤 수로 계산하는데, 상대팀보다 링 중심 가까이에 있는 스톤마다 1점씩 점수를 얻는다. 각 엔드의 점수를 합해 최종 승자를 가린다.

(라) 4명의 선수는 스톤을 던지는 순서에 따라 리드, 세컨, 서드, 포스라고 부른다. 포스는 주장인 스킵이 맡는데, 스킵은 얼음판의 상태를 살펴 작전을 지시하는 역할을 한다. 한 선수가 스톤을 던지면 스킵은 스톤의 위치를 지정하고, 다른 선수 2명은 열심히 얼음판을 닦는 스위핑으로 스톤의 속도와 방향을 조절한다. 일명 얼음 쓸기라고 불리는 스위핑은 컬링의 가장 큰 특징이다.

(마) 컬링에서 가장 중요한 전략은 자기 팀의 스

톤은 하우스 중앙에 더 가까이 붙이고 점수로 이어질 상대팀의 스톤은 하우스 밖으로 쳐내는 것이다. 이 때문에 먼저 공격하는 팀보다 나중에 공격하는 팀이 유리하다. 그래서 자기 팀이 먼저 공격할 때는 최대한 많은 점수를 내고, 나중에 공격할 때는 1점 이하로 실점하려고 노력한다. 상대팀의 전략을 읽어 내고 상대팀이 예상하지 못하는 곳에 스톤을 던지는 등 다양한 전략을 펼치는 데 컬링의 묘미가 있다.

17. 이 글의 제목으로 알맞은 것은 무엇인가요? (　　)

① 컬링의 의미
② 컬링의 유래와 방법
③ 컬링의 장점과 단점
④ 평창 동계 올림픽 종목 종류
⑤ 동계 올림픽에 참가하는 국가 목록

18. 이 글에 대한 설명으로 알맞은 것은? (　　)

① 대상과 다른 대상의 차이점을 설명하고 있다.
② 대상에 대해 자신의 의견을 상상하여 말하고 있다.
③ 대상을 여러 가지 종류로 나누어서 설명하고 있다.
④ 대상에 대한 장점과 단점을 비교해서 말하고 있다.
⑤ 대상에 대해 다른 사람이 한 말을 그대로 가져왔다.

19. (가)~(마)의 중심 내용으로 알맞지 <u>않은</u> 것은 무엇인가요? (　　)

① (가): 컬링에 대한 소개
② (나): 컬링의 역사
③ (다): 컬링 경기 방법
④ (라): 컬링 선수 선발 방법
⑤ (마): 컬링 경기 전략

20. 이 글과 <보기>의 사진을 보고 설명한 내용으로 알맞지 않은 것은 무엇인가요? (　　　)

<보 기>

▲컬링 경기 장면

① 한 선수가 스톤을 던진다.
② 선수 두 명이 스위핑을 하고 있다.
③ 스위핑으로 스톤의 속도와 방향을 조절한다.
④ 파란색 원에 가까울수록 점수를 많이 받는다.
⑤ 빨간색 원에 가까울수록 점수를 많이 받는다.

끝

모의고사 정답 및 해설

제1회 모의고사 비문학 정답 및 해설

1. ⑤ 2. ④ 3. ④ 4. ③ 5. ③ 6. ③ 7. ① 8. ⑤ 9. ⑤ 10. ③ 11. ② 12. ④ 13. ② 14. ④ 15. ④ 16. ② 17. ② 18. ③ 19. ⑤ 20. ④

1. 이 글은 토박이말의 여러 가지 특징과 토박이말을 자주 사용해야 되는 가치를 설명하고 있습니다. 그러므로 ⑤가 이 글을 쓴 까닭으로 알맞습니다.

2. ④ 우리말에서 한자어와 외래어를 뺀 나머지가 토박이말입니다.

3. <보기>는 한 낱말에 여러 가지 뜻이 있는 경우에 대한 예시입니다. (가)~(라)의 중심 내용을 살펴보면, 한 낱말에 여러 가지 뜻이 있는 경우에 관한 내용인 (다)의 뒤(④)에 들어가는 것이 알맞습니다.

(가) 토박이말의 의미, (나) 토박이말의 첫 번째 특징, (다) 토박이말의 두 번째 특징, (라) 토박이말을 자주 사용해야 하는 이유가 문단별 중심 내용입니다.

4. ③ 에어컨은 '찬바람틀', 선풍기는 '바람틀'이라고 말합니다.

5. 이 글은 인터넷의 문제점 중 하나인 악성 댓글에 관해 설명하고 있습니다. 악성 댓글의 문제점과 이를 해결하기 위한 개인과 기업, 정부 모두의 노력에 대한 내용을 담고 있습니다. 그러므로 이 글의 제목은 '인터넷의 문제점 중 악성 댓글과 문제를 해결하기 위한 노력(③)'입니다

6. ③ 악성 댓글 문제를 해결하기 위해서는 개인과 기업, 정부 모두가 노력해야 합니다.

7. ⓐ는 '편하고 이로우며 사용하기 쉽다'라는 뜻으로 사용된 낱말로, '비정하게(①)'와 바꾸어 쓰기에는 적절하지 않습니다.

8. ⑤ 다른 사람들도 하기 때문에 악성 댓글을 쓰는 행동이 큰 문제가 되지 않는다고 생각하는 것도 악성 댓글을 쓰는 이유 중 하나입니다.

9. 이 글은 달이 지구에 미치는 영향 세 가지를 설명하고 있습니다. 그렇기 때문에 제목으로 '달이 지구에 미치고 있는 영향(⑤)'이 알맞습니다.

10. 이 글은 달이 지구에 미치는 영향 세 가지를 (나)~(라) 문단으로 나누어 설명하고 있습니다. 그러므로 대상을 여러 가지 종류로 나누어서 설명하고 있다(③)고 볼 수 있습니다.

11. 이 글의 중심 내용을 살펴보면, (가) - [(나), (다), (라)] - (마)입니다. 그러므로 이 글의 짜임을 알맞게 나타낸 것은 ②입니다.
(가)는 달이 지구에 미치는 존재인 이유로 도입부이며 (나), (다), (라)는 각각 달이 지구에 미치는 영향 세 가지를 나누어 설명합니다. (마)는 달의 중요성에 대한 설명과 미래를 제시하며 글을 마무리합니다.

12. ④ 월식은 지구가 밤이 되었을 때는 어디서든 볼 수 있습니다. 반면에 일식은 지구의 극히 일부 지역에서만 관측됩니다.

13. ② 바코드의 장점은 나타나 있지만, 단점은 알 수 없습니다.

14. (다)에서는 바코드를 읽는 방법을 설명하고 있습니다. 스캐너와 컴퓨터를 활용하여 바코드를 읽는 방법을 순서에 따라 차례대로 설명한다(④)고 볼 수 있습니다.

15. 'ⓓ 흡수하다'는 '빨아서 거두어들이다'를 의미합니다. '내뿜다'는 '속에 있는 것을 밖으로 향하여 세차게 밀어내다'를 의미합니다. 그러므로 '흡수하는'과 '내뿜는(④)'은 의미가 다른 말입니다.
'ⓐ 으레'는 '두말할 것 없이 당연히'를 의미합니다. 'ⓑ 작동하다'는 '기계 등이 작용을 받아 움직이다'를 의미합니다. 'ⓒ 찾다'는 '주변에 없는 것을 얻거나 여기저기를 뒤지거나 살피다'를 의미합니다. 'ⓔ 힘들다'는 '어렵거나 곤란하다'를 의미합니다.

16. ② 바코드를 읽으려면, 빛을 쬐고 받아들이는 스캐너와 컴퓨터가 필요합니다.

17. 이 글은 신사임당의 삶과 업적 등에 관한 내용을 담고 있습니다. 글쓴이는 신사임당에 대해 소개하려고(②) 이 글을 썼다고 할 수 있습니다.

18. ③ 신사임당은 그림과 시, 글씨에 모두 뛰어났던 예술가입니다.

19. (마)는 신사임당에 대한 평가입니다. 이 글의 마무리 부분으로 신사임당의 삶과 업적 등에 대한 내용을 한 줄로 정리하였습니다. 그러므로 ⑤는 중심 내용으로 알맞지 않습니다

20. <보기>는 신사임당의 셋째 아들 율곡 이이에 관한 내용입니다. (라) 신사임당의 가족을 소개한 문단 뒤(④)에 들어가는 것이 알맞습니다.

제2회 모의고사 비문학 정답 및 해설

1. ④ 2. ③ 3. ② 4. ② 5. ⑤ 6. ⑤ 7. ② 8. ④ 9. ③ 10. ② 11. ② 12. ④ 13. ②
14. ③ 15. ⑤ 16. ④ 17. ② 18. ③ 19. ④ 20. ④

1. 이 글은 사회 구성원들이 스스로 기초 질서를 지키기 위해 노력해야 더 나은 사회를 만들 수 있다는 내용을 담고 있습니다. 그러므로 '기초 질서를 지켜야 하는 이유(④)'가 제목으로 가장 어울린다고 볼 수 있습니다.

2. 기초 질서는 법으로 강제하는 경우도 있지만 그 전에 사회 구성원이 스스로 지키기 위해 노력해야 합니다. 그렇기 때문에 '기초 질서는 법으로 강제하는 경우만 있다(③)'고 볼 수 없습니다.

3. (가)~(라)의 중심 내용을 살펴보면, (가) - [(나), (다)] - (라)입니다. 그러므로 이 글의 짜임을 알맞게 나타낸 것은 ②입니다.
(가)는 기초 질서의 의미로 도입부이며 (나), (다)는 기초 질서를 지켜야 하는 이유 두 가지를 나누어 설명합니다. (라)는 더 나은 사회를 만들기 위한 노력을 제시하며 글을 마무리합니다.

4. '깨진 유리창 법칙'처럼 한 사람이 벌인 사소한 무질서가 또 다른 무질서와 더 큰 범죄로 이어질 수 있습니다. 그러므로 사회 구성원으로서 '나 하나쯤이야'라고 생각하는 것(②)은 사회 질서의 혼란과 범죄 피해를 막을 수 없습니다.

5. 이 글은 생태계에서 꿀벌의 중요성을 알리기 위한 내용입니다. 그러므로 글쓴이가 이 글을 쓴 까닭은 ⑤라고 볼 수 있습니다.

6. ⑤ 바람이나 새, 곤충들이 꽃가루받이를 도와주기도 하지만 가장 큰 도움을 주는 것은 꿀벌입니다.

7. ㉠은 어떤 사물이나 상태를 변화시키거나 일으키게 하는 근본이 된 일이나 사건이라는 뜻입니다. 이와 같은 뜻으로 쓰인 말은 ②입니다.
① 상태는 사물이나 현상이 놓여 있는 모양이나 형편, ② 이유는 어떠한 결론이나 결과에 이른 까닭이나 근거, ③ 특징은 다른 것에 비하여 특별히 눈에 뜨이는 점, ④ 종류는 사물의 부문을 나누는 갈래, ⑤ 결과는 어떤 원인으로 결말이 생기거나 결말의 상태를 의미합니다.

8. ④ 벌집의 육각형은 외부에서 힘이나 충격을 받아도 쉽게 모양이 찌그러지지 않아 안정적입니다.

9. 이 글은 비눗방울 속에 숨어 있는 과학적 사실을 설명하고 있습니다. 비눗방울에 작용하는 힘인 표면장력과 19세기 물리학자 플라토가 비눗방울을 연구해서 밝혀낸 비누막 구조에 대한 내용을 담고 있습니다. 그러므로 이 글의 제목은 '비눗방울에 작용하는 힘 표면장력과 비누막 구조(③)'입니다.

10. ② 비눗방울의 비누막 구조는 건축 분야뿐만 아니라 경제 분야까지 그 범위를 넓혀 가고 있습니다.

11. 'ⓑ 작다'는 '길이, 넓이, 부피가 비교 대상보다 보통보다 덜하다'를 의미합니다. '적다'는 '분량이나 정도가 일정한 기준에 미치지 못하다'를 의미합니다. 그러므로 '작게'와 '적게(②)'는 의미가 다른 낱말입니다.
'ⓐ 파헤치다'는 '겉으로 드러나지 아니하게 감추어진 사실이나 실체를 드러내어 밝히다'는 의미입니다. 'ⓒ 밝혀내다'는 '진리, 가치, 옳고 그름을 판단하여 드러내다'를 의미합니다. 'ⓓ 찾다'는 '모르는 것을 알아내고 밝혀내려고 애쓰거나 밝혀내다'를 의미합니다. 'ⓔ 쓰이다'는 '어떤 일을 하는데 재료나 도구, 수단으로 이용된다'라는 의미입니다.

12. (라)는 19세기 물리학자 플라토가 비눗방울을 연구해 발견한 비누막 구조에 대한 설명입니다. 이 내용을 통해 비누막 구조가 벌집이나 현무암 기둥, 잠자리 날개 등 자연 속에서 쉽게 찾을 수 있다는 것을 알 수 있습니다. 그러므로 (라)를 통해 새롭게 알고 싶어 하는 질문으로 알맞은 것은 비누막 구조가 우리 주변 어느 곳에서 사용되었는지(④)가 가장 적절합니다.

13. ② 하이퍼루프의 단점은 이 글에서 설명하고 있지 않습니다.

14. 자율 주행 자동차는 운전자가 운전하지 않아도 스스로 움직이는 자동차를 의미합니다. 그러므로 '자율 주행 자동차라도 운전자가 운전해야 된다(③)'는 이 글과 일치하지 않습니다.

15. 이 글은 미래에 우리가 이용하게 될 교통수단인 드론 택시, 하이퍼루프, 자율 주행 자동차에 대한 내용을 담고 있습니다. 그러므로 ㉠에 들어갈 내용으로 알맞는 것은 '미래에 우리가 이용하게 될 교통수단에는 무엇이 있을까?'로 ⑤가 알맞습니다.

16. 드론 택시는 바람의 영향을 받기 때문에 조종이 까다롭습니다. 그러므로 ④처럼 태풍처럼 바람이 심한 날에는 드론 택시를 이용하는 것이 위험할 수 있어 조심해야 합니다.

17. 이 글은 컬링의 역사, 선수 역할, 경기 방법, 전략에 대한 내용을 담고 있습니다. 그렇기 때문에 제목으로 '컬링의 유래와 방법(②)'이 알맞습니다.

18. ③ 컬링이라는 동계 올림픽 종목을 역사, 경기 방법, 선수의 역할 및 특징, 경기 전략 등 여러 가지 종류로 나누어서 설명하고 있습니다.

19. (라)의 중심 내용은 '컬링 선수 선발 방법(④)'이 아니라 '컬링 선수의 역할 및 특징'입니다.

20. 사진 속 빨간색 원은 하우스 중앙에 있는 링입니다. 컬링 경기는 상대 팀보다 링 중심 가까이에 있는 스톤마다 1점씩 점수를 얻습니다. 그러므로 ④ 파란색 원에 가까울수록 점수를 많이 받는 것이 아니라 빨간색 원에 가까울수록 점수를 많이 받습니다.

| 초등부터 시작하는 수능 국어 전략서 |

빠른 정답
빈틈없는 해설

3학년 | 비문학 독해

NE 능률

| 초등부터 시작하는 수능 국어 전략서 |

빠른 정답 빈틈없는 해설

3학년 | 비문학 독해

NE 능률

1 주제 찾기

글쓴이가 이 글을 쓴 까닭은 무엇인가요? (⑤)

① 고장의 특성을 알려 주려고
② 자연환경의 특성을 알려 주려고
③ 인문 환경의 영향을 알려 주려고
④ 옛사람들의 생활 모습을 알려 주려고
⑤ 지명이 어떻게 지어졌는지 알려 주려고

글 ㈎의 내용을 통해 글을 쓴 목적을 파악할 수 있습니다. 글쓴이는 '지명이 어떻게 지어졌는지 알려 주려고' 이 글을 썼습니다.

2 세부 내용

이 글의 내용과 일치하지 않는 것은 무엇인가요? (⑤)

① 지명이란 마을이나 고장의 이름이다. → 글 ㈎의 내용
② 지명은 자연환경과 밀접한 관련이 있다. → 글 ㈏의 내용
③ 우리 조상들은 지명을 붙이고 일상생활에 사용해 왔다. → 글 ㈎의 내용
④ 지명을 통해 그곳에서 살았던 사람들의 생활 모습을 짐작할 수 있다. → 글 ㈑의 내용
⑤ 자연환경과 관련한 지명은 아주 많지만, 인문 환경과 관련한 지명은 적다. 많다

글 ㈏에서 자연환경과 관련한 지명은 일일이 언급할 수 없을 정도로 많으며, 글 ㈐에서 인문 환경과 관련한 지명도 무척 많다고 했습니다.

3 구조 알기

이 글의 짜임을 나타낸 그림으로 알맞은 것은 무엇인가요? (②)

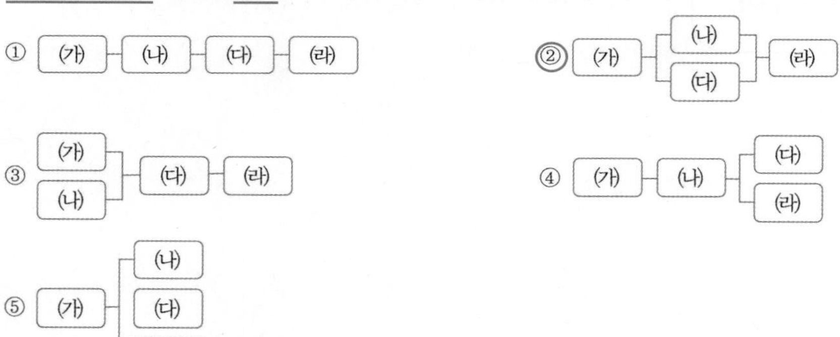

이 글은 지명에 대해 알려 주는 설명문입니다. 글 ㈎는 이 글의 처음 부분이며, 글 ㈏와 ㈐는 자연환경, 인문 환경과 관련한 지명을 소개하는 가운데 부분입니다. 그리고 글 ㈑는 이 글을 마무리하는 끝부분입니다. 이를 그림으로 알맞게 나타낸 것은 ②입니다.

4 어휘 어법

㉠~㉤과 바꾸어 쓸 수 있는 낱말이 아닌 것은 무엇인가요? (②)

① ㉠: 특징　② ㉡: 들어가서　③ ㉢: 하나하나
④ ㉣: 갈무리하는　⑤ ㉤: 긴밀한

㉡'나오다'는 '속에서 바깥으로 솟아나다.'라는 뜻입니다. 따라서 ㉡과 바꾸어 쓸 수 있는 낱말은 '들어가다'가 아닌 '솟아나다'입니다.

독해 정답			
	1. ⑤	2. ⑤	3. ②
	4. ②	5. ④	6. ④
	7. ④		

어휘 정답	
	1. (1) 유래하다 (2) 밀접하다 (3) 언급하다 (4) 장려하다 2. (1) ㉰ (2) ㉮ (3) ㉱ (4) ㉯ 3. (1) ㉱ (2) ㉯ (3) ㉮ (4) ㉰

자연환경 관련

5 적용 창의

㉮와 같은 과정으로 지어진 지명은 무엇인가요? (④)

① 효자가 살았던 마을 '효자동'
② 배를 많이 재배하는 마을 '배나뭇골'
③ 부자 서천석이 살던 마을 '서천마을' → 인문 환경 관련
④ 두 개의 봉우리로 이루어진 산 '두봉산'
⑤ 아홉 마리 용이 하늘로 올라갔던 마을 '구룡마을' → 인문 환경 관련

㉮는 두 개의 물줄기가 있는 자연환경에서 만들어진 지명이므로, 자연환경의 특성이 담긴 지명을 찾아야 합니다. ④의 '두봉산'은 자연환경인 두 개의 봉우리와 관련 있는 지명입니다. ①, ②, ③, ⑤는 인문 환경과 관련 있는 지명입니다.

6 추론 하기

㉯에 들어갈 알맞은 지명은 무엇인가요? (④)

① 피맛골 ② 용마봉 ③ 말티고개
④ 말죽거리 ⑤ 말굽거리

이어지는 내용을 통해 빈칸에 들어갈 지명을 짐작할 수 있습니다. 뒤에 '말에게 죽을 쑤어 먹이던 곳이라는 데서 유래했다.'는 내용으로 미루어 ㉯에 들어갈 지명이 '말죽거리'임을 알 수 있습니다.

7 추론 하기

이 글을 바탕으로 [보기]의 밑줄 친 지명을 알맞게 파악한 것은 무엇인가요? (④)

> [보기] 조선 시대의 권력가 한명회는 두 딸을 각각 예종과 성종에서 시집보냈다. 왕의 장인이 되어 큰 권세를 누리던 그는 나이가 들어 벼슬자리에서 물러난 뒤, 경치 좋은 한강가에 '압구정'이라는 정자를 지었다. '압구'는 한명회의 호로, '갈매기와 친해 가깝다.'라는 뜻이다. 자연과 어울려 지내고 싶다는 바람이 담긴 말이기도 하다. 이 압구정이라는 정자가 있던 마을이 현재 서울시 강남구의 압구정동이다.
> 한명회가 정자를 지은 까닭

① ~~자연환경~~(인문 환경)과 관련한 지명에 속한다.
② '온수동'과 같은 방식으로 지어진 지명이다.
③ '하회마을'과 같은 방식으로 지어진 지명이다. → '온수동', '하회마을'은 자연환경의 특성을 나타낸 지명임.
④ 인문 환경의 영향을 받아 지어진 지명에 속한다.
⑤ 고장 사람들의 생활 모습을 짐작할 수 있는 지명의 예이다. → 개인이 지은 정자이므로, 고장의 생활 모습과 관련 없음.

[보기]는 '압구정동'이라는 지명의 유래를 설명한 글입니다. 이 글에서 인문 환경은 건물과 교통, 문화, 역사 등 인간이 만들어 낸 모든 것이라고 했으므로, [보기]의 압구정동은 인문 환경의 영향을 받아 지어진 지명이라는 것을 파악할 수 있습니다.

스마트폰과 고릴라 [14~17쪽]

1 주제 찾기

이 글에서 글쓴이가 알리려는 문제는 무엇인가요? (⑤)

① 아프리카의 분쟁 문제 → 스마트폰 소비 증가로 생기는 결과
② 스마트폰 사용 인구 증가
③ 스마트폰의 복잡한 제조 방법 → 글에 나타나지 않은 내용
④ 동부고릴라의 주요 서식지 파괴 → 스마트폰 소비 증가로 생기는 결과
⑤ 스마트폰의 소비 증가로 인한 문제

글쓴이가 이 글을 쓴 까닭은 글 ㈎에 잘 드러나 있습니다. 글쓴이는 전 세계 53억의 인구가 사용하고 해마다 약 14억 대씩 새롭게 만들어지는 스마트폰 때문에 생기는 문제에 대해 설명하고 있습니다.

2 세부 내용

이 글의 내용으로 알맞지 않은 것은 무엇인가요? (②)

① 해마다 약 14억 대의 스마트폰이 새로 만들어진다. → 글 ㈎의 내용
② 스마트폰에는 여러 물질이 사용되는데 광물은 들어가지 않는다.
③ 탄탈룸을 얻으려는 사람들이 숲을 불태우고 동부고릴라를 해쳤다. → 글 ㈑의 내용
④ 광산을 점령한 군인들이 사람들을 끌어다 광물 캐내는 일을 시키고 있다. → 글 ㈐의 내용
⑤ 스마트폰의 소비가 늘면서 스마트폰에 들어가는 광물의 가격이 껑충 뛰어올랐다. → 글 ㈐의 내용

글 ㈏에서 스마트폰에는 금, 텅스텐, 주석, 탄탈룸 등의 광물이 들어간다고 했습니다.

3 세부 내용

㉮에 공통으로 들어갈 낱말을 이 글에서 찾아 쓰세요.

㉮ 은/는 중앙아프리카의 분쟁 지역에서 생산되는 광물을 말한다. 금, 텅스텐, 주석, 탄탈룸 등이 대표적인 ㉮ (으)로 꼽힌다. 이 광물들은 스마트폰과 컴퓨터, 자동차에 들어가는 부품의 주요 원료로 쓰인다. ㉮ 을/를 광산에서 캐내는 과정에서 무력 충돌과 인권 침해, 환경 파괴 등 여러 문제가 발생하고 있다.

(분쟁 광물의 정의 / 분쟁 광물의 쓰임새 / 분쟁 광물의 문제점)

(분쟁 광물)

글 ㈏, ㈐의 내용과 '분쟁 지역에서 생산되는 광물'이라는 표현에서 ㉮에 들어갈 낱말이 '분쟁 광물'임을 짐작할 수 있습니다.

4 구조 알기

이 글의 짜임으로 알맞은 것은 무엇인가요? (②)

	처음	가운데	끝
①	㈎	㈏—㈐	㈑—㈒
②	㈎	㈏—㈐—㈑	㈒
③	㈎—㈏	㈐	㈑—㈒
④	㈎—㈏	㈐—㈑	㈒
⑤	㈎—㈏—㈐	㈑	㈒

이 글은 설명문으로, 설명문은 '처음–가운데–끝'으로 구성됩니다. 설명 대상에 대해 밝힌 글 ㈎는 처음 부분이고, 설명하려는 내용인 글 ㈏~㈑는 가운데 부분입니다. 또, 이 글을 마무리하는 글 ㈒는 끝부분입니다.

독해 정답	1. ⑤	2. ②	3. 분쟁 광물
	4. ②	5. ③	
	6. (1) ㉠ (2) ㉡, ㉢, ㉣, ㉤		7. ④

어휘 정답	
	1. (1) ㉱ (2) ㉯ (3) ㉳ (4) ㉰ (5) ㉮
	2. (1) 소비 (2) 광물 (3) 분쟁 (4) 멸종 (5) 지정
	3. (1) ㉮ (2) ㉯ (3) ㉮

5 적용 창의

다음 중 글쓴이의 의도에 가장 알맞은 행동은 무엇인가요? (③)

① 전쟁을 반대하는 반전 시위에 참가한다. → 분쟁의 원인은 스마트폰 소비 증가임.
② 파괴되는 숲을 보호하자는 환경 운동에 참여한다. → 글에 제시되지 않은 내용
③ 액정이 깨진 스마트폰을 수리해서 다시 사용한다.
④ 고통받는 고릴라를 생각하며 동물원에 가지 않는다. → 글쓴이의 의도를 잘못 파악함.
⑤ 가지고 있는 스마트폰을 버리고 최신 스마트폰을 산다. → 글쓴이의 의도와 반대되는 행동

글쓴이는 글 ㈒에서 스마트폰의 소비를 줄이고 적극적으로 재활용하며 오래 사용하려는 노력을 기울여야 한다고 했습니다. 이를 알맞게 실천한 것은 ③입니다.

6 구조 알기

다음을 보고 ㉠~㉤을 '중심 문장'과 '뒷받침 문장'으로 나누어 기호를 쓰세요.

- **중심 문장:** 문단 전체의 내용을 대표하는 문장이다.
- **뒷받침 문장:** 중심 문장을 덧붙여 설명하거나 예를 드는 방법으로 도와주는 문장이다.

(1) 중심 문장: (㉠) (2) 뒷받침 문장: (㉡, ㉢, ㉣, ㉤)

글 ㈑는 분쟁 광물로 고릴라도 고통을 받고 있다는 내용을 담고 있는 문단입니다. 따라서 문단을 대표하는 내용을 담고 있는 ㉠이 '중심 문장'이고, ㉡~㉤은 중심 문장을 덧붙여 설명하거나 도와주는 '뒷받침 문장'입니다.

7 추론 하기

이 글과 [보기]를 바탕으로 짐작한 사실을 알맞게 말한 친구는 누구인가요? (④)

[보기] 네덜란드의 '페어폰'이라는 기업은 분쟁 지역에서 생산된 광물을 사용하지 않고, 노동자에게 적절한 임금을 지급하는 공장을 골라 스마트폰을 만든다. 이 스마트폰의 이름 역시 회사 이름과 같은 '페어폰'으로, 우리말로 하면 '공정한 전화기'라는 뜻이다. 페어폰은 분해하기 쉬운 구조로 만들어 고장이 났을 때 고치기가 수월하다. 또한 소비자가 직접 스마트폰에 들어가는 부품을 주문해 바꿀 수도 있다. → 페어폰의 특징 ②

→ 페어폰의 특징 ①

① 민준: 페어폰은 쉽게 분해되어서 오래 사용하기 힘들겠다.
② 윤채: 페어폰은 분쟁 지역 사람들에게 스마트폰을 만들게 하는구나.
→ [보기]와 반대되는 내용
③ 시우: 페어폰 같은 스마트폰을 새로 만들어서 소비를 부추기는 것은 옳지 않아. → 페어폰의 목적과 다름.
④ 준수: 페어폰은 그동안 스마트폰 때문에 생긴 문제를 해결하기 위해 만들어졌어.
⑤ 서연: 보통 스마트폰과 달리 페어폰에는 금, 텅스텐, 주석, 탄탈룸 등의 광물이 안 들어가.
분쟁 지역이 아닌 다른 지역의 광물 사용

스마트폰과 [보기]에 나온 페어폰의 다른 점은 분쟁 광물의 사용 여부입니다. 보통 스마트폰은 분쟁 광물을 사용하지만, 페어폰은 분쟁 지역에서 생산된 광물을 사용하지 않습니다. 또한 고장 나면 새로 사야 하는 기존 스마트폰과 달리 페어폰은 고장이 나면 수월하게 고칠 수 있고 부품만 주문해 바꿀 수도 있습니다.

1주 03회 밤의 제왕, 수리부엉이 [18~21쪽]

1 세부 내용

이 글의 내용으로 알맞지 않은 것은 무엇인가요? (②)

① 수리부엉이는 밤에 활동한다. → 글 (다)의 내용
② 수리부엉이는 암컷과 수컷의 몸빛이 다르다.
③ 수리부엉이는 우리나라 곳곳에 사는 텃새이다. → 글 (라)의 내용
④ 수리부엉이는 멸종 위기 야생 동물로 지정되어 있다. → 글 (라)의 내용
⑤ 수리부엉이는 부엉이 종류 가운데 몸집이 가장 크다. → 글 (나)의 내용

글 (나)에서 수리부엉이는 암컷과 수컷의 몸빛이 같다고 했습니다.

2 구조 알기

이 글에 대한 설명으로 알맞은 것은 무엇인가요? (②)

① 대상과 다른 대상의 차이점을 밝혀서 설명하고 있다. → 대조
② 대상이 가진 특징을 하나씩 늘어놓으며 설명하고 있다.
③ 시간의 순서에 따라 대상이 변해 온 과정을 설명하고 있다. → 과정
④ 대상에 속하는 종류를 여러 가지로 나누어서 설명하고 있다. → 구분
⑤ 대상에 대해 다른 사람이 한 말을 그대로 가져와서 설명하고 있다. → 인용

이 글은 수리부엉이에 대해 설명하는 글로, 글 (나)~(라)에서 수리부엉이의 특징을 하나씩 차례로 들어 자세히 설명하고 있습니다.

3 주제 찾기

글 (다)의 중심 내용으로 알맞은 것을 두 가지 고르세요. (①, ⑤)

① 수리부엉이의 먹이
② 수리부엉이의 생김새 → 글 (나)의 내용
③ 수리부엉이의 한살이 → 제시되지 않은 내용
④ 수리부엉이의 서식지 → 제시되지 않은 내용
⑤ 수리부엉이의 사냥 활동

글쓴이는 글 (다)에서 '수리부엉이의 먹이와 사냥 활동'에 관해 자세히 설명하고 있습니다.

4 어휘 어법

다음 두 낱말의 관계와 같은 것은 무엇인가요? (④)

> 수리부엉이 – 새 → 포함되는 말 – 포함하는 말

① 쥐 – 토끼 → 동물의 예
② 꿩 – 메추라기 → 날개가 있는 동물의 예
③ 곤충 – 사슴 → 동물의 예
④ 여우 – 동물
⑤ 다람쥐 – 메추라기 → 동물의 예

'수리부엉이'는 '새'에 포함되는 낱말이고, '새'는 '수리부엉이'를 포함하는 낱말입니다. 이와 비슷한 관계에 있는 낱말은 ④로, 여우는 동물에 포함되는 낱말입니다.

독해 정답	1. ②	2. ②	3. ①, ⑤
	4. ④	5. ②	6. ④
	7. ④		

어휘 정답 1. (1) 가까운 (2) 날아다님 (3) 가로 (4) 겉면 (5) 많아서 2. (1) 코앞 (2) 몸빛 (3) 비행 (4) 흔히 (5) 너비 3. (1) ㉮ (2) ㉯ (3) ㉮ (4) ㉯

5 추론하기

이 글에 추가할 사진 자료로 알맞은 것은 무엇인가요? (②)

①

부엉이

②

③

독수리

④

꿩

⑤

매

글 ㈏에서 수리부엉이의 생김새를 짐작할 수 있습니다. 전체적으로 몸빛이 황갈색이며 배와 등에 검은색 세로무늬가 있습니다. 부리는 검은색이며, 눈은 주황색입니다. 또한 머리에 귀처럼 생긴 검은색 깃털이 나 있습니다.

소리의 성질

6 추론하기

[보기]를 참고해 ㉠의 까닭을 알맞게 이해한 것은 무엇인가요? (④)

> [보기] 소리는 퍼져 나가면서 여러 가지 물체에 부딪치며 일부는 흡수되고 나머지는 반사된다. 이때 부딪치는 물체의 재질에 따라 흡수되는 소리의 양이 달라지는데, 물체가 부드러울수록 흡수되는 소리의 양이 많아진다.

① 수리부엉이는 날개가 크기 때문에 조용하게 비행할 수 있는 거야.
② 수리부엉이가 조용하게 비행하는 것은 날갯짓을 천천히 하기 때문이구나.
③ 수리부엉이가 조용하게 비행하는 것은 날갯짓을 거의 하지 않기 때문이야.
→ [보기]와 관련 없는 내용
④ 수리부엉이는 날개의 솜털이 소리를 흡수해서 날갯짓을 해도 소리가 나지 않는구나.
⑤ 수리부엉이는 날개의 솜털이 소리를 반사하는 양이 많아서 조용하게 날 수 있는 거야. → 많이 반사할수록 소리가 커짐.

[보기]는 소리의 흡수와 반사에 관한 글로, 소리는 부드러운 물체에 부딪치면 많이 흡수된다고 했습니다. 또, 이 글에는 수리부엉이의 날개 깃털 끝에 부드러운 솜털이 나 있다는 내용이 있습니다. 이로 미루어 수리부엉이가 조용하게 비행을 할 수 있는 까닭은 날개 깃털 가장자리에 나 있는 솜털이 소리를 많이 흡수하기 때문이라는 것을 짐작할 수 있습니다.

7 비판하기

이 글을 읽고 난 독자의 반응으로 알맞지 않은 것은 무엇인가요? (④)

① 수리부엉이가 우리나라 말고 다른 곳에서도 사는지 궁금해.
② 수리부엉이는 밤에 주로 활동하니까 낮에는 보기 어렵겠구나.
③ 수리부엉이는 새끼를 얼마나 낳고 어떻게 키우는지 알고 싶어.
④ 수리부엉이는 나는 속도가 빠르지 않아서 사냥을 잘 못하겠네.
⑤ 수리부엉이가 멸종 위기 야생 동물로 지정된 까닭을 알고 싶어.

글 ㈐에서 수리부엉이는 나는 속도가 빠른 편은 아니지만 조용하게 비행해서 사냥을 잘한다고 했습니다. 따라서 ④의 내용은 이 글을 읽고 난 반응으로 알맞지 않습니다.

1 주제 찾기

다음은 이 글을 쓴 까닭입니다. ㉮, ㉯에 들어갈 알맞은 낱말은 무엇인가요? (②)

> 글쓴이는 [㉮]의 발명 과정과 바코드의 [㉯]을/를 자세히 알려 주기 위해 이 글을 썼다.

	㉮	㉯
①	바코드	스캐너
②	바코드	작동 원리
③	스캐너	바코드
④	스캐너	관련 규정
⑤	작동 원리	관련 규정

이 글은 바코드의 발명 과정과 바코드의 작동 원리에 관해 설명한 글입니다. 글 ㈎에서 글쓴이는 바코드는 누가 어떻게 만들었으며, 어떤 원리로 작동하는지 알아보겠다고 했습니다.

2 세부 내용

이 글의 내용으로 알맞지 않은 것은 무엇인가요? (③)

① 바코드는 1952년에 발명되었다. → 글 ㈏의 내용
② 1980년대부터 세계 여러 나라가 바코드를 사용하기 시작했다. → 글 ㈑의 내용
③ 버나드 실버와 우드랜드는 상품 정보를 자동으로 읽을 방법을 금세 찾았다.
④ 버나드 실버는 상품 정보를 자동으로 읽을 방법이 있으면 좋겠다는 말을 들었다.
⑤ 우드랜드는 모래밭에 손가락으로 선을 긋다가 바코드와 관련한 아이디어를 떠올렸다. → 글 ㈏의 내용

글 ㈏에서 버나드 실버와 우드랜드는 상품의 정보를 자동으로 읽을 방법을 연구했다고 했습니다. 하지만 쉽게 방법을 찾을 수 없었다고 했으므로, ③은 알맞지 않습니다.

3 세부 내용

'바코드'에 대한 설명으로 알맞지 않은 것은 무엇인가요? (③)

① 흰색 막대와 검은색 막대로 이루어졌다.
② 상품을 관리하기 위해 표시해 놓은 기호이다.
③ 상품에 붙은 바코드는 모든 막대의 넓이와 수가 같다.
④ 제조 회사 이름, 상품 이름, 가격 등의 정보가 담겨 있다.
⑤ 바코드에 담긴 정보를 읽으려면 스캐너와 컴퓨터가 필요하다.

바코드의 특징과 원리는 글 ㈐에 드러나 있습니다. 글 ㈐에서는 상품에 따라 바코드 막대의 넓이와 수가 다르다고 했습니다.

4 구조 알기

바코드에 담긴 정보를 읽는 과정의 차례대로 기호를 쓰세요.

> ㉮ 스캐너로 바코드에 강한 빛을 쬔다. 1
> ㉯ 컴퓨터가 정보를 처리해 상품명과 가격 등을 알려 준다. 4
> ㉰ 바코드가 반사한 빛을 스캐너가 받아서 컴퓨터로 보낸다. 3
> ㉱ 바코드의 검은색과 흰색 막대가 빛을 흡수하거나 반사한다. 2

(㉮) → (㉱) → (㉰) → (㉯)

바코드에 담긴 정보를 읽는 바코드의 원리는 글 ㈐에서 확인할 수 있습니다. 스캐너로 바코드에 강한 빛을 쬐면(㉮) 바코드의 검은색과 흰색 막대가 빛을 흡수하거나 반사합니다.(㉱) 이 반사된 빛을 스캐너가 받아서 컴퓨터로 보내면(㉰) 컴퓨터가 정보를 처리해 상품 이름과 가격 등을 알려 줍니다.(㉯)

독해 정답	1. ②	2. ③	3. ③
	4. ㉮, ㉱, ㉰, ㉯		5. ③
	6. ①	7. ⑤	

어휘 정답	
	1. (1) ㉰ (2) ㉮ (3) ㉯ (4) ㉱
	2. (1) 으레 (2) 반사
	3. (1) ㉯ (2) ㉮ (3) ㉯

5 구조 알기

㉠에 쓰인 설명 방법은 무엇인가요? (③)

① 일의 순서에 따라 설명하는 '과정'
② 구체적인 예를 들어 설명하는 '예시'
③ '무엇은 무엇이다.'라고 설명하는 '정의'
④ 눈에 보이듯이 자세하게 설명하는 '묘사'
⑤ 다른 사람의 말이나 글을 끌어와서 설명하는 '인용'

㉠은 '무엇은 무엇이다.'라는 정의의 방법으로 바코드가 무엇인지 밝혀서 설명했습니다.

6 추론하기

글 ㈐에 들어갈 그림으로 알맞은 것은 무엇인가요? (①)

①
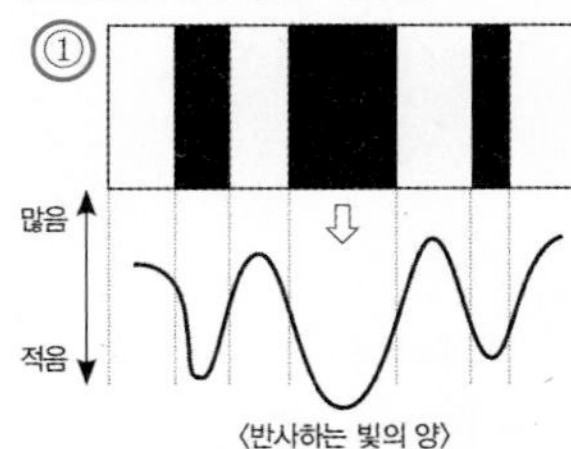

〈반사하는 빛의 양〉

②

흰색 막대와 검은색 막대 모두 반사하는 빛의 양이 적음.

③
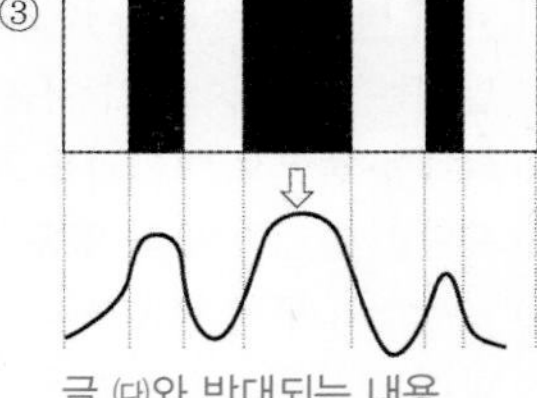
글 ㈐와 반대되는 내용

④
흰색 막대와 검은색 막대 모두 반사하는 빛의 양이 많음.

⑤
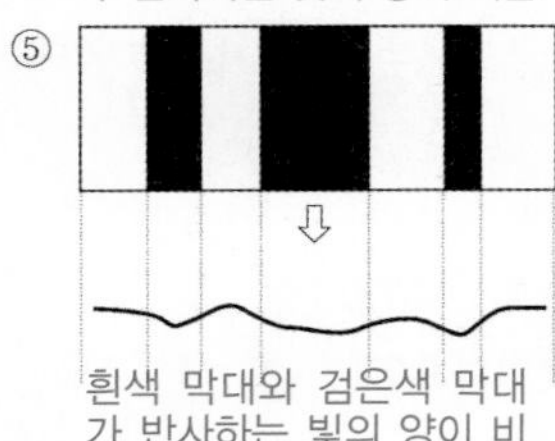
흰색 막대와 검은색 막대가 반사하는 빛의 양이 비슷함.

글 ㈐에서 바코드의 흰색 막대는 빛을 반사하고, 검은색 막대는 빛을 흡수하는 성질이 있다고 했습니다. 따라서 바코드에 강한 빛을 쬐면, 흰색 막대가 반사하는 빛의 양은 많고 검은색 막대가 반사하는 빛의 양은 적습니다. 이를 바르게 나타낸 그림은 ①입니다.

7 추론하기

큐아르 코드의 뜻과 특징, 장점

[보기]를 참고해 바코드와 큐아르 코드를 알맞게 비교하지 못한 것은 무엇인가요? (⑤)

> [보기] '큐아르(QR) 코드'는 빠른 응답을 얻을 수 있는 기호라는 뜻인데, 바코드를 한 단계 발전시킨 것이다. 여러 개의 막대로 이루어진 바코드와 달리, 큐아르 코드는 사각형 안에 불규칙한 무늬가 있는 모양이다. 바코드는 몇 가지 상품 정보만 기록할 수 있지만, 큐아르 코드는 상품 정보 이외에도 누리집, 사진 정보, 동영상 정보 등과 연결이 가능하다. 또한 스마트폰으로 큐아르 코드를 찍으면 누구나 여러 가지 정보를 쉽게 볼 수 있다는 장점도 있다.
>
> 큐아르 코드의 특징 ① / 큐아르 코드의 특징 ② / 큐아르 코드의 특징 ③
>
> 
> ▲ 큐아르 코드

① 바코드와 큐아르 코드는 모양이 다르다. → 바코드는 막대 모양, 큐아르 코드는 불규칙 무늬.
② 바코드를 한 단계 발전시킨 것이 큐아르 코드이다. → [보기]의 내용임.
③ 바코드와 큐아르 코드는 둘 다 정보를 담은 기호이다.
④ 큐아르 코드는 바코드보다 더 많은 정보를 담을 수 있다. → 바코드는 상품 정보, 큐아르 코드는 그 외 사이트, 사진, 동영상 정보 연결 가능
⑤ 바코드와 큐아르 코드는 모두 스캐너로만 정보를 확인한다.

이 글에서 바코드는 스캐너로 강한 빛을 쬐어 정보를 확인한다고 했습니다. 그리고 [보기]에서 큐아르 코드는 스캐너뿐 아니라 스마트폰으로도 정보를 확인한다고 했습니다.

1 주제 찾기

이 글의 제목으로 가장 적절한 것은 무엇인가요? (③)

① 춤의 역사
② 놀라운 발레
③ 발레의 역사
④ 아름다운 춤, 발레
⑤ 프랑스와 러시아의 발레 → 글 (다), (라)의 중심 내용

이 글은 발레가 어떻게 시작되고 변화했는지 알려 주는 글입니다. 따라서 이 글의 제목으로 가장 어울리는 것은 '발레의 역사'입니다.

2 세부 내용

이 글의 내용으로 알맞지 않은 것은 무엇인가요? (③)

① 발레는 이탈리아에서 처음 생겼다. → 글 (나)의 내용
② 발레는 춤으로 이야기를 표현하는 예술이다. → 글 (가)의 내용
③ 프랑스 발레는 무척 역동적이며 어려운 동작이 많았다.
④ 프랑스의 루이 14세가 다스리던 시절에 발레가 크게 발전했다. → 글 (다)의 내용
⑤ 발레는 시간이 흐르면서 공연 장소와 의상, 춤의 모습 등이 변했다. → 글 (라)의 내용

③의 내용은 글 (라)에서 확인할 수 있습니다. 다른 무용수를 들어 올리거나 한 발로 서서 도는 등 역동적인 동작이 많은 것은 '러시아 발레'입니다.

3 구조 알기

이 글의 짜임으로 알맞은 것은 무엇인가요? (②)

	처음	가운데	끝
①	(가)	(나)—(다)	(라)—(마)
②	(가)	(나)—(다)—(라)	(마)
③	(가)—(나)	(다)	(라)—(마)
④	(가)—(나)	(다)—(라)	(마)
⑤	(가)—(나)—(다)	(라)	(마)

이 글은 발레에 관한 설명문으로, 설명문은 '처음-가운데-끝'으로 구성되어 있습니다. 설명할 내용을 소개한 글 (가)는 처음 부분이며, 발레의 탄생과 변화에 대해 자세하게 설명한 글 (나)~(라)는 가운데 부분입니다. 또, 앞의 내용을 요약하며 발레 작품을 감상해 볼 것을 제안한 글 (바)는 끝부분에 해당합니다.

4 세부 내용

러시아 발레

㉠에 대한 설명으로 알맞지 않은 것은 무엇인가요? (②)

① 러시아를 중심지로 발전했다.
② 이전 발레와 달리 움직임이 적어 정적이었다.
③ 몸을 자유롭게 움직이기 위해 발레리나가 짧은 치마를 입었다.
④ 다른 무용수를 들어 올리거나 한 발로 서는 등 어려운 동작이 많았다.
⑤ 「잠자는 숲속의 미녀」, 「호두까기 인형」, 「백조의 호수」 등의 작품이 만들어졌다.

글 (라)에서 19세기 후반의 러시아 발레는 이전 발레와 달리 무척 역동적이라고 했습니다.

독해 정답	1. ③	2. ③	3. ②
	4. ②	5. ①	6. ①
	7. ⑤		

어휘 정답	
	1. (1) 역동적 (2) 용어 (3) 중심지 (4) 열정
	2. (1) 열정 (2) 역동적 (3) 용어 (4) 중심지
	3. (1) ㉤ (2) ㉮ (3) ㉰ (4) ㉱ (5) ㉯

5 구조 알기

글쓴이가 글 ㈏~㈑를 쓴 방법으로 알맞은 것은 무엇인가요? (①)

① 시간이나 공간의 순서에 따라 설명했다. → 순서의 짜임
② 두 대상의 공통점을 중심으로 설명했다. → 비교의 짜임
③ 두 대상의 차이점을 중심으로 설명했다. → 대조의 짜임
④ 하나의 주제에 대해 몇 가지 특성을 늘어놓았다. → 열거의 짜임
⑤ 해결할 문제와 그에 대한 해결 방법을 제시했다. → 문제와 해결의 짜임

글쓴이는 13세기 이탈리아의 사교춤에서 탄생한 발레가 16세기에 프랑스에 전해져 17세기에 크게 발전했다고 했습니다. 그리고 19세기에 발레의 중심지가 러시아로 옮겨 갔다고 하며 시간의 순서를 따라 설명하고 있습니다.

6 추론 하기

발레의 분류

이 글과 [보기]를 읽고 내용을 알맞게 이해하지 못한 것은 무엇인가요? (①)

[보기] 발레는 시기나 특징에 따라 다음처럼 구분하기도 한다.
- **궁정 발레:** 16세기 프랑스에 전해져서 17세기 초에 크게 발전한 시기의 발레. 궁정 발레는 궁전에서 열렸으며, 왕이나 왕족의 생일, 결혼식 등을 기념해 공연을 했다.
- **고전 발레:** 17세기 후반에 발레가 극장에서 공연될 때부터 19세기 말까지 행해진 발레. '클래식 발레'라고도 부른다.
- **낭만주의 발레:** 고전 발레 중에서도 19세기 초, 낭만주의가 유행하던 시대에 만들어진 발레이다.
- **모던 발레:** 20세기 이후의 현대 발레를 말한다.

① 13세기 이탈리아의 발레는 '궁정 발레'에 속한다.
② 19세기 후반의 러시아 발레는 '고전 발레'에 속한다. → 글 ㈑와 [보기]의 내용으로 추론
③ 낭만주의 발레 작품에는 요정이나 악마가 자주 나온다.
④ 루이 14세가 다스리던 시기의 발레는 '궁정 발레'에 속한다.
⑤ 낭만주의가 유행하던 시대에 만들어진 발레도 '고전 발레'에 해당한다.
(③~⑤ → 글 ㈐와 [보기]의 내용으로 추론)

[보기]에서 '16세기 프랑스에 전해져서 17세기 초에 크게 발전한 시기의 발레'를 궁정 발레라고 부른다고 했습니다. 따라서 13세기 이탈리아의 발레는 궁정 발레에 속하지 않습니다.

7 추론 하기

이 글을 읽고 더 알아볼 내용으로 알맞은 것은 무엇인가요? (⑤)

① 애니메이션 「잠자는 숲속의 미녀」를 감상해 봐야겠어.
② 옛날 왕과 귀족들이 열었던 연회에 대해 알아봐야겠어.
③ 루이 14세가 어떻게 프랑스를 다스렸는지 알아볼 거야.
④ 요정이나 악마가 등장하는 낭만주의 소설 작품을 찾아볼 거야.
⑤ 여자 무용수를 부르는 '발레리나' 같은 발레 용어에 대해 알아볼래.

더 알아볼 내용은 글과 관련이 있거나 글을 이해하는 데 도움이 되는 것이 알맞습니다. 발레의 역사를 다룬 글이므로, ⑤처럼 발레와 관련 있는 발레 용어를 알아보는 것이 알맞습니다. ①~④는 이 글과 관련이 없거나 적은 내용입니다.

2주 06회 공공 질서를 지켜야 하는 까닭 [32~35쪽]

1 주제 찾기

글쓴이의 의견으로 알맞은 것은 무엇인가요? (②)

① 기초 질서를 법으로 강제해야 한다.
②기초 질서를 지키려고 노력해야 한다.
③ 모든 사람이 한데 어울려 살아야 한다.
→ 글쓴이의 생각으로 볼 수 있지만 주장은 아님.
④ 지금보다 더 나은 사회를 만들어야 한다.
⑤ 방치된 건물의 유리창을 깨지 말아야 한다. → 두 번째 까닭의 예시

이 글에서 글쓴이의 의견은 1문단과 4문단에 나타나 있습니다. 글쓴이는 두 가지 까닭을 들어 기초 질서를 지키려고 노력해야 한다는 것을 주장하고 있습니다.

2 세부 내용

'기초 질서'에 대한 내용으로 알맞지 않은 것은 무엇인가요? (②)

① 사회 구성원으로서 지켜야 하는 약속이다. → 4문단의 내용
②지키지 않아도 아무런 처벌을 받지 않는다.
③ 모든 사람이 어울려 사는 세상을 만들기 위해서 필요하다. → 2문단의 내용
④ 기초 질서를 지키면 사회 질서를 유지해 혼란과 범죄 피해를 막을 수 있다. → 3문단의 내용
⑤ 사람들과 어울려 살면서 다른 사람에게 피해를 주지 않기 위해 지켜야 하는 질서이다. → 1문단의 내용

1문단에서 기초 질서는 법으로 강제하는 경우가 있다고 하였으므로, ②는 알맞지 않습니다.

3 세부 내용

다음과 관계있는 이론은 무엇인지 이 글에서 찾아 쓰세요.

> 한 사람이라도 사소한 기초 질서를 지키지 않으면 다른 사람들도 지키지 않게 되어 결국 범죄로 이어진다.

(깨진 유리창 법칙)

주어진 내용은 3문단에서 설명한 '깨진 유리창 법칙'을 정리한 내용입니다.

4 추론 하기

㉮에 들어갈 내용으로 알맞지 않은 것은 무엇인가요? (③)

① 정지선 지키기
② 지하철 에티켓 지키기
③공공시설에 전단지 붙이기
④ 스마트폰 보면서 다니지 않기
⑤ 공공장소에서 조용히 전화하기

㉮에는 기초 질서를 지키는 행동에 해당하는 내용이 들어가기에 알맞습니다. 하지만 공공시설에 전단지를 붙이는 것은 기초 질서를 지키는 행동이 아닙니다.

독해 정답	1. ② 2. ② 3. 깨진 유리창 법칙 4. ③ 5. ① 6. ④ 7. ③	어휘 정답	1. (1) ㉮ (2) ㉯ (3) ㉰ (4) ㉱ (5) ㉮ 2. (1) ㉮ (2) ㉯ (3) ㉰ (4) ㉮ 3. ①

5 어휘 어법

㉠~㉤ 중 쓰임이 알맞지 않은 낱말은 무엇인가요? (①)

① ㉠ ② ㉡ ③ ㉢ ④ ㉣ ⑤ ㉤

'틀리다'는 '계산이나 답, 사실 등이 맞지 않다.'라는 뜻입니다. ㉠은 사람들마다 생각이나 행동 방식이 모두 같지 않다는 뜻이므로, '두 개의 대상이 서로 같지 않다.'라는 뜻의 '다르다'로 고쳐야 합니다.

6 적용 창의

'깨진 유리창 법칙'의 예로 알맞은 것은 무엇인가요? (④)

① 사람이 붐비는 식당에 사람들이 더 몰린다. → 밴드 왜건 효과: 다른 소비자들의 소비를 따라가는 현상.

② 환자에게 가짜 약을 먹였는데 환자의 병이 나아졌다. → 플라세보 효과: 속임약을 썼을 때 환자가 진짜 약으로 믿어 좋은 반응이 나타나는 일.

③ 새로 산 바지에 어울리는 신발이 없다고 생각해 신발도 함께 샀다. → 디드로 효과: 소비자들이 상품을 사고 그와 관련이 있는 제품들을 구입하게 되는 일.

④ 한 사람이 공원 의자에 종이컵을 버린 뒤 며칠이 지나자 주변에 쓰레기가 수북이 쌓였다.

⑤ 부모가 공부를 지나치게 강요하면 반항하는 마음이 생겨 오히려 공부를 더 하지 않게 된다. → 부메랑 효과: 어떤 계획이나 행동이 의도한 것과 달리 부정적인 영향을 가져오는 일.

④는 종이컵을 버린 일이 주변에 쓰레기가 쌓이는 결과를 가져왔습니다. 사소한 기초 질서를 지키지 않아 무질서와 더 큰 범죄로 이어졌으므로, '깨진 유리창 법칙'의 예로 알맞습니다.

7 추론 하기

이 글을 바탕으로 [보기]를 알맞게 이해하지 못한 친구는 누구인가요? (③)

> [보기] 1990년대 미국 뉴욕시는 범죄 발생률이 높았다. 당시 뉴욕시의 시장이었던 줄리아니는 범죄 발생률을 줄이기 위해 시시 티브이(CCTV)를 설치하고 순찰을 늘리는 등 여러 가지 정책을 내놓았지만 범죄는 줄어들지 않았다. 그러자 줄리아니는 지하철역 안에 있는 낙서를 지우게 했고 쓰레기 몰래 버리기와 같은 가벼운 범죄를 강력하게 단속했다. 그러자 낙서를 지우기 시작한 지 3년 만에 범죄 발생 건수가 약 75퍼센트나 줄었고, 강력 범죄도 크게 줄었다.

→ 깨진 유리창의 법칙 활용 / 깨진 유리창 법칙의 효과

① 재준: 작은 변화로 큰 문제를 해결한 예야.
② 세영: 사소한 무질서라도 방치하지 말고 제때 단속해야 해.
→ 가벼운 범죄 단속으로 강력 범죄를 줄였음.
③ 민우: 가벼운 범죄와 강력 범죄를 해결하는 방법은 달라야 해.
④ 수정: 줄리아니 시장은 깨진 유리창 법칙을 이용해 뉴욕을 변화시켰어. → 이 글의 실제 사례인 [보기]의 사례에 대한 의견
⑤ 주환: 깨진 유리창 법칙이나 [보기]의 내용은 환경에 따라 사람들의 행동이 달라질 수 있다는 것을 보여 주고 있어. → 3문단과 [보기]의 내용을 바탕으로 짐작 가능.

[보기]는 미국 뉴욕시의 시장이었던 줄리아니가 '깨진 유리창 법칙'을 활용해 가벼운 범죄를 단속해 강력 범죄를 줄였다는 것을 알 수 있는 예입니다. 가벼운 범죄와 강력 범죄는 서로 연결되어 있으므로, 민우는 [보기]의 내용을 잘못 이해하였습니다.

글에서 가장 중요한 낱말

1 주제 찾기

이 글의 중심 글감은 무엇인가요? (①)

① 악성 댓글
② 사회 구성원
③ 포털 사이트
④ 인터넷의 장점
⑤ 인공 지능 기술

이 글에서 가장 중요한 낱말은 악성 댓글입니다.

2 세부 내용

이 글에서 알 수 없는 내용은 무엇인가요? (②)

① 악성 댓글의 뜻 → 글 ㈎의 내용
② 악성 댓글 처벌 사례
③ 사람들이 악성 댓글을 쓰는 까닭 → 글 ㈏의 내용
④ 악성 댓글 문제를 해결하는 방법 → 글 ㈐의 내용
⑤ 악성 댓글이 심각한 사회 문제가 되고 있는 상황 → 글 ㈎의 내용

이 글에서 악성 댓글을 쓴 사람을 처벌한 사례는 나오지 않습니다.

문단 전체의 내용을 대표하는 문장

3 구조 알기

㉠~㉤ 중 문단의 중심 문장에 해당하는 것은 무엇인가요? (③)

① ㉠ ② ㉡ ③ ㉢ ④ ㉣ ⑤ ㉤

㉢을 뒷받침하는 문장

글 ㈐에서 중요한 내용을 담고 있는 문장은 ㉢입니다.

4 세부 내용

악성 댓글 문제를 해결하기 위해 정부에서 해야 할 일을 두 가지 고르세요. (② , ④)

① 댓글 창을 없앤다. → 기업이 해야 할 일
② 악성 댓글과 관련한 교육을 마련한다.
③ 상대방의 입장에서 생각하는 태도를 가진다. → 개인이 해야 할 일
④ 악성 댓글을 막자는 내용의 캠페인을 벌인다.
⑤ 인공 지능 기술을 이용하여 악성 댓글을 찾아내서 없앤다. → 기업이 해야 할 일

글쓴이는 글 ㈐에서 악성 댓글 문제를 해결하기 위해서 정부는 악성 댓글을 막자는 내용의 캠페인을 벌이거나 관련 교육을 마련하는 등의 노력을 해야 한다고 하였습니다.

독해 정답			
	1. ①	2. ②	3. ③
	4. ②, ④	5. ⑤	6. ②
	7. ②		

어휘 정답	
	1. (1) ㉯ (2) ㉮ (3) ㉯ (4) ㉮
	2. (1) 처벌 (2) 마련 (3) 정착 (4) 비방
	3. ④

5 추론하기

이 글에 덧붙일 자료로 가장 알맞은 것은 무엇인가요? (⑤)

① 연령별 스마트폰 사용 시간을 나타낸 표

② 청소년 하루 평균 게임 시간을 나타낸 그래프 → 게임 중독과 관련한 문제에 적합함.

③ 각 나라별 인터넷 보급률 순위를 나타낸 그래프

④ 초등학생의 스마트폰 주요 이용 장소를 나타낸 표 → 초등학생 스마트폰 과다 사용과 관련한 문제에 적합함.

⑤ 최근 5년간 사이버 명예 훼손 발생 건수를 나타낸 표

①~④는 악성 댓글과 관계없는 내용의 자료입니다. 심각한 사회 문제가 되고 있는 악성 댓글의 피해와 관련한 자료로 알맞은 것은 ⑤입니다.

6 비판하기

(㉮ → 전문가의 말)

㉮에 대해 평가한 내용으로 알맞은 것은 무엇인가요? (②)

① 오래된 자료여서 믿기 어렵다. → 자료 발표 날짜는 제시되지 않았음.

② 전문가의 말을 인용해서 믿을 만하다.

③ 조사 결과가 분명하지 않아 믿기 어렵다. → 글에서 판단할 수 없음.

④ 글쓴이가 추측한 내용이어서 믿기 어렵다.

⑤ 악성 댓글을 쓴 경험이 있는 사람의 면담을 예로 들어서 믿을 만하다.

(④, ⑤ → ○○대 심리학과 박△△ 교수가 한 말임.)

㉮는 악성 댓글 문제와 관련하여 전문가의 말을 그대로 인용한 부분입니다. 전문가의 말은 믿을 만한 자료로, 읽는 이에게 신뢰감을 줍니다.

7 추론하기

([보기] → 이탈리아, 미국, 일본의 악성 댓글 대응 방법)

이 글과 [보기]를 읽고 알게 된 사실로 알맞은 것은 무엇인가요? (②)

[보기]
- 이탈리아는 악성 댓글로 인한 벌금이 최대 67억 원 정도이다.
- 미국의 한 뉴스 전문 방송사에서는 댓글 기능을 사용하지 않고 있다.
- 일본의 한 포털 사이트에서는 인공 지능이 악성 댓글의 정도를 판단해 일정 수준을 넘으면 자동적으로 댓글 창에 표시하지 않는다.

① 인터넷으로 다양한 정보를 빠르게 얻을 수 있다.

② 각 나라마다 악성 댓글에 대응하는 방법이 다르다.

③ 세계적으로 인터넷 사용자의 수가 점점 줄어들고 있다.

(①, ③ → [보기]는 인터넷이 아닌 악성 댓글에 대한 내용임.)

④ 다른 나라는 악성 댓글을 심각한 사회 문제로 생각하지 않는다. → [보기]의 나라들은 심각한 문제로 판단함.

⑤ 온라인으로 다른 나라 사람들과 소통하는 사람들이 늘어나고 있다.

글쓴이는 글 ㈎에서 우리나라는 악성 댓글이 범죄로 인정되는 경우 법으로 처벌하고 있다고 하였습니다. [보기]는 악성 댓글에 대한 이탈리아, 미국, 일본에서 악성 댓글을 대응하는 방법을 정리한 것입니다. 이를 통해 ②의 내용을 추론할 수 있습니다.

2주 08회 달이 지구에 미치는 영향 [40~43쪽]

1 구조 알기

이 글을 쓴 방법으로 알맞은 것은 무엇인가요? (③)

① 시간의 흐름에 따라 썼다.
② 장소의 변화에 따라 썼다. → 순서 짜임
③ 대상의 몇 가지 특성을 늘어놓았다. → 나열 짜임
④ 두 대상의 공통점과 차이점을 썼다. → 비교와 대조 짜임
⑤ 문제 상황을 쓴 뒤 해결 방안을 썼다. → 문제와 해결 짜임

이 글은 달이 지구에 미치는 영향을 세 가지로 늘어놓으면서 설명하고 있습니다.

2 세부 내용

달에 대한 설명으로 알맞은 것을 두 가지 고르세요. (②, ③)

① 태양 주위를 돈다.
② 지구에서 가장 가까운 천체이다.
③ 지구에 사계절의 변화를 만든다.
④ 해마다 지구와 조금씩 ~~가까워지고~~ 멀어지고 있다.
⑤ 23.5도 정도 기울어진 채로 자전을 한다. → 지구

글쓴이는 글 ㈎와 ㈏에서 지구에서 가장 가까운 천체인 달이 지구의 공전에 영향을 미쳐 사계절의 변화를 만든다고 하였습니다.

3 주제 찾기

㉠~㉤ 중 글의 중심 내용을 담고 있는 문장은 무엇인가요? (①) (중심 문장)

① ㉠ ② ㉡ ③ ㉢ ④ ㉣ ⑤ ㉤

㉠은 글 ㈎의 중심 문장입니다. ㉡~㉤은 각 문단의 뒷받침 문장들입니다.

4 세부 내용

달 때문에 일어나는 현상이 아닌 것은 무엇인가요? (⑤)

① 밀물 → 글 ㈐에서 확인 가능. ② 썰물 → 글 ㈐에서 확인 가능. ③ 일식 → 글 ㈑에서 확인 가능.
④ 월식 → 글 ㈑에서 확인 가능. ⑤ 지진

글 ㈐에서는 달이 밀물과 썰물을 일어나게 하고, 글 ㈑에서는 달이 일식과 월식에 영향을 미친다고 하였습니다.

독해 정답			
	1. ③	2. ②, ③	3. ①
	4. ⑤	5. ④	6. ④
	7. ②		

어휘 정답

1. ② 2. (1) 천체 (2) 일직선 (3) 주기 (4) 미친다 (5) 일정

3. (1) ㉯ (2) ㉰ (3) ㉮ (4) ㉱ (5) ㉲

5 추론하기

㉮에 들어갈 알맞은 낱말은 무엇인가요? (④)

① 결코 → '~않다'와 호응 ② 마치 → '~처럼'과 호응 ③ 비록 → '~지만'과 호응

④만약 → '~라면'과 호응 ⑤ 왜냐하면 → '~때문이다'와 호응

㉮의 뒷부분에 '~이 없다면'이 나오는 것으로 보아, ㉮에는 '~라면'과 함께 쓰이는 '만약'이 들어가는 것이 알맞습니다.

6 추론하기

글 ㈏를 읽고 짐작할 수 있는 사실은 무엇인가요? (④)

① 달은 지구보다 작다.

② 달은 아주 오래 전에 생겨났다.

③ 달은 스스로 빛을 내지 못한다.

④달은 지구의 기후에 영향을 미친다.

⑤ 달은 한 달을 주기로 모습이 변한다.

글 ㈏에서 달이 없다면 사계절이 생기지 않고 날씨의 변화도 심해질 것이라는 내용을 통해 달이 지구의 기후에 영향을 미친다는 사실을 짐작할 수 있습니다.

7 적용창의

밀물과 썰물이 우리에게 주는 도움.

[보기]를 참고할 때, 달이 사라지면 일어날 일로 알맞지 않은 것은 무엇인가요? (②)

> [보기] 밀물과 썰물이 활발하게 일어나는 지역에서는 갯벌이 발달한다.(밀물과 썰물의 역할 ①)「갯벌은 오염된 바다를 깨끗하게 해 줄 뿐 아니라 다양한 종류의 생물들이 살아갈 수 있는 터전이 된다.」 또한 밀물과 썰물의 차이를 이용하여 전기를 생산하는 조력 발전소를 세울 수도 있다.(밀물과 썰물의 역할 ②) 조력 발전소는 바닷물의 힘을 이용하기 때문에 환경에 해를 끼치지 않는다.

「 」: 갯벌의 역할

① 조력 발전이 불가능할 것이다.

②전기를 생산할 수 없을 것이다.

③ 갯벌이 마르거나 사라질 것이다. → 밀물과 썰물이 사라진 결과임.

④ 바다 생태계에 큰 변화가 생길 것이다.

⑤ 오염된 바다를 깨끗하게 할 수 없을 것이다.

→ ④, ⑤: 갯벌이 사라진 결과임.

[보기]는 밀물과 썰물이 인간에게 주는 도움에 대해 설명한 글입니다. 그러나 달이 사라진다면 밀물과 썰물이 사라져 조력 발전소를 세우지 못하는 것이지 전기 자체를 생산하지 못하는 것은 아닙니다.

1 주제 찾기

이 글의 제목으로 알맞은 것은 무엇인가요? (④)

① 교통 문제를 해결할 방법
② 미래 교통수단의 장점과 단점 → 글에 장점은 제시되었지만 중심 내용은 아님.
③ 친환경 에너지 개발의 필요성
④ 미래에 이용할 교통수단의 종류
⑤ 통신수단의 발달이 우리 생활에 가져올 변화 → 글 (마)의 중심 내용

이 글은 미래에 우리가 이용하게 될 교통수단에 대해 설명한 글입니다. 따라서 글의 제목으로는 ④가 알맞습니다.

2 세부 내용

이 글의 내용과 일치하지 않는 것은 무엇인가요? (③)

① 하이퍼루프는 비행기보다 빠르다. → 글 (다)의 내용
② 드론 택시는 활주로가 없어도 이륙할 수 있다. → 글 (나)의 내용
③ 하이퍼루프를 움직이려면 많은 에너지가 필요하다.
④ 새로운 교통수단의 개발로 여러 가지 사회 문제들이 해결될 것이다. → 글 (마)의 내용
⑤ 드론은 사람이 직접 조종하지 않고 먼 거리에서 전파로 조종하여 움직일 수 있다. → 글 (나)의 내용

글 (다)에서 하이퍼루프는 에너지 소비가 적다고 하였으므로, 하이퍼루프를 움직이기 위해 많은 에너지가 필요하다는 내용은 알맞지 않습니다.

3 구조 알기

이 글의 짜임으로 알맞은 것은 무엇인가요? (①)

	처음	가운데	끝
①	(가)	(나)─(다)─(라)	(마)
②	(가)	(나)─(다)	(라)─(마)
③	(가)─(나)	(다)─(라)	(마)
④	(가)─(나)	(다)	(라)─(마)
⑤	(가)─(나)─(다)	(라)	(마)

글 (가)는 처음 부분, 글 (나)~(라)는 가운데 부분, 글 (마)는 끝부분에 해당합니다.

4 세부 내용

드론 택시의 장점으로 알맞은 것은 무엇인가요? (③)

① 소음이 없다. → 하이퍼루프의 장점
② 운전자가 다른 일을 할 수 있다. → 자율 주행 자동차의 장점
③ 지금보다 이동 시간이 짧아진다.
④ 태양열을 사용하여 친환경적이다. → 하이퍼루프의 장점
⑤ 몸이 불편한 사람도 자유롭게 이동할 수 있다. → 자율 주행 자동차의 장점

글 (나)에서 드론 택시는 하늘을 날아다니기 때문에 지금보다 이동 시간이 짧아진다고 하였습니다.

독해 정답		
1. ④	2. ③	3. ①
4. ③	5. ④	6. ①
7. ②		

어휘 정답

1. (1) 원격 (2) 초고속 (3) 이륙하다 (4) 배출하다 (5) 조종하다
2. (1) ㉣ (2) ㉢ (3) ㉡ (4) ㉠ (5) ㉤ 3. ③

5 구조 알기

글 ㈎~㈐ 중 다음 문장을 덧붙이기에 알맞은 문단은 무엇인가요? (④)

> 하지만 사고가 났을 때 사람이 운전하지 않은 경우 사고의 책임이 누구에게 있는지가 분명하지 않고, 운전과 관계된 다양한 직업이 사라질 수 있다는 단점도 있다. → 자율 주행 자동차의 단점

① 글 ㈎ ② 글 ㈏ ③ 글 ㈐ ④ 글 ㈑ ⑤ 글 ㈒

주어진 내용은 사람이 운전하지 않은 경우의 책임 문제와 운전과 관련한 직업이 사라질 수 있다는 자율 주행 자동차를 이용했을 때의 단점입니다. 따라서 자율 주행 자동차에 대한 내용을 다룬 글 ㈑에 덧붙이기에 알맞습니다.

6 비판하기

이 글을 읽고 난 반응으로 알맞지 않은 것은 무엇인가요? (①)

① 드론 택시는 자석의 원리를 이용해 친환경적이야.
② 하이퍼루프를 이용하면 환경 오염을 줄일 수 있겠구나. → 태양열 전기를 사용함.
③ 바람이 많이 부는 날에는 드론 택시를 이용하기 힘들 수도 있겠어. → 바람의 영향을 많이 받음.
④ 하이퍼루프는 워낙 속도가 빠르기 때문에 무엇보다 안전성이 보장되어야 해. → 비행기보다 빠름.
⑤ 자율 주행 자동차를 이용하면 운전 미숙이나 졸음운전으로 인한 사고를 막을 수 있어. → 운전자가 운전하지 않음.

드론 택시는 전기를 이용하기 때문에 온실가스를 거의 배출하지 않아 친환경적입니다. 자석의 원리를 이용한 것은 하이퍼루프입니다.

7 추론하기

이 글에 나온 미래의 교통수단과 [보기]에 나온 교통수단의 공통점은 무엇인가요? (②) ([보기]에 나온 교통수단 → 태양광 자동차)

> [보기] 전 세계적으로 환경 문제에 대한 관심이 높아지면서 태양열을 연료로 하는 태양광 자동차가 개발되었다. 태양광 자동차는 태양 에너지를 사용해 달리는 자동차로, 연료비가 들지 않으며 이산화 탄소를 배출하지 않아 환경에도 좋고 소음이 없다. 하지만 가격이 비싸고 밤이나 비가 오는 날에는 충전하기 어려울 수 있다.
>
> (연료비가 들지 않으며 ~ 소음이 없다 → 태양광 자동차의 장점 / 가격이 비싸고 ~ 어려울 수 있다 → 태양광 자동차의 단점)

① 연료가 같다. → 하이퍼루프만 해당함.
② 친환경적이다.
③ 속도가 빠르다.
④ 운전하기가 까다롭다. → 드론 택시만 해당함.
⑤ 날씨에 영향을 받지 않는다.

드론 택시, 하이퍼루프는 모두 수소 연료와 태양열 전기를 사용하기 때문에 온실가스를 배출하지 않아 친환경적입니다. [보기]에 나온 태양광 자동차도 이산화 탄소를 배출하지 않는 친환경적인 자동차입니다.

풍물놀이와 사물놀이 [48~51쪽]

1 주제 찾기

글쓴이가 이 글을 쓴 목적은 무엇인가요? (③)

① 전통문화 체험 행사를 소개하기 위해서
② 사물놀이와 풍물놀이의 종류를 소개하기 위해서
③ 사물놀이와 풍물놀이의 차이점을 알려 주기 위해서
④ 사물놀이와 풍물놀이의 공통점을 알려 주기 위해서 → 이 글에 공통점은 나타나지 않음.
⑤ 우리의 전통문화를 전 세계에 알리자고 주장하기 위해서 → 이 글은 설명하는 글임.

이 글은 사물놀이와 풍물놀이가 어떻게 다른지 설명하기 위해서 쓴 글입니다.

2 세부 내용

이 글의 내용과 일치하는 것을 두 가지 고르세요. (③ , ④)

① 사물놀이는 '농악'이라고도 불린다. → 풍물놀이에 대한 내용임.
② 사물놀이는 연주와 노래, 춤 등이 함께 어우러진다. → 풍물놀이에 대한 내용임.
③ 사물놀이는 풍물놀이와 연주 장소, 연주 형태가 다르다. → 글 (라)에서 확인 가능
④ 사물놀이는 풍물놀이를 실내에서 연주하기 적합하게 바꾼 것이다. → 글 (가)에서 확인 가능
⑤ 사물놀이는 전체 연주자 수가 많으며, 때에 따라 연주자 수가 달라질 수 있다. → 풍물놀이에 대한 설명임.

사물놀이는 실내에서 연주하기 적합하도록 풍물놀이의 형태를 바꾼 것으로, 풍물놀이와 연주할 때 사용하는 악기 수, 연주 인원, 연주 장소와 형태, 연주 시간이 다릅니다.

3 구조 알기

다음과 같은 방법으로 쓴 문단은 무엇인가요? (①)

> 설명 대상을 밝히고 설명 대상의 개념을 자세히 풀어서 설명해 주었다.

① 글 (가)　② 글 (나)　③ 글 (다)　④ 글 (라)　⑤ 글 (마)

(②~④: 가운데 부분, ⑤: 끝부분)

읽는 사람의 흥미를 끄는 내용을 쓰고, 설명 대상을 밝히는 것은 설명하는 글의 처음 부분에 해당합니다. 이 글에서는 글 (가)가 처음 부분에 해당합니다.

4 추론 하기

㉠에 들어갈 알맞은 말은 무엇인가요? (②)

① 악기를 만드는 재료
② 사용되는 악기의 수
③ 악기를 연주하는 때
④ 사용되는 악기의 역할
⑤ 악기를 연주하는 방법

㉠ 뒷부분에 풍물놀이는 다양한 악기를 사용하고 악기의 종류를 더하거나 뺄 수도 있지만 사물놀이는 네 가지 타악기만을 사용한다는 내용이 이어지고 있습니다. 이로 보아, ㉠에는 사용되는 악기의 수가 들어가기에 알맞습니다.

독해 정답	1. ③	2. ③, ④	3. ①
	4. ②	5. ④	6. ③
	7. ㉯		

어휘 정답	1. (1) ㉰ (2) ㉯ (3) ㉱ (4) ㉲ (5) ㉮
	2. (1) 고유 (2) 적합 (3) 인원 (4) 기원
	3. ①

5 세부 내용

사물놀이에 사용하는 악기가 아닌 것은 무엇인가요? (④)

① 북 ② 징 ③ 장구
④ 소고 ⑤ 꽹과리

사물놀이에 사용하는 악기는 글 ㈏에 나타나 있습니다. 사물놀이는 꽹과리, 징, 장구, 북의 네 가지 타악기만을 사용합니다.

6 추론하기

이 글과 [보기]를 참고해 사물놀이와 풍물놀이에 대해 알맞게 이해한 친구는 누구인가요? (③)

> [보기] 사물놀이는 1978년 서울의 소극장에서 한 풍물패가 공연을 하면서 시작되었다. 1970년대 들어 농촌에서 풍물놀이가 점차 사라지는 것을 막기 위해 김덕수, 김용배, 최태현, 이종대 네 사람이 풍물놀이에 사용되었던 악기 중에서 꽹과리, 장구, 징, 북만 사용해 무대 위에서 연주한 것이 최초의 사물놀이였다. 사물놀이의 탄생
> 사물놀이는 1982년 일본에서 공연을 하면서부터 전 세계에 알려지기 시작해 지금은 우리나라를 대표하는 세계적인 음악이 되었다.

① 유진: 풍물놀이는 종류가 많지만 사물놀이는 종류가 많지 않아.
② 민주: 풍물놀이와 사물놀이를 통해 조상의 지혜를 엿볼 수 있어. → 글과 [보기]에 나타나지 않음.
③ 주혁: 풍물놀이의 역사는 오래되었지만 사물놀이의 역사는 오래되지 않았어.
④ 채원: 풍물놀이와 사물놀이는 모두 농사가 잘되기를 바라는 마음에서 시작했어. → 풍물놀이에만 해당함.
⑤ 성찬: 사물놀이는 일부 지역에서만 행해졌지만 풍물놀이는 전국 어디에서나 행해졌어. → 지역의 차이는 나타나지 않음.

풍물놀이는 우리 조상들이 옛날부터 즐겼지만 사물놀이는 1978년에 처음으로 시작되었으므로, 사물놀이와 풍물놀이에 대해 바르게 이해한 친구는 주혁입니다.

7 적용 창의

글쓴이가 [보기]에 대해 보인 반응으로 가장 알맞은 것의 기호를 쓰세요.

> [보기] 난타는 1997년 10월, 한 공연장에서 처음 공연된 이후 전 세계적으로 많은 사랑을 받고 있는 우리나라의 자랑스러운 뮤지컬 작품이다. 난타는 고급 음식점 주방에서 일하는 요리사들에 대한 이야기로, 말 대신 칼, 도마, 냄비, 프라이팬 등 여러 도구를 두드려 내용을 전달하고 있다. 난타는 우리의 전통문화인 사물놀이의 신나는 리듬을 발전시켰다는 평가를 받고 있다. 사물놀이와의 연관성

㉮ 전통 국악 공연이 점점 사라지고 있어 아쉬워. → 난타는 뮤지컬 작품임.
㉯ 사물놀이는 지금도 끊임없이 변화를 시도하고 있구나.
㉰ 사물놀이도 좁은 무대가 아닌 넓은 야외에서 공연을 하는 것이 좋겠어. → 난타는 실내 공연임.

(㉯)

글 ㈓에서 지금도 사물놀이는 다른 국악기나 서양 음악과 협연하는 등 발전하기 위해 노력하고 있다고 한 것으로 보아, 글쓴이는 사물놀이의 변화에 대해 긍정적으로 생각합니다. 따라서 사물놀이의 신나는 리듬을 잘 발전시켰다는 평가를 받는 난타 공연에 대한 글을 읽고 떠올린 생각으로 알맞은 것은 ㉯입니다.

1 주제 찾기

글쓴이의 주장으로 알맞은 것은 무엇인가요? (②)

① 거짓말을 해서는 안 된다.
② 선의의 거짓말은 꼭 필요하다.
③ 선의의 거짓말을 해서는 안 된다. → 글쓴이의 주장과 반대되는 내용임.
④ 거짓말은 때를 가려서 해야 한다.
⑤ 선의의 거짓말은 특별한 상황에만 해야 한다. → 글쓴이의 주장을 뒷받침하는 근거임.

글쓴이의 주장은 이 글의 1문단과 마지막 문단에 드러나 있습니다. 글쓴이는 1문단과 4문단에서 선의의 거짓말이 우리 삶에 꼭 필요하다고 말했습니다.

2 세부 내용

선의의 거짓말에 대한 내용으로 알맞지 않은 것은 무엇인가요? (⑤)

① 도덕 규범을 넘어서는 특징이 있다. → 3문단의 내용
② 상대방의 유익을 위해 하는 거짓말이다. → 2문단의 내용
③ 지나치게 사용하면 신뢰감을 떨어뜨린다. → 4문단의 내용
④ 선하고 좋은 의도를 가지고 하는 거짓말이다. → 1문단의 내용
⑤ 자신의 이익이나 목적을 위해 하는 거짓말이다.

⑤는 상대방의 유익을 위해서 하는 선의의 거짓말과 반대되는 내용입니다. 글쓴이는 2문단에서 선의의 거짓말과 비교하기 위해 자신의 이익이나 목적을 위해 하는 거짓말을 언급했습니다.

3 구조 알기

예시

㈎ 부분에서 사용한 설명 방법은 무엇인가요? (①)

① 구체적인 예를 들어 설명하고 있다.
② 일의 차례에 따라 순서대로 설명하고 있다. → 과정
③ 용어의 개념을 자세히 풀어서 설명하고 있다. → 정의
④ 기준에 따라 같은 것끼리 묶어서 설명하고 있다. → 구분
⑤ 두 대상의 같은 점과 다른 점을 서로 비교하고 있다. → 비교와 대조

글쓴이는 난치병 환자에게 병을 알려야 하는 의사의 예를 들어 선의의 거짓말이 꼭 필요한 까닭을 설명하고 있습니다.

4 추론 하기

이 글에 덧붙일 근거로 알맞지 않은 것의 기호를 쓰세요.

㉮ 선의의 거짓말과 나쁜 거짓말을 분명하게 나눌 수 없기 때문이다.
㉯ 다른 사람들과의 사이를 부드럽게 만들어 주는 역할을 하기 때문이다.
㉰ 선의의 거짓말을 하는 것은 전 세계가 공통으로 가지고 있는 관습이기 때문이다.

→ 선의의 거짓말이 필요하다는 입장 (㉯, ㉰)

(㉮)

이 글은 '선의의 거짓말이 꼭 필요하다.'는 주장을 담은 글입니다. 그러나 ㉮는 '선의의 거짓말이라도 해서는 안 된다.'는 입장에 알맞은 근거입니다.

독해 정답			
	1. ②	2. ⑤	3. ①
	4. ㉮	5. ③	6. ②
	7. ⑤		

어휘 정답	
	1. (1) ㉰ (2) ㉱ (3) ㉯ (4) ㉮ (5) ㉰
	2. (1) ㉮ (2) ㉯ (3) ㉯ (4) ㉮
	3. ①

5
세부 내용

다음 빈칸에 들어갈 알맞은 낱말은 무엇인가요? (③)

> [ ] 효과는 환자가 밀가루나 설탕으로 만든 약을 진짜 약으로 알고 먹었을 때 병세가 좋아지는 현상이다. 가짜 약

① 거짓말 ② 쉰들러 ③ 플라세보
④ 도덕규범 ⑤ 하얀 거짓말

주어진 내용은 글쓴이가 선의의 거짓말이 필요한 까닭으로 들었던 첫 번째 이유에 나타나 있습니다. 플라세보 효과는 환자가 가짜 약을 진짜 약으로 알고 먹었을 때 병세가 좋아지는 현상을 뜻합니다.

6
어휘 어법

과유불급

㉠의 뜻으로 알맞은 것은 무엇인가요? (②)

① 많으면 많을수록 좋음. → 다다익선(多多益善)
② 무엇이든 지나친 것은 좋지 않음.
③ 좋은 일에 또 좋은 일이 더 일어남. → 금상첨화(錦上添花)
④ 미리 준비해 놓으면 걱정할 것이 없음. → 유비무환(有備無患)
⑤ 상대방의 능력이나 성과가 놀랄 정도로 매우 좋아짐. → 괄목상대(刮目相對)

수능 연계

7
적용 창의

자라의 거짓말

이 글을 참고해 [보기] 속 인물의 행동에 대해 알맞게 말한 것은 무엇인가요? (⑤)

> [보기] 『별주부전』에서 자라는 용왕의 병에 효험이 있다는 토끼의 간을 구하기 위해 토끼에게 높은 벼슬을 준다고 속여서 용궁으로 데려갔다. 용궁에 도착한 토끼는 자신이 자라에게 속은 것을 알고 간을 빼 놓고 왔다는 거짓말로 목숨을 잃을 뻔한 위기에서 벗어나 다시 육지로 돌아갈 수 있었다. 글쓴이의 두 번째 근거에 해당함.

① 자라는 높은 벼슬을 얻으려고 선의의 거짓말을 한 거야. → 자라는 용왕의 병을 고치기 위해 거짓말을 한 것임.
② 토끼는 자신이 용왕을 구할 수 없다고 생각해서 진실을 말했어. → 토끼는 자신의 목숨을 구하려고 거짓말을 한 것임.
③ 토끼는 자신을 위해 거짓말을 한 것이므로 선의의 거짓말이라고 볼 수 없어. → 자신을 위해 한 것이지만 목숨이 달린 특별한 상황임.
④ 자라는 결국 용왕의 병을 고치지 못했으니 선의의 거짓말이라고 할 수 없어. → 자라는 용왕을 위해 거짓말을 했으므로, 선의의 거짓말임.
⑤ 토끼는 목숨을 잃을 뻔한 상황에서 한 거짓말이므로, 선의의 거짓말이라고 할 수 있어.

[보기]는 『별주부전』의 줄거리로, 자라와 토끼가 한 거짓말이 나타나 있습니다. 3문단에서는 도덕적인 규범을 넘어서는 예외적인 상황에서는 선의의 거짓말이 필요하다고 했습니다. 따라서 죽음을 앞둔 상황에서 한 토끼의 거짓말은 선의의 거짓말이라고 할 수 있습니다.

돈의 탄생 [58~61쪽]

1 세부 내용

이 글의 내용과 일치하지 않는 것은 무엇인가요? (③)

① 육천 년 전에 인류는 농사를 짓기 시작했다. → 글 ㈏의 내용

② 먼 옛날 인류는 사냥을 하며 동굴에서 살았다. → 글 ㈎의 내용

③ 사람들이 금속을 다루게 되면서 물품 화폐가 생겨났다. → 금속 사용 후 금속 화폐 등장

④ 물건과 물건을 서로 교환하는 것을 물물 교환이라고 한다. → 글 ㈏의 내용

⑤ 지중해 연안에서는 소금이 풍부해 소금을 물품 화폐로 썼다. → 글 ㈐의 내용

사람들이 금속을 다루게 되면서 생겨난 것은 금속 화폐입니다. 물품 화폐가 생겨난 것은 물물 교환을 하면서 불편한 점이 생겼기 때문입니다.

2 구조 알기

돈이 생겨난 차례에 맞게 정리한 것은 무엇인가요? (⑤)

① 물품 화폐 → 물물 교환 → 금속 화폐 → 동전과 지폐

② 물물 교환 → 금속 화폐 → 물품 화폐 → 동전과 지폐

③ 금속 화폐 → 물물 교환 → 동전과 지폐 → 물품 화폐

④ 동전과 지폐 → 물품 화폐 → 물물 교환 → 금속 화폐

⑤ 물물 교환 → 물품 화폐 → 금속 화폐 → 동전과 지폐

돈이 생겨난 차례를 정리하면 글 ㈏ 물물 교환 → 글 ㈐ 물품 화폐 → 글 ㈑ 금속 화폐 → 글 ㈑ 동전과 지폐 순입니다.

3 세부 내용

물물 교환이 쉽지 않았던 까닭

㉠의 까닭으로 알맞은 것의 기호를 쓰세요.

㉮ 내가 가진 물건과 바꾸려는 사람이 너무 많아서 → 물물 교환이 쉬워짐.

㉯ 물건을 사거나 팔 때 물품 화폐를 쓰려는 사람이 많아서 → 물품 화폐에 대한 내용임.

㉰ 물건을 바꾸려는 사람들 사이에 물건의 값어치에 대한 생각이 달라서

(㉰)

㉠의 까닭은 ㉠ 뒷부분의 내용에 나타나 있습니다. 물물 교환이 쉽지 않았던 것은 자신이 가지고 있는 물건을 바꾸려는 사람을 만나지 못하거나 물건을 바꾸려는 사람들 사이에 물건값에 대한 생각이 달랐기 때문입니다.

4 구조 알기

이 글의 짜임을 나타낸 그림으로 알맞은 것은 무엇인가요? (①)

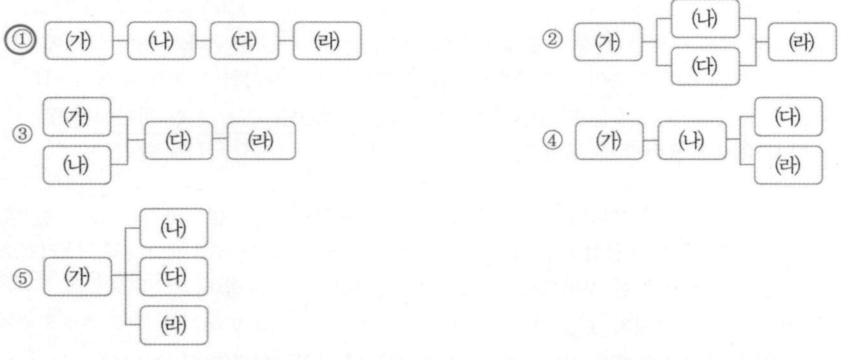

이 글은 원시 시대부터 오늘날까지 돈이 어떻게 생겨났는지 시간의 흐름에 따라 쓴 글입니다. 글 ㈎~㈑는 돈이 필요하지 않던 원시 시대부터 물물 교환, 물품 화폐, 금속 화폐, 동전과 지폐에 이르기까지 돈의 진화를 차례대로 설명하고 있습니다. 따라서 이를 그림으로 알맞게 표현한 것은 ①입니다.

독해 정답			
	1. ③	2. ⑤	3. ㉰
	4. ①	5. ⑤	6. ④
	7. ⑤		

어휘 정답	
	1. (1) 풍부 (2) 거래 (3) 진화 (4) 수확
	2. (1) 수확 (2) 풍부 (3) 거래
	3. (1) ㉯ (2) ㉮ (3) ㉰

5 주제 찾기

글 ㈎~㈑의 중심 내용으로 알맞은 것은 무엇인가요? (⑤)

① 글 ㈎: 원시 시대의 화폐 → 돈이 필요없던 원시 시대
② 글 ㈏: 금속 화폐의 등장 → 글 ㈑의 내용
③ 글 ㈐: 물물 교환의 시작 → 글 ㈏의 내용
④ 글 ㈑: 다양한 물품 화폐의 출현 → 글 ㈐의 내용
⑤ 글 ㈑: 금속 화폐의 출현과 화폐의 진화

이 글은 우리가 쓰는 동전과 지폐 같은 화폐가 어떻게 생겨나고 발전해 왔는지 설명하는 글입니다. 글 ㈎는 돈이 필요없던 원시 시대, 글 ㈏는 물물 교환의 시작, 글 ㈐는 다양한 물품 화폐의 출현, 글 ㈑는 금속 화폐의 출현과 화폐의 진화에 대해 설명하고 있습니다.

6 구조 알기

이 글에서 [보기]의 내용이 들어갈 곳은 어디인가요? (④) — 물품 화폐의 예

> [보기] 기록에 나오는 최초의 돈은 중국에서 물품 화폐로 쓴 '자안패'라는 조개껍데기였다. 자안패는 더운 지방에서 나는 귀한 조개로, 중국뿐 아니라 아시아와 아프리카에서도 널리 쓰였다.

① 글 ㈎의 앞　② 글 ㈎의 뒤　③ 글 ㈏의 뒤
④ 글 ㈐의 뒤　⑤ 글 ㈑의 뒤

[보기]는 최초의 돈으로 기록된 자안패에 대한 글입니다. 자안패는 물품 화폐로 쓰인 조개껍데기였으므로, 이 글은 물품 화폐에 대해 설명하고 있는 글 ㈐의 뒤에 들어가는 것이 알맞습니다.

7 추론 하기

이 글의 독자가 [보기]에 대해 보인 반응으로 알맞은 것은 무엇인가요? (⑤)

> [보기] 남태평양의 얍섬에서는 어른 키보다 큰 돌의 한가운데에 작은 구멍을 뚫어서 돈으로 썼다. 이 돌은 크고 무거웠기 때문에 직접 주고받을 수 없었다. 그래서 옷감을 사면 옷감을 판 사람에게 "이제 우리 집 마당의 돌은 당신 것입니다."라고 말하면 돈을 준 것이 되었다. 즉, 돌은 주인이 바뀐 채 원래 자리에 그대로 있는 것이다.
> (화폐로서의 기능)

① 돌은 크고 무거워서 주고받을 수 없으니 화폐라고 할 수 없어. → 주인이 바뀌었음.
② 돌을 주고받으면서 주인이 바뀌었으니 돌은 금속 화폐라고 해야 해. → 돌은 물품 화폐임.
③ 옷감과 돌을 바꾸었으니 물품 화폐가 아니라 물물 교환이라고 해야 해. → 돌은 물품 화폐임.
④ 아무리 주인이 바뀌어도 돌이 그대로 있으니 물품 화폐라고 볼 수 없겠어. → 주인이 바뀌는 것이 주고받는 것임.
⑤ 옷감을 살 때 돈으로 쓴 돌이 물품 화폐였네. 물품 화폐의 종류는 다양했구나.

[보기]는 돌을 돈으로 사용한 남태평양의 얍섬에 대한 글입니다. 글 ㈐에서는 돌처럼 돈으로 사용하는 물건을 물품 화폐라고 했으므로, 이를 알맞게 이해한 것은 ⑤입니다.

1 주제 찾기

이 글을 쓴 까닭으로 알맞은 것은 무엇인가요? (③)

① 비눗물을 빨리 만드는 방법을 설명하기 위해
② 비눗방울을 크게 부는 방법을 알려 주기 위해
③ 비눗방울의 원리와 이용하는 예를 설명하기 위해
④ 비눗방울이 잘 안 터지게 하는 방법을 알려 주기 위해
⑤ 한 번에 여러 개의 비눗방울을 만드는 원리를 설명하기 위해

글쓴이는 글 ㈎에서 비눗방울 속에 숨은 과학적 비밀을 알아보자고 하며 비눗방울의 과학적 원리와 그 이용 예를 자세히 설명하고 있습니다.

2 세부 내용

이 글의 내용으로 알맞지 않은 것은 무엇인가요? (④)

① 비눗방울은 표면 장력 때문에 공 모양으로 만들어진다. → 글 ㈏의 내용
② 과학자들은 비누막 구조를 건물을 짓는 데 활용하고 있다. → 글 ㈒의 내용
③ 표면 장력은 액체의 표면에서 겉넓이를 작게 만들려는 힘이다. → 글 ㈐의 내용
④ 풀잎에 이슬이 동그란 모양으로 맺히는 것은 비누막 구조 때문이다. → 표면 장력
⑤ 플라토는 이웃하는 2개의 비누막이 이루는 각도가 120도라는 것을 발견했다. → 글 ㈑의 내용

글 ㈐에서 풀잎에 이슬이 동그랗게 맺히는 것은 표면 장력 때문이라고 했습니다.

3 구조 알기

이 글의 짜임으로 알맞은 것은 무엇인가요? (③)

	처음	가운데	끝
①	㈎	㈏—㈐	㈑—㈒—㈓
②	㈎	㈏—㈐—㈑	㈒—㈓
③	㈎	㈏—㈐—㈑—㈒	㈓
④	㈎—㈏	㈏—㈐	㈒—㈓
⑤	㈎—㈏	㈐—㈑—㈒	㈓

이 글은 비눗방울에 숨어 있는 과학적 원리를 설명한 글입니다. 글 ㈎는 처음 부분, 글 ㈏~㈒는 가운데 부분, 글 ㈓는 끝부분입니다.

4 세부 내용

다음 중 비누막 구조가 아닌 것은 무엇인가요? (②)

① 벌집 ② 물방울 ③ 현무암 기둥
④ 잠자리 날개 ⑤ 성당의 종탑

글 ㈑에서는 벌집과 현무암 기둥, 잠자리 날개를, 글 ㈒에서는 성당의 종탑과 회전 계단을 비누막 구조의 예로 들고 있습니다. 그러나 물방울은 물의 표면 장력을 보여 주는 예입니다.

독해 정답	1. ③	2. ④	3. ③
	4. ②	5. ㉰	6. ①
	7. ③		

어휘 정답

1. (1) 완공되다 (2) 성분 (3) 확장하다 (4) 작용하다 (5) 최소한
2. (1) ㉱ (2) ㉰ (3) ㉯ (4) ㉲ (5) ㉮
3. ⑤

비눗방울이 생기는 원리

5 추론하기 **㉠에서 짐작할 수 있는 내용을 골라 기호를 쓰세요.**

㉮ 비눗물은 물에 비누가 녹아서 섞여 있는 것이다.
㉯ 비눗물은 원래 동그란 공 모양으로 이루어져 있다.
㉰ 비누에는 물과 친한 성분과 물을 싫어하는 성분이 있다.

공기와 반대쪽으로 모이는 부분 / 공기를 둘러싸는 부분 (㉰)

㉠은 비눗물에 공기가 들어가서 비눗방울이 만들어지는 원리를 설명한 부분입니다. 비눗물에 공기가 들어가면 물을 싫어하는 부분과 물을 좋아하는 부분이 서로 반대쪽으로 모이므로, 비누에 이 두 성분이 들어 있다는 것을 짐작할 수 있습니다.

6 구조 알기 **글 ㈐에서 사용한 설명 방법으로 알맞은 것은 무엇인가요? (①)**

① 용어의 뜻과 개념을 자세히 설명하고 있다. → 정의
② 다른 사물에 빗대어 용어를 설명하고 있다. → 비유
③ 여러 가지 내용을 죽 늘어놓아 설명하고 있다. → 열거
④ 어떤 일이 일어나는 과정을 차례로 설명하고 있다. → 과정
⑤ 두 가지 대상이 어떻게 다른지 비교하여 설명하고 있다. → 대조

글쓴이는 글 ㈐에서 비눗방울을 만드는 과학적 원리인 '표면 장력'에 대해 그 뜻과 개념을 자세히 풀어서 설명하고 있습니다.

비누막 구조의 활용 예

7 추론하기 **이 글의 독자가 [보기]에 대해 보인 반응으로 알맞지 않은 것은 무엇인가요? (③)**

[보기] 2008년, 베이징 올림픽 수영 경기장이었던 '워터 큐브'는 비누막 모양의 생김새로 눈길을 끌었다. '워터 큐브'는 축구장 10배 크기의 건물이지만 기둥이 하나도 없다. 기둥 대신 비누막 모양의 구조물이 모여 건물 전체를 지탱하고 있다. 비누막을 빈틈없이 연결해 하나의 거대한 건물을 만들어 낸 것이다.

▲ 워터 큐브

비누막 구조는 튼튼한 장점이 있음.

① 비누막 구조를 건축에 활용한 예구나. → 글 ㈒의 내용으로 이해 가능
② 건물을 짓는 데 최소한의 힘을 들이려고 했네. → 글 ㈓의 내용으로 이해 가능
③ 건물 벽을 동그랗게 만든 것은 표면 장력 때문이지.
④ 이웃하는 비누막이 만난 곳은 120도를 이루고 있을 거야. → 글 ㈑의 내용으로 이해 가능
⑤ 기둥이 없는데도 건물이 튼튼한 것은 비누막 구조 때문이야. → 글 ㈒의 내용으로 이해 가능

[보기]의 워터 큐브는 비누막 구조를 건축에 활용한 예로, 비누막 구조를 이용하면 겉넓이를 가장 작게 하면서도 튼튼한 건물을 지을 수 있습니다. 그러나 표면 장력은 비눗방울을 만드는 원리로 비누막 구조와는 관련이 없습니다.

3주 14회 전자레인지의 원리 [66~69쪽]

1 주제 찾기

다음은 이 글의 제목입니다. ㉮, ㉯에 들어갈 알맞은 낱말은 무엇인가요? (②)

전자레인지의 [㉮]와/과 [㉯]

	㉮	㉯
①	탄생	성질 → 글 (라)에만 해당하는 내용임.
②	발명	원리
③	탄생	구조
④	기원	보급 → 글 (다)에만 해당하는 내용임.
⑤	보급	원리

이 글은 전자레인지의 발명 과정과 원리에 대해 설명하고 있는 글입니다.

2 세부 내용

마이크로파에 대한 설명으로 알맞지 않은 것은 무엇인가요? (④)

① 금속을 반사한다. → 글 (라)의 내용
② 파장의 길이가 짧다. → 글 (라)의 내용
③ 음식 속 수분의 온도를 올린다. → 글 (나)의 내용
④ 공기나 유리, 종이를 통과하지 못한다.
⑤ 전자 포, 레이저, 내비게이션 등에 사용된다. → 글 (라)의 내용.

마이크로파의 특징은 글 (나)와 (라)에 나타나 있습니다. 마이크로파는 공기나 유리, 종이를 통과하고 금속은 반사하는 성질이 있습니다.

3 구조 알기

전자레인지가 우리 생활에 편리하게 쓰이기까지의 과정에 맞게 차례대로 기호를 쓰세요.

㉮ 가정용 전자레인지가 보급되었다. 5
㉯ 스펜서가 주머니에서 녹은 초콜릿을 발견했다. 1
㉰ 스펜서가 옥수수와 달걀로 마이크로파 실험을 했다. 2
㉱ 최초의 전자레인지인 '레이더레인지'가 세상에 나왔다. 4
㉲ 스펜서는 마그네트론으로 음식을 데우는 장치를 발명했다. 3

(㉯) → (㉰) → (㉲) → (㉱) → (㉮)

전자레인지가 우리 생활에 쓰이기까지의 과정은 글 (나), (다)에 드러나 있습니다. 스펜서는 녹은 초콜릿을 발견해(㉯) 옥수수와 달걀로 마이크로파 실험을 한(㉰) 이후 음식을 데우는 장치를 발명했습니다.(㉲) 레이시온 사는 스펜서의 특허를 사서 최초의 전자레인지를 내놓았고(㉱) 이후 가정용 전자레인지가 보급되었습니다.(㉮)

4 구조 알기

글 (가)~(마) 중 하나로 묶을 수 있는 문단은 무엇인가요? (②)

① 글 (가)와 (나) ② 글 (나)와 (다) ③ 글 (나)와 (라)
④ 글 (다)와 (마) ⑤ 글 (가)와 (마)

이 글에서 처음 부분인 (가)를 제외하고 가운데 부분의 중심 내용을 살펴보면 하나로 묶을 수 있는 부분을 찾을 수 있습니다. (나)와 (다)는 전자레인지의 발명과 보급이라는 내용으로 묶을 수 있으며, (라)와 (마)는 마이크로파와 전자레인지의 원리로 묶을 수 있습니다.

독해 정답	1. ②	2. ④	3. ㉯, ㉰, ㉴, ㉱, ㉮
	4. ②	5. ④	6. ①
	7. ③		

어휘 정답	1. (1) ㉱ (2) ㉴ (3) ㉰ (4) ㉯ (5) ㉮
	2. ②
	3. (1) ㉯ (2) ㉮ (3) ㉮ (4) ㉯

옥수수와 달걀이 터진 까닭

5 [보기]를 참고해 ㉠의 까닭을 알맞게 짐작한 것은 무엇인가요? (④)

추론하기

[보기] 마이크로파는 수분을 증발시키는 힘이 있다. 소시지 같은 껍질이 있는 식품은 마이크로파를 쏘이면 껍질 내부에 고인 수증기가 갑자기 폭발하는 것처럼 터질 수 있다. 이런 식품을 조리할 때는 미리 껍질에 구멍을 뚫어 두어야 한다. 마이크로파의 성질

① 옥수수와 달걀은 마이크로파를 반사해서 껍질이 터졌을 거야.
② 옥수수와 달걀은 마이크로파 때문에 수분이 많아져서 터졌을 거야.
③ 옥수수와 달걀은 마이크로파가 통과하지 못하는 물질이라 터졌을 거야.
④ 마이크로파를 쏘인 옥수수와 달걀은 껍질 속 수증기 때문에 터졌을 거야.
⑤ 마이크로파를 쏘인 옥수수와 달걀은 수분을 가지고 있지 않아 터졌을 거야.

[보기]는 마이크로파가 껍질이 있는 식품을 만났을 때의 변화에 대해 설명한 내용입니다. 옥수수와 달걀도 껍질을 가지고 있으므로, 그것들이 터진 것은 껍질 속의 수증기가 폭발했기 때문이라고 짐작할 수 있습니다.

6 다음 중 전자레인지에 사용할 수 없는 그릇은 무엇인가요? (①)

세부내용

① 놋그릇 ② 유리컵 ③ 유리그릇
④ 종이 접시 ⑤ 도자기 접시

글 ㉱에서 마이크로파는 공기나 종이, 유리 등은 통과하지만 금속은 반사한다고 했습니다. 전자레인지에 금속 그릇을 사용하면 마이크로파가 반사돼 음식을 익힐 수 없고 잘못하면 폭발할 위험이 있습니다.

7 이 글을 참고해 [보기]의 질문에 알맞게 답한 것은 무엇인가요? (③)

적용창의

[보기] 가스레인지는 불로 직접 그릇을 가열해서 그릇 안에 있는 음식을 데우는 방식이다. 반면 전자레인지는 마이크로파로 음식 속의 물 분자만을 진동시켜 데우는 방식이다. 컵에 담긴 우유를 전자레인지로 데우면 어떤 일이 벌어질까?

① 우유와 컵이 모두 데워진다. → 마이크로파는 음식 속 수분의 온도만 올림.
② 우유와 컵이 모두 데워지지 않는다. → 마이크로파의 성질이 아님.
③ 우유만 데워지고 컵은 데워지지 않는다.
④ 컵만 데워지고 우유는 데워지지 않는다. → 마이크로파의 성질에 반대됨.
⑤ 우유가 폭발하는 것처럼 끓어올라 컵이 깨진다. → 마이크로파의 성질과 관련 없음.

[보기]는 전자레인지로 컵에 담긴 우유를 데우면 어떤 일이 벌어질지를 묻고 있습니다. 이 글에서는 전자레인지의 마이크로파가 음식 속의 수분 온도를 올리고 유리를 통과한다고 했습니다. 따라서 컵 속의 우유만 데워지고 컵은 데워지지 않습니다. 우리가 전자레인지에서 컵에 담긴 우유가 뜨겁다고 느끼는 것은 마이크로파에 데워진 우유가 다시 컵을 데웠기 때문입니다.

컬링의 유래와 경기 규칙 [70~73쪽]

1 주제 찾기

이 글의 주제는 무엇인가요? (③)

① 컬링의 점수 계산법 → 글 (다)의 부분적 내용임.
② 컬링의 뜻과 이름의 유래
③ 컬링의 역사와 경기 방법
④ 컬링을 볼 때 알아 둘 용어
→ 글에 나타나지 않은 내용임.(②, ④)
⑤ 컬링에 필요한 용품과 경기 규칙 → 경기 규칙만 글에 나타남.

이 글은 컬링의 유래를 포함한 역사와 경기 규칙, 포지션 등 경기 방법에 대해 설명하고 있습니다.

2 세부 내용

이 글의 내용과 일치하지 않는 것은 무엇인가요? (③)

① 컬링은 4명으로 이루어진 두 팀이 경기를 한다. → 글 (다)의 내용
② 컬링은 스코틀랜드의 민속놀이에서 시작되었다. → 글 (나)의 내용
③ 컬링에서 가장 먼저 스톤을 던지는 사람은 스킵이다.
④ 우리나라는 2018년 평창 동계 올림픽에서 은메달을 땄다. → 글 (가)의 내용
⑤ 스위핑은 얼음판을 쓸어 스톤의 속도와 방향을 조절하는 일이다. → 글 (라)의 내용

글 (라)에서 4명의 선수를 스톤을 던지는 순서에 따라 리드, 세컨, 서드, 포스라고 부른다고 했으므로, 스톤을 가장 먼저 던지는 선수는 리드입니다.

3 구조 알기

이 글의 짜임을 나타낸 그림으로 알맞은 것은 무엇인가요? (④)

①
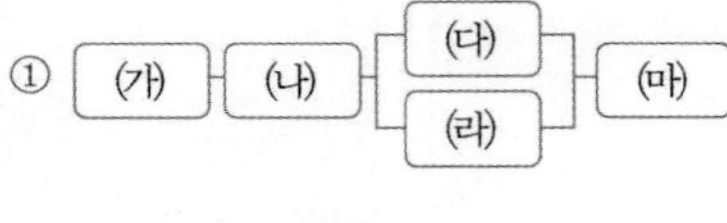

②
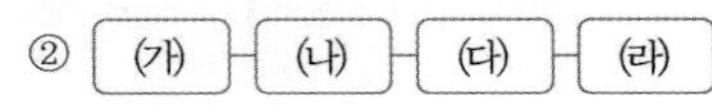

③
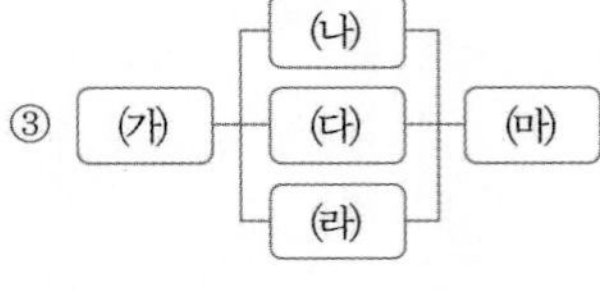

④
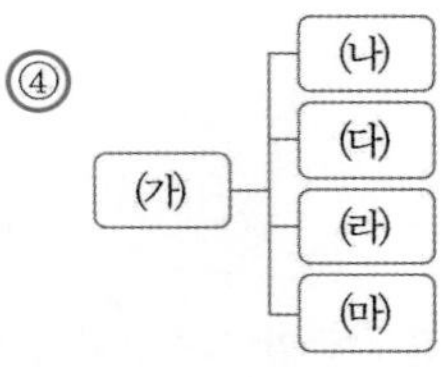

⑤
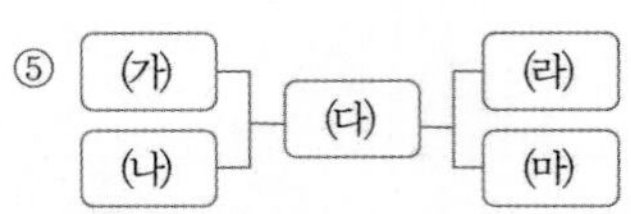

이 글에서 글 (가)는 처음 부분이고, 글 (나)~(마)는 컬링의 역사와 경기 규칙, 컬링의 특징과 전략 등을 설명하는 가운데 부분입니다. 이를 그림으로 나타낸 것은 ④입니다.

4 세부 내용

컬링을 ㉠처럼 부르는 까닭이 드러난 문단은 어디인가요? (⑤)

(㉠: '얼음 위의 체스')

① 글 (가)　② 글 (나)　③ 글 (다)　④ 글 (라)　⑤ 글 (마)

컬링을 '얼음 위의 체스'라고 부르는 까닭은 글 (마)에 드러나 있습니다. 컬링은 상대 팀의 전략을 읽어 내고 점수를 내기 위해 다양한 전략을 펼치는 스포츠이므로, '얼음 위의 체스'라고 부릅니다.

독해 정답			
	1. ③	**2.** ③	**3.** ④
	4. ⑤	**5.** ①	**6.** ④
	7. ④		

어휘 정답

1. (1) 유리하다 (2) 치열하다 (3) 예상하다 (4) 작전 **2.** (1) 예상 (2) 작전 (3) 유리
3. (1) ㉯ (2) ㉲ (3) ㉱ (4) ㉰ (5) ㉮

5 구조 알기

글 ㈐에서 사용한 설명 방법으로 알맞은 것은 무엇인가요? (①)

① 대상의 뜻을 분명하게 밝혀 설명했다. → 정의
② 두 가지 대상을 견주어 공통점을 설명했다. → 비교
③ 대상을 이루는 구성 요소로 나누어 설명했다. → 구분
④ 설명하려는 대상의 구체적인 예를 들어 설명했다. → 예시
⑤ 명언이나 속담 등 다른 사람의 말이나 글을 사용하여 설명했다. → 인용

글쓴이는 글 ㈐에서 컬링이 4명이 한 팀을 이룬 두 팀이 스톤을 던져 스톤 수대로 점수를 얻는 경기라는 뜻을 분명하게 밝혀서 설명했습니다.

6 추론 하기

나중에 공격하는 팀이 유리한 까닭

㉡의 까닭을 알맞게 짐작한 것은 무엇인가요? (④)

① 상대 팀의 스톤을 모두 쳐 낼 수 있기 때문이다. → 두 팀이 사용하는 스톤 개수는 같음.
② 먼저 공격하는 팀은 스톤을 던질 기회가 더 줄어들기 때문이다. → 글에서 짐작할 수 없음.
③ 나중에 공격하는 팀이 얼음판을 더 많이 닦을 수 있기 때문이다. → 두 팀의 기회는 같음.
④ 마지막 스톤만 남았을 때 상대 팀의 스톤을 쳐 내고 역전할 수 있기 때문이다.
⑤ 자기 팀의 스톤을 상대 팀보다 하우스 중앙에 더 가까이 붙일 수 있기 때문이다. → 상대 팀의 스톤을 쳐 내지 않으면 장담할 수 없음.

글 ㈒에서 가장 중요한 전략은 자기 팀의 스톤은 하우스 중앙에 붙이고 상대 팀의 스톤은 하우스 밖으로 쳐 내는 것이라고 했습니다. 우리 팀이 먼저 공격하면 상대 팀이 우리 팀의 스톤을 쳐 낼 수 있지만, 나중에 공격하면 우리 팀이 상대 팀의 스톤을 쳐 낼 수 있습니다. 이때 우리 팀이 마지막 스톤으로 공격한다면 상대 팀의 스톤을 쳐 내고 역전할 수 있습니다.

7 적용 창의

이 글을 바탕으로 ㉮~㉰의 점수를 알맞게 말한 것은 무엇인가요? (④)

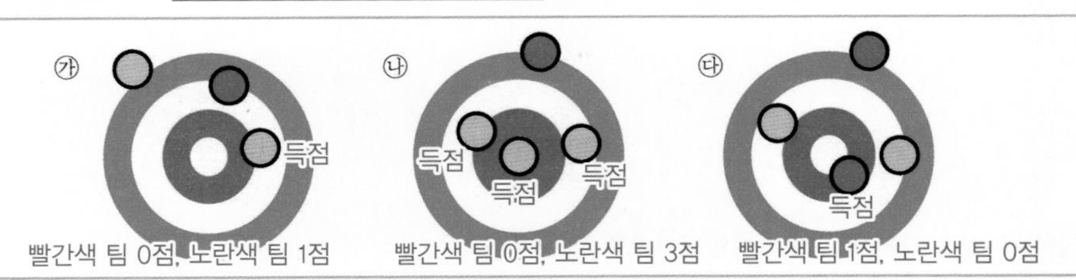

① ㉮의 경우, 빨간색 팀은 1점, 노란색 팀은 2점이다.
② ㉯의 경우, 빨간색 팀은 1점, 노란색 팀은 3점이다.
③ ㉯의 경우, 빨간색 팀은 0점, 노란색 팀은 2점이다.
④ ㉰의 경우, 빨간색 팀은 1점, 노란색 팀은 0점이다.
⑤ ㉰의 경우, 빨간색 팀은 2점, 노란색 팀은 2점이다.

글 ㈐에서 상대 팀보다 링 중심에 있는 스톤마다 1점씩 얻는다고 했습니다. 따라서 ㉮와 ㉯는 가장 바깥쪽에 있는 스톤보다 안쪽에 있는 스톤들이 점수를 얻었습니다. 그리고 ㉰는 바깥쪽에 있는 상대 팀보다 링 중심에 가까운 빨간색 스톤이 1점을 얻었습니다.

4주 16회 토박이말의 특징 [76~79쪽]

1 주제 찾기

이 글의 중심 글감은 무엇인가요? (⑤)

① 우리말　② 한자어　③ 외래어
④ 줄임말　⑤토박이말

이 글은 토박이말이 무엇이고, 어떤 특징을 가지고 있는지 설명하는 글입니다. 글 ㈎에서 중심 글감을 확인할 수 있습니다.

2 세부 내용

이 글의 내용과 일치하지 않는 것은 무엇인가요? (①)

①'샛노랗다'는 '조금 노랗다.'라는 뜻이다.
② 토박이말은 우리말의 기본 바탕을 이루고 있다. → 글 ㈎의 내용
③ 토박이말은 한 낱말에 여러 가지 뜻이 있는 경우가 많다. → 글 ㈐의 내용
④ 토박이말에는 색깔, 맛, 모양, 소리 등을 표현하는 말이 많다. → 글 ㈏의 내용
⑤ 토박이말은 우리말에 본디부터 있던 말이나 그것에 더해 새로 만들어진 말이다. → 글 ㈎의 내용

글 ㈏에 '샛노랗다'의 뜻이 나와 있습니다. '샛노랗다'는 '진하게 노랗다.'라는 뜻입니다.

3 추론하기

㉠을 통해 짐작할 수 있는 사실은 무엇인가요? (⑤)

① 우리말에는 한자어가 가장 많다.
② 우리말에는 외래어가 가장 적다.
→ 글에서 알 수 없는 내용임.
③ 우리말에는 토박이말이 가장 많다. → 글에서 알 수 없는 내용임.
④ 한자어와 외래어는 우리말이 아니다. → 한자어와 외래어도 우리말임.
⑤우리말은 토박이말, 한자어, 외래어로 이루어져 있다.

㉠을 통해 우리말을 토박이말, 한자어, 외래어로 나눌 수 있다는 것을 알 수 있습니다.

4 세부 내용

다음은 무엇을 나타내는 토박이말인가요? (②)

누렇다　샛노랗다　노르스름하다　누르무레하다 → '노란색'을 뜻하는 토박이말

① 맛　②색깔　③ 모양
④ 소리　⑤ 날씨

주어진 낱말들은 모두 노란색과 관련된 토박이말입니다. 이 낱말들은 글 ㈏에서 예로 사용한 것입니다.

독해 정답	1. ⑤	2. ①	3. ⑤
	4. ②	5. ①	6. ②
	7. ②		

어휘 정답	
	1. (1) ㉯ (2) ㉮ (3) ㉮ (4) ㉯
	2. (1) 얼 (2) 바탕 (3) 본디 (4) 엷게 (5) 세밀
	3. ⑤

5 구조 알기

글 ㈏와 ㈐에서 글쓴이가 대상을 설명한 방법은 무엇인가요? (①)

① 구체적인 예를 들어 설명하였다. → 예시

② 그림을 그리듯이 대상을 생생하게 표현하였다. → 묘사

③ 어떤 일이 되어 가는 순서를 차례대로 설명하였다. → 과정

④ 서로 다른 두 대상의 비슷한 점을 찾아 설명하였다. → 비교

⑤ 대상을 일정한 기준에 따라 종류별로 나누어 설명하였다. → 구분

글 ㈏에서는 노란색과 관련된 토박이말을 글 ㈐에서는 여러 가지 뜻이 있는 '고치다'를 예로 들어 설명하였습니다.

6 적용 창의

한자어나 외국어 대신 토박이말을 사용한 예

㉡의 예에 해당하지 않는 것은 무엇인가요? (②)

① 장신구 → 꾸미개 → 한자어를 고친 예

② 비밀번호 → 비번

③ 홈페이지 → 누리집 → 외국어를 고친 예

④ 다운로드 → 내려받기 → 외국어를 고친 예

⑤ 다년생 → 여러해살이 → 한자어를 고친 예

②의 '비번'은 '비밀번호'의 줄임말입니다. 나머지는 외국어나 한자어를 토박이말로 고친 예입니다.

7 추론 하기

이 글을 바탕으로 [보기]를 알맞게 이해하지 못한 것은 무엇인가요? (②)

[보기] 토박이말 중에는 비와 관련된 낱말이 많다. 비가 계절마다 알맞게 내려야 농사를 잘 지을 수 있었기 때문이다. '작달비'는 여름철에 장대처럼 굵고 거세게 내리는 비를 말하는 것으로, '장대비'라고도 한다. 장마철에 비가 아주 적게 오거나 갠 날이 계속되는 것은 '마른장마'라고 한다. '떡비'는 떡이나 먹을 수 있게 하는 비라는 뜻으로, 가을비를 이르는 말이다. 여름에 일을 쉬고 낮잠을 잘 수 있게 하는 비라는 뜻의 '잠비'는 여름비를 이른다. '가랑비'는 아주 가늘게 내리는 비를 말하며 한자어로는 '세우'라고 한다. 또한 '이슬비'는 가랑비보다 가는 비로, 아주 가늘게 내리는 비를 말한다.

① 비와 관련한 토박이말이 발달하였다. → 작달비, 장대비 떡비, 잠비 등의 토박이말이 많음.

② 한자를 바탕으로 하여 만들어진 토박이말도 있다.

③ 토박이말에서 우리 조상의 생활 모습을 엿볼 수 있다. → 가을에 떡을 해 먹거나 여름에 일을 쉬고 낮잠을 자기도 했음.

④ '작달비', '잠비', '가랑비'는 아주 오래전부터 사용한 순우리말이다. → 토박이말은 옛날부터 사용해 왔음.

⑤ 비와 관련한 토박이말이 많아 농사짓는 일을 중요하게 여겼다는 것을 알 수 있다. → 비가 계절마다 내려야 농사를 잘 지을 수 있었음.

한자를 바탕으로 하여 만들어진 말은 한자어입니다. 우리말에서 한자어와 외래어를 뺀 나머지 말이 토박이말이므로, ②는 알맞지 않습니다. '가랑비'처럼 한자어로 표현할 수 있는 토박이말이 있다고 해서 토박이말이 모두 한자어를 바탕으로 하는 것은 아닙니다.

4주 17회 한식의 세시 풍속 [80~83쪽]

1 주제 찾기

글쓴이가 이 글을 쓴 까닭은 무엇인가요? (①)

①한식에 대해 알려 주기 위해서
② 개자추의 일생과 업적을 소개하기 위해서 → 개자추는 한식의 유래를 설명하기 위해 사용함.
③ 불조심을 하자는 의견을 주장하기 위해서 → 이 글은 설명문임.
④ 우리나라의 4대 명절에 대해 알려 주기 위해서
⑤ 우리나라의 명절과 중국의 명절을 비교하기 위해서 → 글에 나타나지 않은 내용임.

이 글은 우리나라의 명절인 한식에 대해 알려 주기 위해서 쓴 글입니다.

2 어휘 어법

다음 낱말들을 모두 포함하는 낱말은 무엇인가요? (④)

설날 한식 단오 추석

① 풍습 ② 동지 ③ 성묘
④명절 ⑤ 세시 풍속

주어진 설날, 한식, 단오, 추석은 모두 '명절'에 포함되는 낱말입니다.

3 구조 알기

다음은 글 ㈏의 중심 내용입니다. ㉮, ㉯에 들어갈 말로 알맞은 것은 무엇인가요? (④)

'한식'은 중국의 (㉮) 이야기에서 유래되었다는 이야기와 (㉯) 풍습에서 유래되었다는 이야기가 있다. → 글 ㈏의 내용

	㉮	㉯
①	문공	찬 음식을 먹었다는
②	문공	오래된 불씨와 새 불씨를 함께 사용하던
③	개자추	찬 음식을 먹었다는
④	개자추	오래된 불씨를 새 불씨로 갈아 주던
⑤	개자추	오래된 불씨와 새 불씨를 함께 사용하던

글 ㈏는 한식의 유래에 대해 설명하는 부분입니다. 중국의 개자추 이야기에서 유래되었다는 이야기도 있고, 오래된 불씨를 새 불씨로 갈아 주던 풍습에서 유래되었다는 이야기도 있다는 것이 중심 내용입니다.

4 세부 내용

조상들이 한식에 한 일이 아닌 것은 무엇인가요? (③)

① 성묘하기 ② 산소 옮기기
③ 따뜻한 음식 먹기 ④ 산소 주변의 풀 깎기
⑤ 조상들에게 제사 지내기

조상들이 한 일은 글 ㈐에서 확인할 수 있습니다. 조상들은 한식에 불을 사용하지 않고 찬 음식을 먹었습니다. 또, 한 해의 농사가 잘되기를 바라며 조상들의 산소를 찾아 성묘를 하고 제사를 지냈습니다.

독해 정답	1. ①	2. ④	3. ④
	4. ③	5. ①	6. ③
	7. ⑤		

어휘 정답	1. (1) 건조하다 (2) 유래되다 (3) 되새기다 (4) 풍습 2. (1) ㉣ (2) ㉯ (3) ㉮ (4) ㉰ 3. ①

5 추론하기

㉠과 ㉡을 통해 알 수 있는 사실은 무엇인가요? (①)

① 옛날에는 한식을 큰 명절로 여겼다.

② 옛날과 오늘날의 한식은 날짜가 다르다. → 옛날이나 오늘날이나 날짜가 같음.

③ 한식이 우리 고유의 명절이 된 것은 최근의 일이다. → 궁궐에서 차가운 국수를 즐겨 먹었다는 데서 오래전부터 지켜 왔다는 것을 알 수 있음.

④ 설날, 한식, 단오, 추석 때 행했던 세시 풍속이 같다. → 글의 내용으로 보아 모두 다름.

⑤ 우리나라의 4대 명절 중에서 한식이 제일 큰 명절이다. → 글에 나타나지 않은 내용임.

㉠과 ㉡을 통해 옛날에는 한식이 우리나라의 4대 명절 중 하나일 정도로 큰 명절이었지만 지금은 그렇지 않다는 것을 짐작할 수 있습니다.

6 적용창의

다음 중 한식을 소개하는 말로 알맞지 않은 것은 무엇인가요? (③)

① 찬 음식을 먹는 날

② 불을 사용하지 않는 날

③ 하지로부터 105일째 되는 날 (동지)

④ 쑥이나 진달래꽃으로 만든 음식을 먹는 날

⑤ 불을 조심했던 조상들의 마음을 되새겨 볼 수 있는 날

매년 4월 5일~6일은 동지로부터 105일째 되는 날로, 우리 고유의 명절인 한식입니다.

7 추론하기

[보기]를 참고해 한식과 추석을 알맞게 비교한 것은 무엇인가요? (⑤)

[보기] '추석'은 음력 8월 15일로, '중추절' 또는 '한가위'라고도 한다. 추석은 한 해 동안 농사지은 곡식과 과일을 수확하는 시기로, 여러 가지 세시 풍속이 전해지고 있다.「추석 날 아침에는 송편, 햇과일 등의 음식을 준비해 조상에게 감사의 의미를 담아 차례를 지냈다. 차례가 끝나면 차례상에 올렸던 음식을 가족들이 나누어 먹은 뒤 성묘를 했다. 또한 마을 사람들로 구성된 농악대가 춤과 노래로 흥을 돋우고, 강강술래, 소놀이, 줄다리기, 활쏘기 등의 놀이를 즐겼다.」 (시기) 「 」: 추석에 하는 일

① 한식과 추석은 모두 중국에서 유래한 명절이다. → 한식에만 해당함.

② 한식과 추석에는 모두 강강술래, 줄다리기와 같은 놀이를 즐겼다. → 추석에만 해당함.

③ 한식에는 새로운 불씨로 요리한 음식을 즐겼고, 추석에는 찬 음식을 즐겼다. → 찬 음식을 즐겼던 것은 한식임.

④ 한식에는 조상들의 산소를 찾아 제사를 지냈지만, 추석에는 조상의 산소를 찾거나 성묘를 하지 않았다. → 한식과 추석에 모두 성묘했음.

⑤ 한식에는 한 해의 농사가 잘되기를 바라는 마음으로 성묘를 했고, 추석에는 수확에 감사하는 마음으로 차례를 지냈다.

한식 때에는 한 해의 농사가 잘되기를 빌며 조상들의 산소에 성묘를 했고, 추석에는 한 해 동안 지은 곡식과 과일을 수확하는 시기로, 조상에게 한 해 농사가 잘된 것을 감사하는 마음으로 차례를 지냈습니다.

4주 18회 고래의 특별한 능력 [84~87쪽]

1 주제 찾기

이 글의 제목으로 알맞은 것은 무엇인가요? (②)

① 고래의 종류
② 고래의 특별한 능력
③ 고래와 물고기의 차이점 → 1문단의 중심 내용
④ 바다에 사는 다양한 동물들 → 여러 동물이 아니고 고래에 대한 내용임.
⑤ 고래의 멸종을 막기 위해 해야 할 일 → 6문단의 중심 내용임.

이 글은 고래가 가진 특별한 능력에 대해 설명하는 글입니다.

2 세부 내용

이 글의 내용과 일치하지 않는 것은 무엇인가요? (④)

① 고래는 지구에서 가장 큰 동물이다. → 1문단의 내용
② 현재 고래는 멸종될 위기에 놓여 있다. → 6문단의 내용
③ 고래가 싼 똥은 플랑크톤을 잘 자라게 한다. → 5문단의 내용
④ 고래의 심장은 물 밖으로 빨리 나가기 위해 느리게 뛴다.
⑤ 고래는 한번 숨을 쉴 때마다 많은 양의 이산화 탄소를 몸속에 저장한다. → 5문단의 내용

고래는 몸집이 커서 움직일 때마다 에너지 소비가 크기 때문에 에너지 소비를 줄이기 위해 심장도 느리게 뜁니다.

3 세부 내용

고래가 의사소통을 하는 방법이 아닌 것은 무엇인가요? (④)

① 공중으로 뛰어오른다.
② 물속에서 거품을 낸다.
③ 지느러미로 바닷물을 내리친다.
④ 지느러미를 흔들어 소리를 낸다.
⑤ 사람이 들을 수 없는 높은 소리를 낸다.

고래의 의사소통 방법은 2문단에 드러나 있습니다. 지느러미를 흔들어 소리를 내는 것은 고래의 다양한 의사소통 방법이 아닙니다.

4 어휘 어법

비슷한 뜻을 가진 낱말

㉮와 바꾸어 쓸 수 있는 낱말로 알맞은 것은 무엇인가요? (②)

① 고생 ② 일생 ③ 재생 → 죽게 되었다가 다시 살아남.
④ 탄생 ⑤ 환생 → 다시 살아남.

㉮ '평생'은 '세상에 태어나 죽을 때까지의 동안.'이라는 뜻으로, '태어나서 죽을 때까지 살아있는 동안.'이라는 뜻의 '일생'과 바꾸어 쓸 수 있습니다.

독해 정답			
	1. ②	2. ④	3. ④
	4. ②	5. ⑤	6. ⑤
	7. ③		

어휘 정답	
	1. (1) 수 (2) 저 (3) 중 (4) 사소통 (5) 소비
	2. (1) ㉯ (2) ㉮ (3) ㉱ (4) ㉲ (5) ㉰
	3. ①

5 주제 찾기

이 글의 내용을 간추릴 때 꼭 필요한 문장이 아닌 것은 무엇인가요? (⑤)

① 고래는 서서 잠을 잔다. → 4문단의 중심 문장
② 고래는 심장이 매우 느리게 뛴다. → 3문단의 중심 문장
③ 고래는 다양한 방법으로 의사소통을 한다. → 2문단의 중심 문장
④ 고래는 이산화 탄소를 몸속에 저장할 수 있다. → 5문단의 중심 문장
⑤ 고래는 지구에서 가장 큰 동물로, 아주 오래전에는 땅에서 살았다.

문단의 중심 문장을 연결하면 글 전체의 내용을 간추릴 수 있습니다. 1문단의 중심 문장은 '이처럼 물고기와 ~ 능력을 가지고 있다.'입니다.

6 추론 하기

죽은 뒤에도 몸속에 이산화 탄소를 저장하는 고래의 능력

㉠~㉤ 중 다음 내용이 들어가기에 알맞은 곳은 어디인가요? (⑤)

> 고래는 죽은 뒤에도 몸속에 이산화 탄소를 저장한 채로 바닷속에 가라앉는다. 때문에 이산화 탄소를 오랫동안 고래 몸속에 안전하게 가두어 둘 수 있어 지구 환경에 도움을 준다.

① ㉠ ② ㉡ ③ ㉢ ④ ㉣ ⑤ ㉤

주어진 내용은 고래가 죽은 뒤 몸속에 이산화 탄소를 저장한 채로 가라앉아 죽어서도 지구 환경에 도움이 된다는 내용입니다. 이 내용은 고래의 이산화 탄소 저장 능력을 설명하는 5문단과 관련 있는 내용이므로, ㉤에 들어가기에 알맞습니다.

7 추론 하기

이 글과 [보기]에서 알 수 있는 공통적인 고래의 특징은 무엇인가요? (③)

> [보기] 고래의 울음소리는 사람들에게 마음의 안정을 가져다준다. 전문가들의 말에 따르면, 「고래가 내는 소리를 들으면 사람의 뇌가 반응한다고 한다. 이때 긴장이 풀리고 몸이 안정되어 사람이 잠을 잘 때와 비슷한 상태가 된다는 것이다.」 이 때문에 명상을 하거나 사람의 마음을 치료하는 음악으로 고래의 울음소리를 자주 사용하고 있다.

「 」: 고래 울음소리의 효과

① 고래는 청력이 좋다. → 2문단에서 추론한 내용
② 고래의 종류마다 울음소리가 다르다. → 제시되지 않은 내용
③ 고래는 사람에게 여러 가지 도움을 준다.
④ 고래는 환경 오염을 막는 데 도움을 준다. → 5문단에 나타난 내용
⑤ 고래는 잠을 잘 때 사람의 모습과 비슷하다. → 제시되지 않은 내용

이 글에서는 고래가 지구 환경에 도움을 주고, [보기]에서는 고래의 울음소리가 사람들에게 마음의 안정을 가져다준다고 했습니다. 이 두 가지 사실로 미루어, 고래는 사람에게 여러 가지 도움을 준다는 사실을 알 수 있습니다.

4주 19회 계면 활성제 [88~91쪽]

1 주제 찾기

글쓴이가 이 글을 쓴 까닭은 무엇인가요? (③)

① 환경 오염의 심각성을 알리기 위해서 → 3, 5문단에 나타나지만 설명 대상은 아님.
② 세제가 만들어지는 원리를 설명하기 위해서 → 이 글의 주제와 관련 없음.
③ 계면 활성제의 뜻과 종류에 대해 설명하기 위해서
④ 물과 기름이 섞이지 않는 까닭을 설명하기 위해서
⑤ 계면 활성제가 들어간 제품을 사용하자는 주장을 하기 위해서 → 이 글은 설명하는 글임.

이 글은 계면 활성제가 어떤 물질이고, 계면 활성제에 어떤 종류가 있는지 설명하는 글입니다.

2 세부 내용

이 글의 내용으로 알맞지 않은 것은 무엇인가요? (④)

① 계면 활성제를 표면 활성제라고도 한다.→ 2문단의 내용
② 치약, 샴푸, 비누에는 계면 활성제가 들어 있다. → 1문단의 내용
③ 계면 활성제는 우리 생활을 더욱 편리하고 쾌적하게 해 준다. → 5문단의 내용
④ 계면 활성제는 세제처럼 더러운 물질을 씻어 낼 때 주로 쓴다.
⑤ 계면 활성제는 물과 친한 부분과 기름과 친한 부분을 모두 가지고 있다. → 2문단의 내용

글쓴이는 이 글에서 계면 활성제가 세제처럼 더러운 물질을 씻어 낼 때뿐 아니라 섬유 유연제, 화장품이나 음식에도 사용한다고 했습니다.

3 세부 내용

천연 계면 활성제에 대한 설명으로 알맞은 것은 무엇인가요? (⑤)

① 세정력이 뛰어나다.
② 거품이 잘 일어나게 한다.
③ 환경 오염의 원인이 될 수 있다.
④ 오랫동안 사용하면 건강에 좋지 않다.
(①~④ → 합성 계면 활성제의 특징)
⑤ 자연적인 재료에서 얻는 계면 활성제이다.

천연 계면 활성제에 대한 내용은 4문단에서 확인할 수 있습니다. 천연 계면 활성제는 콩이나 계란, 인삼, 팥과 같은 자연적인 재료에서 얻는 계면 활성제입니다. 나머지는 합성 계면 활성제의 특징입니다.

4 어휘 어법

다음 중 낱말의 관계가 다른 하나는 무엇인가요? (⑤)

① 씻다 – 닦다
③ 섞다 – 합치다
(①, ③ → 비슷한 뜻을 가진 낱말)
② 제품 – 물건
④ 추출하다 – 뽑다
(②, ④ → 비슷한 뜻을 가진 낱말)
⑤ 편리하다 – 불편하다

'편리하다'는 '이용하기 쉽고 편하다.'라는 뜻이고, '불편하다'는 '이용하기에 편리하지 않다.'라는 뜻입니다. 이 두 낱말은 서로 반대되는 뜻을 가지고 있습니다.

독해 정답	1. ③	2. ④	3. ⑤
	4. ⑤	5. ③	6. ②
	7. ⑤		

어휘 정답 1. (1) 제거되다 (2) 쾌적하다 (3) 추출하다 (4) 천연 (5) 위협 2. (1) 쾌적 (2) 추출 (3) 제거 (4) 천연 (5) 위협 3. (1) ㉣ (2) ㉮ (3) ㉯ (4) ㉰

5 추론하기

㉠에 들어갈 알맞은 내용은 무엇인가요? (③)

① 물기를 제거하여
② 물과 기름을 분리시켜
③ 물과 기름을 서로 섞이게 해
④ 물과 기름의 성질을 다르게 해
⑤ 물과 기름 모두와 어울리지 않게 해

㉠ 앞부분에 '계면 활성제가~'라는 말이 나온 것으로 보아, ㉠에는 계면 활성제가 하는 역할에 대한 내용이 들어가야 한다는 것을 알 수 있습니다. ㉠ 뒷문장의 내용으로 미루어 짐작하면 계면 활성제의 역할에 해당하는 것은 ③입니다.

6 비판하기

이 글을 읽은 독자의 반응으로 알맞지 않은 것은 무엇인가요? (②)

① 우리 생활과 과학은 밀접한 관계가 있구나. → 글 전체 내용으로 판단 가능
② 합성 계면 활성제가 더 많은 제품에 쓰여야 해.
③ 비누로 씻을 때 거품이 나는 것은 계면 활성제 성분 때문이군.
④ 우리 생활에서 계면 활성제가 들어간 제품을 쉽게 찾을 수 있겠어.
⑤ 가능하면 합성 계면 활성제가 들어간 제품을 사용하지 말아야겠네.
(③~⑤) → 3문단의 내용으로 판단 가능

글쓴이는 이 글에서 합성 계면 활성제가 사용된 제품을 오랫동안 사용하면 건강에 좋지 않고 환경이 오염될 수 있다고 했습니다. 따라서 합성 계면 활성제가 더 많이 쓰여야 한다고 말한 ②는 이 글을 읽은 독자의 반응으로 알맞지 않습니다.

7 추론하기

이 글을 바탕으로 [보기]를 알맞게 이해하지 못한 것은 무엇인가요? (⑤)
([보기] → 식품에 쓰이는 계면 활성제의 예)

[보기]
- 우유에는 지방과 물이 함께 들어 있는데, 우유에 들어 있는 '카제인'이 지방과 물이 잘 섞이게 만들어 준다. ('카제인' → 계면 활성제)
- 아이스크림은 당류와 지방, 물을 섞어 만드는데, 이때 지방과 물이 잘 섞이도록 '유화제'를 넣는다. 유화제는 계면 활성제의 다른 이름으로, 아이스크림에 들어가는 유화제는 인공으로 만든 화학 물질이다.

① 아이스크림을 많이 먹으면 건강에 해롭다. → 아이스크림의 유화제는 합성 계면 활성제로 많이 먹으면 건강에 해로움.
② 계면 활성제는 다양한 분야에서 쓰이고 있다. → 세제 등 생활용품뿐 아니라 음식에도 쓰임.
③ 우리가 먹는 음식에도 계면 활성제가 들어 있다. → 4문단과 [보기]에 나타남.
④ 우유에 있는 '카제인'은 달걀에 있는 '레시틴'처럼 계면 활성제 역할을 한다. → 레시틴은 식초와 기름을, 카제인은 지방과 물을 섞이게 만듦.
⑤ 우유와 아이스크림, 마요네즈는 모두 천연 계면 활성제를 넣어 만든 음식이다.

아이스크림에 들어간 계면 활성제는 인공으로 만든 화학 물질이라고 하였으므로, 합성 계면 활성제를 넣어 만든다는 것을 알 수 있습니다.

신사임당 [92~95쪽]

1 세부 내용

이 글을 읽고 알 수 없는 내용은 무엇인가요? (⑤)

① 신사임당의 업적 → 글 ㈐와 ㈑의 내용
② 신사임당의 출생 → 글 ㈏의 내용
③ 신사임당의 성장 → 글 ㈏의 내용
④ 신사임당의 예술 세계 → 글 ㈐의 내용
⑤ 신사임당의 교육 방법

이 글에는 신사임당이 자녀들의 교육을 어떻게 시켰는지는 나와 있지 않습니다.

2 세부 내용

신사임당에 대한 설명으로 알맞지 않은 것은 무엇인가요? (①)

① 다섯 딸 중 첫째이다.
② 산수화와 초충도를 잘 그렸다. → 글 ㈐의 내용
③ 어려서부터 그림, 글씨 등에 재주가 뛰어났다. → 글 ㈏의 내용
④ 우리나라 여성 최초로 화폐에 등장하는 인물이다. → 글 ㈎의 내용
⑤ 일곱 명의 자녀들을 훌륭하게 키워 낸 위대한 어머니이다. → 글 ㈑의 내용

글 ㈏에서 신사임당이 다섯 딸 중 둘째로 태어났다고 했습니다.

3 구조 알기

이 글에서 다음과 같은 방법으로 쓴 문단은 무엇인가요? (②)

시간의 흐름에 따라 썼다. → '순서'의 짜임

① 글 ㈎ ② 글 ㈏ ③ 글 ㈐ ④ 글 ㈑ ⑤ 글 ㈒

이 글에서 시간의 흐름에 따라 쓴 문단은 신사임당의 일생에 대해 쓴 글 ㈏입니다.

4 추론 하기

㉠에 들어갈 내용으로 가장 알맞은 것은 무엇인가요? (⑤)

① 신사임당의 영향으로 초충도가 유행하였다. → ㉠ 앞의 내용과 연결되지 않음.
② 현재 신사임당의 초충도는 모두 여덟 작품이 남아 있다. → ㉠ 앞의 내용과 연결되지 않음.
③ 신사임당의 본명은 신인선이라고 알려져 있지만 확실하지는 않다. → 글 ㈏와 어울리는 내용임.
④ 신사임당은 자녀들이 올바른 습관을 가질 수 있도록 어려서부터 엄격하게 교육하였다. → 글 ㈑와 어울리는 내용임.
⑤ 신사임당은 글씨에도 재주가 빼어났는데 신사임당의 글씨는 전체적으로 차분하고 깔끔하다는 평가를 받고 있다.

글 ㈐의 중심 문장인 첫 문장에서 신사임당이 그림과 시, 글씨에 뛰어났다고 했습니다. ㉠ 앞부분에 그림과 시는 제시되었으므로, ㉠에는 신사임당의 글씨에 대해 설명하는 내용이 나와야 합니다.

독해 정답			
	1. ⑤	2. ①	3. ②
	4. ⑤	5. ②	6. 초충도
	7. ④		

어휘 정답	
	1. (1) ㉯ (2) ㉱ (3) ㉲ (4) ㉰ (5) ㉮
	2. (1) 섬세 (2) 정착 (3) 버금가서 (4) 사실적 (5) 당대 3. ③

비슷한 뜻을 가진 낱말

5 어휘 어법

밑줄 친 낱말과 바꾸어 쓸 수 있는 낱말은 무엇인가요? (②)

신사임당은 안견에 버금가는 화가라고 불릴 정도로 이름을 날렸다.

① 으뜸가는 ②다음가는 ③ 오래가는 →'상태나 현상이 긴 시간 동안 계속되다.'의 뜻
④ 제일가는 ⑤ 사라지는
'많은 것 가운데 가장 뛰어나거나 첫째가 되다.'의 뜻

'버금가다'는 '첫째가는 것의 바로 뒤를 잇다.'라는 뜻입니다. 신사임당은 안견의 뒤를 잇는 화가라고 불릴 정도였다는 뜻이므로, '표준으로 삼는 등급이나 차례의 바로 뒤에 가다.'는 뜻의 '다음가다'와 바꾸어 쓸 수 있습니다.

6 적용 창의

다음 그림은 신사임당의 작품입니다. 다음 그림처럼 꽃, 풀, 열매 등의 식물과 곤충을 소재로 그린 그림을 무엇이라고 하는지 이 글에서 찾아 쓰세요.

(초충도)

글 ㈐에서 초충도는 풀과 벌레를 소재로 한 그림이라고 하였습니다.

수능 연계

7 추론 하기

[보기]를 참고해 신사임당과 허난설헌을 알맞게 비교하지 못한 것은 무엇인가요? (④)

[보기] 허난설헌은 1563년, 강원도 강릉에서 태어났다.(신사임당과 같은 점 ①) 아버지에게 학문을 배웠으며, 어렸을 때부터 글재주가 무척 뛰어났다. 『열다섯 살 때 김성립과 결혼하여 시댁에 가서 살았는데(신사임당과 다른 점 ①), 남편과 사이가 좋지 않았고 시집살이가 무척 심했다.』 젊은 나이에 어린 자식들을 모두 잃고, 동생 허균마저 귀양을 가는 등 불행한 일이 계속 이어지자 허난설헌은 자신의 불행을 시로 표현하면서 괴로움을 달랬다. 허난설헌은 스물일곱 살이 되던 1589년에 세상을 떠났다.
『 』: 신사임당과 다른 점 ②

허난설헌이 세상을 떠난 뒤 허균은 누나의 시를 모아 『난설헌집』이라는 책을 만들었고, 허난설헌의 시는 중국과 일본에서 높은 평가를 받았다. 허난설헌은 조선 최고의 여성 시인이었지만(→ 신사임당과 같은 점 ②), 세상을 떠난 뒤에야 비로소 인정을 받았다. → 신사임당과 다른 점 ③

① 신사임당과 허난설헌 모두 강원도 강릉에서 태어났다. → 신사임당과 허난설헌은 모두 강릉 출생임.
② 신사임당과 허난설헌은 조선을 대표하는 여성 예술가이다. → 신사임당은 화가, 허난설헌은 시인이었음.
③ 신사임당은 결혼 후에도 친정에서 살았지만 허난설헌은 시댁에서 살았다. → 신사임당은 친정에, 허난설헌은 시댁에서 살았음.
④신사임당은 어렸을 때부터 교육을 잘 받았지만 허난설헌은 제대로 된 교육을 받지 못했다.
⑤ 신사임당은 살아 있는 동안 예술가로서 인정을 받았지만 허난설헌은 세상을 떠난 뒤에야 인정을 받았다. → 신사임당은 살아 있을 때 안견에 버금가는 화가로 인정받았으나, 허난설헌은 죽은 뒤에 『난설헌집』이라는 책으로 인정받음.

[보기]는 허난설헌의 일생과 업적을 설명한 글입니다. [보기]에서 허난설헌은 아버지에게서 학문을 배워 어렸을 때부터 글재주가 뛰어났다고 했습니다. 신사임당은 어렸을 때부터 외할아버지에게 글을 배웠습니다.

조선 시대의 소방관, 멸화군 [98~101쪽]

1 주제 찾기

글쓴이가 이 글을 쓴 까닭으로 알맞은 것은 무엇인가요? (③)

① 화재를 예방하자는 주장을 펼치려고 → 주장하는 글이 아님.
② 세종 대왕이 이룬 업적을 알려 주려고 → 세종의 금화도감 설치는 중심 내용이 아님.
③ 조선 시대의 소방관에 대해 설명하려고
④ 조선 시대의 신분 차별에 대해 설명하려고
⑤ 조선 시대와 오늘날의 소방관을 비교하려고

이 글은 조선 시대에 소방관이 생기게 된 배경을 바탕으로 그 당시 소방관의 명칭과 하는 일 등에 대해 알려 주려고 쓴 설명하는 글입니다.

2 세부 내용

이 글의 내용과 일치하지 않는 것은 무엇인가요? (②)

① 급수비자는 물을 길어다 주는 노비를 말한다. → 글 ㈏의 내용
② 멸화군은 나중에 금화군으로 명칭이 바뀌었다.
③ 금화도감이 설치된 이후에도 화재가 일어났다. → 글 ㈏의 내용
④ 세종은 화재를 예방하기 위해 금화도감을 설치하였다. → 글 ㈏의 내용
⑤ 멸화군은 화재를 예방하는 일뿐 아니라 불을 끄는 일을 하였다. → 글 ㈐의 내용

글 ㈐에는 멸화군의 뜻과 멸화군이 하는 일이 자세히 드러나 있습니다. 글 ㈐의 첫 문장에서 세조 때 금화군이 멸화군으로 명칭이 바뀌었다고 했습니다.

3 어휘 어법

관용 표현 '목숨을 잃다'의 뜻

㉠과 바꾸어 쓸 수 있는 낱말은 무엇인가요? (①)

① 죽고 ② 다치고 ③ 도망가고
④ 기절하고 ⑤ 위험해지고
→ '몹시 놀라거나 아파서 정신을 잃고.'의 뜻

'목숨을 잃다'는 '죽다'를 부드럽게 이르는 관용 표현입니다. 관용 표현은 둘 이상의 낱말이 합쳐져 새로운 뜻으로 굳어져 쓰이는 표현을 뜻합니다.

4 세부 내용

빈칸에 들어갈 알맞은 낱말을 글에서 찾아 쓰세요.

오늘날	조선 시대	역할
소방서	(1) (금화도감)	화재의 예방과 진압을 담당하는 기관.
전문 소방관	(2) (멸화군)	화재를 감시하고 진압하는 일을 하는 사람.

글 ㈏의 세종이 화재를 예방하고 불을 진압하는 일을 맡아 하는 금화도감이라는 관청을 설치했다는 내용에서 금화도감이 오늘날 소방서의 역할을 했다는 것을 알 수 있습니다. 또 글 ㈑에서 멸화군이 전문 소방관으로서 화재를 예방하고 진압하는 일을 맡아 했다는 내용이 나오므로, 멸화군이 오늘날 전문 소방관의 역할을 했다는 것을 알 수 있습니다.

독해 정답
1. ③ 2. ② 3. ①
4. (1) 금화도감 (2) 멸화군 5. ②
6. ㉰ 7. ②

어휘 정답
1. (1) ㉮ (2) ㉯ (3) ㉮ (4) ㉯
2. (1) 대책 (2) 대기 (3) 진압 (4) 순찰
3. (1) ㉮ (2) ㉯ (3) ㉰

5 구조 알기

다음 내용이 들어가기에 알맞은 곳은 어디인가요? (②)

> 세종은 성안에 있는 집과 집 사이에 담을 높게 쌓도록 하고, 다섯 집마다 하나씩 우물을 파서 화재에 대비하도록 하였다. 또, 불이 붙지 않도록 다닥다닥 붙어 있는 집은 무너뜨려 없애라고 명령하였다. → 화재 재발 방지를 위한 세종의 노력

① 글 ㈎의 앞 ② 글 ㈎의 뒤 ③ 글 ㈏의 뒤
④ 글 ㈐의 뒤 ⑤ 글 ㈑의 뒤

주어진 내용은 세종이 화재에 대비하기 위해 명령한 일들입니다. 이 내용은 세종이 화재가 또 일어나는 것을 막기 위한 대책을 마련하기 시작했다는 내용의 이해를 도울 수 있습니다. 따라서 당시 한양에 큰불이 일어난 상황이 나타나 있는 글 ㈎의 뒤에 들어가는 것이 알맞습니다.

6 적용 창의

'멸화군'을 알리는 광고 문구로 알맞은 것의 기호를 쓰세요.

> ㉮ 조선 최초의 소방서(소방관), 멸화군
> ㉯ 멸화군과 함께 떠나는 고조선(조선) 여행
> ㉰ 우리나라 최초의 전문 소방관, 멸화군

멸화군은 조선 시대 때 화재를 예방하고 진압하기 위해 처음으로 만든 전문 소방관입니다. 이 내용을 잘 드러낼 수 있는 광고 문구로 알맞은 것은 ㉰입니다. (㉰)

7 추론 하기

— 오늘날 소방관이 하는 일과 되는 방법

[보기]를 참고해 멸화군과 소방관을 비교한 내용으로 알맞지 않은 것은 무엇인가요? (②)

> [보기] 『전국의 모든 소방관은 24시간 출동 대기 상태에 있다가 불이 나면 화재 현장으로 달려가 불을 끄고, 사람들을 구조하는 일을 한다. 그 밖에도 교통사고, 건물 붕괴, 가스 폭발 등의 사고 현장을 정리하고 바로잡는 일을 한다. 또한 정기적으로 학교나 병원 등을 방문해 건물이나 시설물이 안전한지 점검하며 화재 예방 활동을 한다.』 『 』: 소방관이 하는 일
> 소방관은 국가에 속한 공무원이기 때문에 소방관이 되려면 소방 공무원 시험에 합격해야 한다. → 소방관이 되는 방법

① 멸화군과 오늘날의 소방관은 모두 다양한 일을 하는군. → 모두 화재 예방, 화재 진압 등을 함.
② 멸화군과 오늘날의 소방관은 모두 시험에 합격해야 했군.
③ 멸화군과 오늘날의 소방관은 모두 화재 예방 활동을 했군. → 글 ㈑와 [보기]에서 확인할 수 있음.
④ 멸화군은 한양에만 있고, 오늘날의 소방관은 전국에 있군. → 글 ㈏에서 금화도감이 한양에 설치되었다고 했음.
⑤ 멸화군과 오늘날의 소방관은 모두 24시간 동안 힘들게 일을 하는군. → 모두 24시간 출동 대기함.

[보기]는 오늘날의 소방관들이 하는 일과 소방관이 되는 방법을 설명한 글입니다. 시험에 합격해야 하는 것은 오늘날의 소방관에만 해당하는 내용입니다. 조선 시대의 멸화군은 시험을 보지 않고 군인들 중에서 50명을 뽑아 '불을 멸하는 군인'이라는 명칭을 붙이고 전문 소방관으로 활동하게 했습니다.

1 세부 내용

이 글의 내용과 일치하지 않는 것은 무엇인가요? (②)

① 꿀벌은 생태계에 이로움을 준다. → 4문단의 내용
② 꿀벌만이 식물의 꽃가루받이를 할 수 있다.
③ 전 세계적으로 꿀벌의 수가 줄어들고 있다. → 1문단의 내용
④ 응애는 꿀벌 애벌레의 피를 빨아먹고 산다.
⑤ 겨울에 기온이 올라가면서 꽃이 피는 시기가 빨라졌다. → 3문단의 내용

2문단에서 바람이나 새, 곤충들이 식물의 꽃가루받이를 도와주는데, 그중에서 꿀벌이 가장 큰 도움을 준다고 했습니다.

2 세부 내용

이 글에서 알 수 없는 내용은 무엇인가요? (③)

① 꿀벌이 하는 일 → 2문단에 나타남.
② 꿀벌이 사라지는 원인 → 2, 3문단에 나타남.
③ 꿀벌이 꿀을 만드는 과정
④ 최근 꿀벌이 사라지고 있는 상황 → 1문단에 나타남.
⑤ 꿀벌이 사라지면 겪게 될 어려움 → 4문단에 나타남.

이 글은 최근 여러 가지 원인으로 꿀벌이 집단으로 사라지고 있는 상황을 통해 꿀벌의 중요성에 대해 설명한 글입니다. 그러나 꿀벌이 꿀을 만드는 과정은 이 글에 나타나 있지 않습니다.

3 주제 찾기

중심 생각: 글쓴이가 전하려는 말로, 주제임.

이 글의 중심 생각은 무엇인가요? (④)

① 도시에서 꿀벌을 키워야 한다.
② 꿀벌에게 꿀을 양보해야 한다.
③ 식량 부족 문제를 해결해야 한다.
④ 생태계에서 꿀벌이 사라지게 해서는 안 된다. → 4문단의 마지막 문장
⑤ 꿀벌이 하는 일을 대신할 곤충을 찾아야 한다.

글쓴이는 꿀벌이 하는 중요한 일과 꿀벌이 사라지면 겪게 될 어려움을 설명하며 생태계에서 꿀벌이 사라지게 해서는 안 된다고 말하고 있습니다.

4 어휘 어법

다음 두 낱말과 같은 관계로 짝 지어진 것은 무엇인가요? (①)

> 겨울 - 계절 → 포함되는 낱말과 포함하는 낱말

① 꿀벌 - 곤충 → 포함되는 낱말과 포함하는 낱말
② 원인 - 이유 → 뜻이 비슷한 낱말
③ 반드시 - 꼭 → 뜻이 비슷한 낱말
④ 이로움 - 해로움 → 뜻이 반대인 낱말
⑤ 줄어들고 - 늘어나고 → 뜻이 반대인 낱말

[보기]에서 계절은 봄, 여름, 가을, 겨울을 뜻하므로, '겨울'은 '계절'에 포함되는 낱말입니다. ①의 꿀벌은 곤충의 한 종류이므로, '꿀벌'은 '곤충'에 포함되는 낱말입니다.

독해 정답	1. ②	2. ③	3. ④
	4. ①	5. ⑤	6. ④
	7. ③		

어휘 정답	1. (1) ㉣ (2) ㉮ (3) ㉤ (4) ㉢ (5) ㉯
	2. (1) 착각 (2) 예상 (3) 체력
	3. ⑤

5 추론하기

㉠에 들어갈 문장으로 가장 알맞은 것은 무엇인가요? (⑤)

① 벌은 지구에서 1억 년 동안 살아왔다.
② 매년 5월 20일을 '세계 벌의 날'로 정했다.
③ 지구에는 2만 종이 넘는 벌이 있다고 한다.
→ 최근 꿀벌이 사라지는 상황과 직접적인 관련 없음.
④ 아몬드나 딸기 같은 식물은 꿀벌이 없으면 열매를 맺을 수 없다. → 2문단과 더 관련 있는 내용임.
⑤ 미국은 2020년부터 2021년까지 45.5퍼센트의 꿀벌이 사라졌다고 한다.

㉠ 바로 앞 문장에서 최근 전 세계적으로 꿀벌이 줄어들고 있다고 하면서 ㉠ 다음에는 최근 우리나라의 꿀벌 상황을 조사 자료로 제시했습니다. 따라서 ㉠에는 최근 다른 나라에서 꿀벌의 수가 줄어든 사례나 조사 자료가 들어가는 것이 알맞습니다.

6 적용 창의

꿀벌이 사라지는 것을 막는 방법

㉡의 실천 방법으로 알맞지 않은 것은 무엇인가요? (④)

① 전기를 아껴 쓰고 쓰지 않는 플러그는 뽑는다.
② 꿀과 꽃가루가 풍부한 꽃과 식물을 많이 심는다.
③ 농약을 쓰지 않는 친환경 농업을 더 많이 개발한다.
④ 살충제 같은 화약 약품을 많이 사용해서 해충을 없앤다.
⑤ 종이컵이나 플라스틱 빨대 같은 일회용품 사용을 줄인다.

꿀벌이 사라지지 않게 하기 위해서는 꿀벌들이 좋아하는 식물을 많이 심고, 꿀벌들을 사라지게 하는 농약이나 살충제 같은 화약 약품 사용을 줄여야 합니다. 또, 전기를 아껴 쓰며 기후 변화를 일으키는 일회용품 사용도 줄여 나가야 합니다.

수능 연계

7 비판하기

꿀벌이 사라져서 겪는 농작물 피해

이 글의 독자가 [보기]에 대해 보인 반응으로 알맞지 않은 것은 무엇인가요? (③)

> [보기] 비닐하우스에서 딸기를 재배하고 있는 한 농민은 "11월부터 2월 사이에 꿀벌을 통해 꽃가루받이가 들어가야 겨울철에 딸기를 딸 수 있다. 올해는 딸기 꽃이 여기저기 활짝 피었지만 꿀벌이 사라지면서 제대로 꽃가루받이를 하지 못하여 모양이 이상한 딸기가 열리고 있다."라고 말했다. 수박 농사를 짓고 있는 한 농민은 "꿀벌이 없어서 사람이 손으로 하나하나 직접 꽃가루받이를 하니까 시간도 오래 걸릴 뿐만 아니라 단맛도 덜하고 모양도 이상한 수박이 열렸다."라며 한숨을 쉬었다.

① 꿀벌이 사라져서 딸기와 수박의 가격이 비싸지겠군. → 질 좋은 딸기와 수박이 부족하기 때문임.
② 꿀벌이 있었더라면 꽃가루받이를 빨리 끝낼 수 있었을 텐데. → 손으로 직접 하면 더 오래 걸림.
③ 사람이 손으로 직접 꽃가루받이를 해 준 과일이 더 맛있겠군.
④ 꿀벌이 충분히 있어야 겨울철에도 맛있는 딸기를 먹을 수 있구나. → 꿀벌이 꽃가루받이를 해야 제대로 열매를 맺음.
⑤ 꿀벌이 완전히 사라지면 지금처럼 맛있고 모양이 예쁜 과일을 수확할 수 없겠군.
→ 과일이 부족해져 과일을 먹지 못하는 사람들이 생겨남.

[보기]는 꿀벌이 사라지면서 꽃가루받이를 제대로 하지 못해 피해를 입은 농민들의 인터뷰 내용입니다. 수박 농사를 짓는 농민은 손으로 꽃가루받이를 한 수박이 단맛이 덜하다고 했으므로, ③의 반응은 알맞지 않습니다.

1 세부 내용

이 글을 읽고 알 수 없는 내용은 무엇인가요? (①)

① 자석의 종류
② 나침반의 쓰임 → 글 ㈎의 내용
③ 오늘날 위치 정보를 알려 주는 장치 → 글 ㈒의 내용
④ 나침반이 항상 북쪽을 가리키는 까닭 → 글 ㈐의 내용
⑤ 나침반의 방향이 실제 위치와 차이가 나는 까닭 → 글 ㈑의 내용

글 ㈎에는 나침반의 쓰임이, 글 ㈏에는 나침반의 발명에 대한 내용이 나타나 있습니다. 글 ㈐에는 나침반이 항상 북쪽을 가리키는 까닭, 글 ㈑에는 나침반이 실제 위치와 차이가 나는 까닭, 글 ㈒에는 오늘날의 위치를 찾는 장치에 대해 나와 있습니다. 그러나 이 글에는 자석의 종류에 대한 내용은 나오지 않습니다.

2 세부 내용

이 글의 내용으로 알맞은 것은 무엇인가요? (④)

① 콜럼버스가 나침반을 발견하였다. → 콜럼버스는 아메리카 대륙을 발견함.
② 나침반의 N극은 항상 남쪽을 가리킨다. → 남쪽이 아닌 북쪽을 가리킴.
③ 중국에서는 점을 칠 때만 나침반을 사용하였다. → 자석을 넣은 나침반을 방향을 찾는 용도로 사용함.
④ 나침반이 가리키는 북쪽은 실제 북극과 일치하지 않는다.
⑤ 거대한 자석인 지구는 북극 방향이 ~~N극~~(S극)이고, 남극 방향이 ~~S극~~(N극)이다.

글 ㈑에서 나침반이 가리키는 북쪽은 실제 북극과 차이가 있다고 했으므로, ④의 내용은 알맞습니다.

3 어휘 어법

'맨 처음 만들어 낸'

㉠과 바꾸어 쓸 수 있는 낱말은 무엇인가요? (③)

① 발표한
② 발달한 – 문명, 학문, 기술, 산업 들이 더 높은 수준에 이르는 것.
③ 발명한
④ 발견한 – 어떤 것을 알아내거나 찾아내는 것.
⑤ 발전한 – 전보다 나아지는 것.

없던 기술이나 물건을 처음 만들어 내는 것을 뜻하는 것은 '발명'입니다. 따라서 ㉠은 '지금까지 없던 새로운 기술이나 물건을 처음으로 생각하여 만들어 냄.'을 뜻하는 '발명'과 바꾸어 쓸 수 있습니다.

4 비판 하기

『귀곡자』의 기록

㉡의 자료에 대해 알맞게 평가한 친구는 누구인지 기호를 쓰세요.

㉮ 연석: 유명한 사람이 한 말을 그대로 썼으므로 믿음이 가. → 인용
㉯ 은결: 기록이 남아 있는 책의 출처가 분명하므로 믿을 수 있어. (출처: 말이나 물건 같은 것이 처음 나온 곳.)
㉰ 상준: 최근 책을 바탕으로 글쓴이가 짐작한 것이므로 믿을 수 없어. → 『귀곡자』는 오래된 책이고 글쓴이가 짐작한 것이 아님.

(㉯)

㉡은 『귀곡자』라는 오래된 책에 남아 있는 기록의 내용을 그대로 밝힌 것이므로 읽는 이들이 글의 내용을 믿을 수 있습니다.

독해 정답	1. ①	2. ④	3. ③
	4. ㉯	5. ①	6. ③
	7. ③		

어휘 정답	1. (1) 지 (2) 도 (3) 실 (4) 항해 (5) 치
	2. (1) ㉮ (2) ㉯ (3) ㉮ (4) ㉯
	3. (1) ㉯ (2) ㉮ (3) ㉯ (4) ㉮

5 추론하기

글 ㈐와 관련해 새롭게 알고 싶은 점으로 알맞은 것은 무엇인가요? (①)

① 지구는 왜 자석의 성질을 가질까요?

② 나침반으로 어떻게 방향을 알 수 있을까요? → 글 ㈐에 답이 있음.

③ 나침반을 처음 발명한 나라는 어느 나라인가요? → 글 ㈏에 답이 있음.

④ 지구 안쪽에 있는 외핵이 회전하는 까닭은 무엇일까요? → 글 ㈑와 관련한 알고 싶은 점임.

⑤ 누가 나침반이 일정한 방향을 가리키는 원리를 알아냈나요? → 글 ㈐에 답이 있음.

글 ㈐에서 글쓴이는 나침반 바늘이 남북을 가리키는 까닭은 지구가 하나의 거대한 자석이기 때문이라고 했습니다. 그러나 왜 지구가 자석의 성질을 갖는지에 대한 설명은 나오지 않았으므로, 새롭게 알고 싶은 질문으로는 ①이 알맞습니다.

6 추론하기

㉢에 들어갈 내용으로 알맞은 것은 무엇인가요? (③)

① 중요한 정보를 저장하는

② 같은 극끼리는 밀어내는

③ 다른 극끼리는 끌어당기는

④ 철로 만들어진 물체를 끌어당기는

⑤ 자석을 쪼개면 서로 다른 극을 갖게 된다는

㉢ 뒤에 거대한 자석인 지구의 S극은 나침반의 N극을 잡아당긴다는 내용이 이어지므로, 자석의 성질 중에서 다른 극끼리는 끌어당긴다는 내용이 들어가는 것이 알맞습니다.

7 비판하기

— 자석 물질을 몸에 지닌 생물들의 예

이 글의 독자가 [보기]에 대해 보인 반응으로 알맞지 않은 것은 무엇인가요? (③)

> [보기] 제비, 기러기와 같은 철새나 비둘기는 뇌 속에 지구 자극의 방향을 알 수 있는 작은 자석 세포를 갖고 있다. 그래서 철새들은 먼 거리를 늘 갔던 방향으로 잘 옮겨 다닌다. 특히 비둘기는 집을 잘 찾아서 옛날부터 편지를 전달하는 데 많이 이용했다. 또, 아주 작은 생물인 박테리아의 몸속에도 작은 자석 알갱이들이 들어 있다. 북반구에 있는 박테리아는 북극(지구 자석의 S극)을 향해 헤엄치고, 남반구에 있는 박테리아는 남극(지구 자석의 N극)을 향해 헤엄친다.

① 제비와 기러기는 몸속에 자석 세포를 가진 생물들이었어. → [보기]의 첫 부분에 드러남.

② 철새는 뇌 속에 들어 있는 자석 세포가 나침반 역할을 하는구나. → 철새가 먼 거리를 실수 없이 이동할 수 있음.

③ 지구의 자극은 비둘기가 방향을 찾는 데 아무런 영향을 미치지 않아.

④ 지구가 거대한 자석이라서 철새가 항상 일정한 방향으로 이동할 수 있었던 거야. → 지구 자극의 방향을 찾아 이동함.

⑤ 박테리아 몸속의 자석 알갱이들은 지구 자극에 따라 옮겨 갈 방향을 정하는구나. → 박테리아는 사는 곳에 따라 옮겨 갈 방향을 정함.

[보기]는 몸속에 자석 물질을 가지고 있는 생물의 예를 들어 지구가 하나의 거대한 자석이라는 사실을 보여 주는 글입니다. 철새와 비둘기, 박테리아는 몸속에 나침반 역할을 하는 자석 세포가 들어 있어 지구 자극에 따라 방향을 찾아 옮겨 다니므로, ③은 [보기]를 읽고 난 반응으로 알맞지 않습니다.

1 주제 찾기

이 글의 중심 낱말은 무엇인가요? (③)

① 조상 ② 지혜 ③온돌
④ 과학 ⑤ 문화유산 → 온돌을 포함하는 낱말임.

이 글에서는 설명하는 대상인 '온돌'이 글의 중심 낱말입니다.

2 세부 내용

이 글의 내용과 일치하지 않는 것은 무엇인가요? (③)

① 온돌의 구들장은 돌로 되어 있다. → 글 ㈏의 내용
② 온돌은 우리나라의 독특한 난방 장치이다. → 글 ㈎의 내용
③고려 시대부터 방바닥 전체를 데우는 온돌을 사용했다.
④ 온돌에서 불길과 연기가 지나가는 통로를 고래라고 한다.
⑤ 온돌은 크게 아궁이, 고래, 구들장, 굴뚝으로 이루어져 있다.
→ 글 ㈐의 내용 (④, ⑤)

고려 시대 때는 방의 한쪽 부분만 데우는 온돌이 사용되었고, 조선 후기가 되어서야 방 전체를 데우는 온돌이 사용되었습니다.

3 주제 찾기

글 ㈏~㈑의 중심 내용을 [보기]에서 모두 찾아 기호를 쓰세요.

[보기] ㉮ 온돌의 뜻 ㉯ 온돌의 장점 ㉰ 온돌의 원리
㉱ 온돌의 구조 ㉲ 온돌의 역사 → 변해 온 과정

구조: 부분이나 요소가 어떤 전체를 짜 이루는 것을 뜻함.

(1) 글 ㈏: (㉮, ㉲) (2) 글 ㈐: (㉰, ㉱)

(3) 글 ㈑: (㉯)

글 ㈏~㈑는 이 글의 가운데 부분입니다. 글쓴이는 글 ㈏에서 온돌의 뜻과 역사를, 글 ㈐에서 온돌의 구조와 온돌의 원리를, 글 ㈑에서 온돌의 장점에 대해 설명했습니다.

4 세부 내용

온돌의 장점이 아닌 것을 두 가지 고르세요. (① , ④)

①방 안에서 불을 땔 수 있다.
② 방의 온기가 오래도록 유지된다.
③ 방 안에 그을음이 생기거나 재가 날리지 않는다.
→ 온돌의 장점 (②, ③)
④아궁이에 불을 때자마자 구들장이 빨리 데워진다.
⑤ 음식과 난방을 한 번에 할 수 있어 연료를 아낄 수 있다. → 온돌의 장점

온돌은 불을 때는 아궁이가 방 밖에 있어서 방 안에 그을음이 생기거나 재가 날리지 않습니다. 또, 온돌의 구들장은 돌로 되어 있어서 불을 때자마자 데워지지 않고 서서히 데워집니다.

독해 정답	1. ③ 2. ③ 3. (1) ㉮, ㉲ (2) ㉰, ㉱ (3) ㉯ 4. ①, ④ 5. ④ 6. ③ 7. ②

어휘 정답	1. (1) 열기 (2) 통로 (3) 전통 (4) 실리다 (5) 간직하다 2. (1) ㉯ (2) ㉱ (3) ㉮ (4) ㉰ 3. ③

'불린다'

5 어휘 어법

밑줄 친 낱말이 ㉠과 같은 뜻으로 쓰인 것은 무엇인가요? (④)

① 피리가 잘 불리지 않아 계속 연습했다. → 악기를 소리 내게 한다는 뜻
② 싸움을 한 친구들이 교무실로 불려 갔다. → 남한테 부름을 받는다는 뜻
③ 시상식에서 내 이름이 불리지 않아 속상했다. → 이름이나 명단이 소리 내어 읽혀 확인된다는 뜻
④ 제주도에서는 할아버지를 하르방이라고 부른다.
⑤ 엄마는 쌀을 씻어 바로 밥을 하지 않고 불렸다 하신다. → 물에 젖게 해서 부피를 커지게 한다는 뜻

㉠과 ④의 '불리다'는 '무엇이라고 가리켜 말해지거나 이름이 붙여지다.'라는 뜻입니다.

글의 마지막 부분

6 추론 하기

㉡에 들어갈 글쓴이의 생각으로 알맞은 것은 무엇인가요? (③)

① 후손들에게 물려주어서는 안 된다.
② 오래되고 낡은 것으로 받아들여야 한다.
③ 더욱 소중히 여기는 마음을 가져야 한다.
④ 요즘 사용하는 물건으로 전부 바꾸어야 한다.
⑤ 다른 나라 사람들이 알지 못하게 숨겨야 한다.

글쓴이는 우리 조상들이 만들어 쓰던 옛 물건에는 놀라운 과학적 지혜가 담겨 있고, 특히 온돌은 오늘날의 과학 기술로도 따라잡지 못할 뛰어난 문화유산이라고 말하고 있습니다. 글쓴이는 문화유산에 대해 긍정적인 입장이므로, ㉡에 들어갈 글쓴이의 생각으로 알맞은 것은 ③입니다.

서양 난방 장치인 벽난로의 특징

7 추론 하기

이 글의 독자가 [보기]에 대해 보인 반응으로 알맞은 것은 무엇인가요? (②)

[보기] '벽난로'는 서양에서 벽에 아궁이와 굴뚝을 설치하고 실내에서 불을 피워 난방을 하는 장치이다. 벽난로는 바닥에서부터 열이 올라오지 않고 난로 위쪽부터 따뜻해진다.(특징 ①) 난로에서 먼 곳은 공기가 차갑고 많은 열기가 굴뚝으로 빠져나가 버리기 때문에 따뜻하다고 느낄 만큼 방 안을 데우려면 계속해서 불을 피워야 한다.(특징 ②) 또, 실내에서 불을 피우기 때문에 집 안에 연기와 그을음이 생겨 집 안 공기가 나빠진다.(특징 ③)

▲ 벽난로

① 벽난로는 온돌보다 연료가 훨씬 적게 들겠어. → 온돌의 연료비가 더 적게 들음.
② 벽난로를 오래 사용하게 되면 건강에 좋지 않겠어.
③ 벽난로는 이동을 하면서 사용할 수 있어 편리하구나. → 벽에 설치되어 이동할 수 없음.
④ 온돌처럼 방바닥보다 방 안 공기의 온도가 낮을 거야. → 난로에서 가까운 곳만 따뜻함.
⑤ 벽난로는 열이 바닥에서부터 방 전체로 퍼져 나가는 방식이구나. → 온돌에 해당함.

[보기]는 서양의 난방 장치인 벽난로에 대해 설명한 글입니다. 이 글에 나타난 온돌과 비교해 보면 벽에 설치된(③) 벽난로는 온돌보다 연료가 많이 들고,(①) 난로 위쪽부터 따뜻해지기 때문에 방바닥보다 방 안 공기의 온도가 더 높습니다.(④, ⑤) 또 방 안에서 불을 피워 집 안의 공기가 나빠지므로 건강에 좋지 않습니다.(②)

1 주제 찾기

이 글을 쓴 까닭으로 알맞은 것은 무엇인가요? (⑤)

① 루브르 박물관을 소개하려고 썼다.
②「모나리자」의 특징을 자세히 설명하려고 썼다.
③ 레오나르도 다빈치가 살아온 과정을 돌아보려고 썼다.
④ 레오나르도 다빈치와 피카소의 그림을 비교하려고 썼다.
⑤「모나리자」 그림을 더욱 유명하게 만든 사건을 소개하려고 썼다.

이 글은 평범했던 그림 「모나리자」가 세계적으로 관심을 받게 만든 도난 사건에 대해 소개하려고 쓴 글입니다.

2 세부 내용

이 글의 내용으로 알맞지 않은 것은 무엇인가요? (②)

①「모나리자」는 도둑맞은 뒤에 더욱 유명해졌다. → 글 ㈑의 내용
②「모나리자」는 영원히 프랑스로 돌아오지 못했다.
③「모나리자」는 사라진 지 2년 4개월 만에 이탈리아에서 찾았다.
④「모나리자」를 훔친 범인은 루브르 박물관에서 일하던 사람이었다.
⑤「모나리자」를 훔친 사람은 이탈리아에서 짧은 감옥 생활을 하였다.
(③~⑤ → 글 ㈐의 내용)

글 ㈐에서 「모나리자」는 1914년에 프랑스 루브르 박물관으로 다시 돌아왔다고 했습니다.

3 구조 알기

글 ㈏와 ㈐에 쓰인 설명 방법으로 알맞은 것은 무엇인가요? (②)

① 두 대상의 차이점을 중심으로 썼다. → 대조
② 시간의 순서에 따라 차례대로 썼다.
③ 대상을 종류가 같은 것끼리 묶어서 썼다. → 구분
④ 설명하려는 대상의 뜻을 자세하게 풀어서 썼다. → 정의
⑤ 해결할 문제와 그에 대한 해결 방법을 제시했다. → '문제와 해결' 짜임

글쓴이는 글 ㈏, ㈐에서 「모나리자」 그림이 루브르 박물관에서 사라졌을 때부터 다시 박물관으로 돌아오기까지의 일을 시간 순서에 따라 차례대로 설명하였습니다.

4 어휘 어법

'의뢰했다'와 뜻이 비슷한 낱말

㉠과 바꾸어 쓸 수 있는 낱말은 무엇인가요? (①)

① 맡겼다
② 의심했다 '불확실하게 여기거나 믿지 못한다.'는 뜻.
③ 거절했다 '다른 사람의 부탁, 제안 등을 받아들이지 않는다.'는 뜻.
④ 양보했다 '다른 사람을 위해 자리나 물건 등을 내준다.'는 뜻.
⑤ 중단했다 '어떤 일을 중간에 멈추거나 그만둔다.'는 뜻.

㉠'의뢰하다'는 남에게 부탁하여 맡겼다는 뜻이므로, ㉠과 바꾸어 쓸 수 있는 낱말은 '어떤 일을 책임지고 처리하게 내주다.'라는 뜻의 '맡기다'입니다.

독해 정답	1. ⑤	2. ②	3. ②
	4. ①	5. ㉯	6. ⑤
	7. ④		

어휘 정답	
	1. (1) ㉰ (2) ㉮ (3) ㉲ (4) ㉯ (5) ㉱
	2. (1) 관람객 (2) 판명 (3) 소유 (4) 영웅 (5) 가치
	3. ⑤

5 비판하기

㉡에 대해 알맞게 평가한 것을 찾아 기호를 쓰세요.

㉮ 레오나르도 다빈치는 이탈리아 사람이므로 이탈리아에서만 그림을 그려야 한다는 그의 주장은 타당하다. 빈첸초 페루자의 주장이 아님.

㉯ 그림을 훔친 후 한참 동안 가지고 있다가 팔려고 한 것을 보면, 나라에 되돌려 놓고 싶었다는 그의 말은 거짓말일 가능성이 높다.

㉰ 프랑스 왕이 레오나르도 다빈치의 그림을 정식으로 사들인 것이 아니므로, 프랑스에서 그림을 가지고 있어서는 안 된다는 그의 생각은 옳다. 사들인 것이므로, 사실이 아님.

(㉯)

빈첸초 페루자는 훔친 「모나리자」를 이탈리아에서 팔려다가 붙잡혔으므로, 그가 한 말은 앞뒤가 맞지 않습니다.

미술 작품의 가치를 설명한 부분

6 추론하기

㉢에서 짐작할 수 있는 내용으로 알맞은 것은 무엇인가요? (⑤)

① 모든 미술 작품은 그 가치가 똑같다. → 미술 작품의 가치는 다름.

② 미술 작품의 가치는 작가의 이름이 누구냐에 따라 달라진다. → 작가 외의 다른 요소도 영향을 줌.

③ 미술 작품의 가치는 미술관을 찾는 관람객 수에 따라 달라진다. → ㉢과는 상관없는 내용임.

④ 작품 외의 그 어떤 것도 미술 작품의 가치에 영향을 주지 못한다. → 작품 외의 다른 요소도 영향을 줌.

⑤ 미술 작품의 가치는 작품뿐 아니라 작품 외의 원인에 따라서도 달라진다.

「모나리자」의 예에서도 알 수 있듯이 미술 작품의 가치는 작가와 작품을 둘러싼 사건도 영향을 미친다는 것을 알 수 있습니다.

수능 연계

「모나리자」가 도난 사건 이후 겪은 수난

7 비판하기

이 글의 독자가 [보기]에 대해 보인 반응으로 알맞지 않은 것은 무엇인가요? (④)

[보기] 1956년 루브르 박물관은 한 관람객이 「모나리자」에 돌을 던지는 사건이 발생하자 4센티미터의 방탄유리를 씌웠다. 2009년에는 한 여성이 가방에 있던 머그 잔을 「모나리자」에 던지는 일이 일어났다. 방탄유리가 금이 가긴 했지만 다행히 작품은 아무런 손상을 입지 않았다. 2022년 5월 29일, 한 남성이 「모나리자」를 보호하고 있는 방탄유리를 깨려고 시도하다가 실패하자 유리에 케이크를 문지른 사건이 일어났다. 지금은 방탄유리 앞에도 가까이 가지 못하도록 작품 주변에 반원 모양의 울타리를 쳐서 막고 있다. 그러나 지금도 루브르 박물관은 가로 53센티미터, 세로 77센티미터의 크지 않은 「모나리자」를 먼발치에서라도 감상하려는 사람들로 항상 북적인다.

① 언제든 「모나리자」를 훼손하려는 시도가 또 있을 수 있겠어. → 계속되는 훼손 시도가 있으므로, 짐작할 수 있음.

② 방탄유리 덕분에 미술적 가치가 높은 「모나리자」를 지킬 수 있었어. → 방탄유리만 금이 가거나 케이크가 묻음.

③ 「모나리자」가 지금처럼 유명해진 것은 작품을 둘러싼 사건도 한몫을 했군. → 사건 직후부터 지금까지 「모나리자」를 보려는 사람들로 북적임.

④ 「모나리자」를 처음 도둑맞을 때는 보안이 철저했는데 지금은 조금 허술해졌어.

⑤ 「모나리자」를 도둑맞은 사건 이후에도 그림을 훼손하려는 시도가 끊임없이 있었구나. → 도난 사건 이후에도 계속 훼손 시도가 일어남.

[보기]는 「모나리자」가 도난 사건 이후에도 수차례 수난을 겪은 사건에 대해 소개한 글입니다. 처음 그림이 사라졌을 때는 박물관에서 24시간 동안이나 모를 정도로 보안이 허술했는데 미술적 가치가 높아진 지금은 보안이 철저해졌습니다.